春潮NOV+

小镇生活指南

林培源

—— 著

中信出版集团 | 北京

图书在版编目（CIP）数据

小镇生活指南 / 林培源著. -- 北京：中信出版社，
2020.7（2021.6重印）
　　ISBN 978-7-5217-0980-3

　　Ⅰ.①小… Ⅱ.①林… Ⅲ.①短篇小说—小说集—中
国—当代 Ⅳ.①I247.7

中国版本图书馆CIP数据核字(2019)第186064号

小镇生活指南

著　　者：林培源
出版发行：中信出版集团股份有限公司
　　　　　（北京市朝阳区惠新东街甲4号富盛大厦2座　邮编　100029）
承 印 者：北京盛通印刷股份有限公司

开　　本：787mm×1092mm　1/32　　印　张：7.75　　字　数：180千字
版　　次：2020年7月第1版　　　　　印　次：2021年6月第5次印刷
书　　号：ISBN 978-7-5217-0980-3
定　　价：52.80元

目录

奥黛

阿雄最近头疼得厉害，脑袋像从印堂中间被劈成两半，一半痛，一半不痛，痛的那半如同被针扎进去，发作时，几近晕厥。夜里一躺下，耳边就传来山摇海啸般的轰鸣声。这时，他渴望身边有个女人能陪他说说话，或者让他抱一下，分散注意力。

不知怎的，他时常梦见那个女人。她身着一袭白衣，像个幽魂在他眼前晃。她脸上满是泪，哭着说自己过得很惨，想回来。阿雄甩甩手，叫她走。这个梦他做了又做，醒来头就开始痛。

阿雄去医院检查，医生问他过去有类似病史吗，他摇摇头。在医生的建议下，他做了CT。检查结果出来，没发现任何问题，不是肿瘤，也没有血块。

医生说："奇怪了，你这种病例很少见。"

他不知所措，悻悻然走出医院。坐公交时，他用手按着太阳穴，那里突突跳得厉害。

阿雄是个养蜂人。他住的那片果园里，十来只蜂箱齐整地码在荔枝树下，一到夏天，荔枝树像撑开的伞，笼罩着他居住的铁皮屋。采蜜的蜂群在荔枝和龙眼丛中上下扑飞，它们扇动翅膀时，空气就像起了涟漪。果园除了荔枝树，还有几株龙眼，都是南方常见的果树。除了养蜂，阿雄最重要的活计就是养护荔枝和龙眼。他要给果树浇水，施肥，除虫，像养孩子一样小心翼翼。荔枝和龙眼结果的季节，他不但要防小偷摘果子，还要帮园主采摘和装箱。园主承包的这片果园毗邻学校，先前专门种植荔枝，龙眼是后来才栽的。有人告诉园主，这一带的土质更适合龙眼生长。

荔枝和龙眼成熟的时节，阿雄最常做的，是将摘下的荔枝和龙眼装好封箱，快递到园主指定的地址。附近就是农批市场，这些果子却从来不拿去贩卖。收快递的小伙子常在这一带揽件，阿雄和他接触多了，逐渐熟起来。他把新鲜的荔枝和龙眼分给快递员吃，快递员问他："为什么不卖果子？一年的租金加上养料和人工，得花多少钱啊！"阿雄笑笑说："这就不知道啦，老板不欠工资就好。"的确，园主从来不拖欠工资，他总是按时将钱打到阿雄的卡里。他一个月最多来果园一次，有时两三个月不见人，总是一副很忙碌的样子。来果园时，他将车停在半坡斜道上，下了车不是打电话，就是背起手在园里巡视一番，吩咐几句话，又开车走了。

阿雄到果园工作时，正是人生中一无所有的时段。那个花钱从越南买来的老婆，趁他不注意跑了。那天他午睡醒来，发现屋子空空的，他惊得一身汗，赤脚跑到门口，左望望，右看看，不见人影。他对着大街大喊老婆的名字，街坊邻居被惊扰了，纷纷出来看，只见阿雄赤脚在大街上跑着，脚下是尖细的沙石。他跑没多远就停了下来，脚底一阵灼痛，这才意识到被石子扎到，破了皮。他气喘吁吁地站在路边，日头灼灼，他的双眼布满血丝，红得吓人。

阿雄没想到这天来得这么快。这个从越南偷渡过来的女人，一直惦记着离开。从见到她的那天起，他就隐隐有预感，这个女人迟早会跑。她一定谋划了许久，伪饰着一切，直到他放松警惕，才钻了缝隙，像小鸟挣脱牢笼一样，头也不回地飞走了。

那时阿雄种水稻，养了一群鹅，还养蜂，农闲时做短工，镇上大大小小的厂他几乎都进去过。他打过对越自卫反击战，是个退伍兵。跟他同一批入伍的人，死的死，残的残，只有他安然无恙地从战场归来。他那时报名参军了，虽然知道打仗差不多等于送死。他是孤儿，爹妈在他很小时去世了。他无牵无挂，参战对他而言，无非是将父母丢给他的命再丢到战场上。打完仗回到小镇，每天都有人跑来问他：打仗怎样的？越南是不是到处都埋了地雷？越南鬼仔凶不凶？他说，打仗时，你只会想着两件事，第一是保命，第二才是打死敌人，顾不了那么多。他说得轻描淡写，听的人不满意，继续纠缠。他烦了，把人轰走。其实他哪里知道那么多，他只是个后勤兵，战争结束前一个月，他病了，发高烧，所有关于战争的细节，都是听别人说的。

回到小镇，他夜间睡下后，耳边净是枪炮声，身体睡了，意识却还醒着。他做梦，梦见自己扛着枪在丛林狂奔，一失足跌进泥淖，一个身子光溜溜的越南女人朝他扔了颗手榴弹，他的下体被炸得不成形，血流了一裤子。

他大叫一声从梦中醒来，胸口突突跳得厉害。一摸裤裆，湿了。

从那天起，他发现自己无法正常勃起了。

发现这个秘密时，他被一种巨大的恐惧击倒了。他颤抖着，扒下裤子，看到它软塌塌地垂下，泄了气似的，再也无法硬起来。他从未有过那样的惶恐，像黑暗中被人扇了一耳光，而他晕头转向，不知伤人者是谁。借着屋里昏暗的灯光，他发现下体呈暗灰色，如同抹了一层炭灰。从小到大，他什么也没怕过：他不怕无父无母，也不怕死，可是现在，他面对的是一股未知的力量，这股力量从看不见的地方钻出来将他攥住了。身体的这个器官，变成悬挂于体外的器具，了无生气。他伸手拨弄几次，又试图揉搓它，然而无济于事。那个夜晚，他又愤怒又羞愧，拼命地想女人，想女人的身体，想女人胸前雪白雪白的两坨肉，想自己进入女人身体时喷薄欲出的快感。可是不管怎么臆想，下体就是不听话，欲望再肿胀，身体仍麻木得像冷却的灰烬。

这个秘密是阿雄的耻辱，他一直羞于讲给别人听。他觉得自己犯了罪，作了孽，不然，好好的怎会变成这样？他去问乡里的赤脚医生，赤脚医生故意调侃他，是不是到哪里风流了？他满脸通红地辩解着，将"病发"的情形和医生说了。医生不解，检查一番，没查出个子丑寅卯来。末了，医生还是给他开了药，又吩咐他泡牛鞭酒喝，说他气血虚，需要调理调理。阿雄不知道这叫阳痿。他想，自己年纪轻轻的，还没娶老婆呢，这样以后还怎么活？

他四处求医问药，始终不见好，身体本该有的那部分机能，从那晚开始，像断线的风筝，远离了他。

现在阿雄还是忘不掉那段晦暗的日子，像中了邪，明明什么病都没有，偏偏犯这个。他羡慕蜜蜂旺盛的生命力，它们是世间神奇的物种，非鸟禽，也不是蝙蝠蝴蝶一类，只是最为普通的昆虫，大概在地球上尚无人类时，就有蜜蜂吧？和它们一比，人这造物真拙劣呵。有次他听收音机，一个节目在谈蜜蜂的养殖问题。主持人说（大概在念备好的稿）："'蜂群衰竭失调'是指一个蜂巢的居民突然消失，只剩下蜂后、蜂卵和一些未成熟的工蜂。消失的蜜蜂下落不明，相信是在远离蜂巢的地方孤独地死亡。通常在一个蜂群死亡后，掠夺剩余蜂蜜和花粉的野生生物及其他蜜蜂都拒绝接近被遗弃的蜂巢。"他在心里慨叹，兴许几年以后，他也会跟消失的蜜蜂一样，死在一个没人知道的地方。主持人继续说："近年来全球蜜蜂数量大批减少，研究表明，使用手机等高科技电子设备，发出的辐射会干扰蜜蜂的导航系统，从而导致它们找不到回蜂巢的路。"说到这里，主持人引了一句相传出自爱因斯坦的名言："如果蜜蜂消失了，人类也仅仅剩下四年的光阴！"

听到这里，他哑然失笑，心想，死就死吧，活着多没意思！

因为生理问题，阿雄年轻时一直不敢娶妻，这暗疾要是治不好，这辈子就彻彻底底毁了。过了几年，同龄人娶妻生子了，只有他还孤身一人。邻居阿婆见他可怜，给他说媒，安排相亲，都被他推辞了。说亲的阿婆问他："雄啊，不满意吗？不满意就再找！"他摆摆手说："再考虑考虑。"这一考虑，就又拖了几年。渐渐的，乡里人私下谈起他来，都说阿雄身体一定有毛病。不然，好端端精壮的一个男人，不瘸脚不折手，却不娶老婆不生孩子，像什么样？

这些流言，阿雄只当听不见，左耳进，右耳出，只是心中时不时会蜇一下。有一次，他在乡里祠堂的水泥埕上看露天电影。电影讲的是清朝最后一个太监，他印象最深的一幕，是那个年轻的太监从宫里跑出来，在闹市区掀起衣摆，褪下裤子，脸上挂泪，又笑又哭的，像疯子一样嚷着要别人看他。来往的路人停下，女人蹙眉，男人惊愕。电影的色调是暗沉的、压抑的。那一幕，他看得一阵绞痛，觉得自己就是那个太监，甚至连太监也不如。太监最起码还敢于向外人展示残缺的肉身，而他自己除了掩饰，什么也做不了。

电影还未结束，他就起身离开了。

那是十几二十年前的一个热月，空气不像现在这么差，阿雄一抬头，就撞见满天满眼的星。他独自一人走在村道上，背后是幕布上晃动的人影，他听到有人在欢呼，发出古怪的声音。他不敢回头，仿佛那些欢呼声，都化作石头，重重砸落在他心上。

他真的下过决心，打算光棍到老的，不承想，最后竟是越南女人救了他。

那时，关于他不结婚的怪癖在乡里流传开来，但凡知道这事的姿娘仔，没有一个敢靠近他的。他心里有怨气，而这怨气无处发泄，渐渐也就麻木了。他在大街上走，总觉得背后有无数双眼盯着他。他怕，就尽量少出门，但钱还是要挣的，活还是要干的，总不能饿肚子吧？如此一来，就越发孤僻了。

三十三岁这年，乡里一个相识的阿伯找上他，殷勤地关心道："雄啊，年岁不小，要结婚啦。"他尴尬地苦笑，心里不是滋味。阿伯猜透他的心思，凑近说："阿伯问你，想不想娶老婆？"他愣了愣，不知阿伯为什么这样问。阿伯从公文包里掏出一沓照片，照片上清一色是肤色稍暗的东南亚女人。她们都是乡村女子的打扮，有的推着自行车，有的站在家门口，有的在笑，有的一脸腼腆、紧闭着唇，眼神里有对相机镜头的疏离感。

阿伯刚从东南亚一带旅游回来，他告诉阿雄："这些是我旅游途中拍的，越南姿娘仔啊，贤惠耐劳，娶来做老婆最好啦！"他被阿伯的热忱感染，愣愣地盯着照片上有着健康肤色的越南女人。她们的年龄从十八九岁到二十几岁不等。阿伯手头的照片加起来有十五张，阿伯说："我家里还有，你要的话，再给你看。"他摆摆手说："不用不用，看看就好。"

阿雄接过阿伯手中的照片，一张张看过去，忽然觉得这些女人很熟悉，又很陌生。她们和他见过的越南女人一点也不像，穿着普通的衣服，身材不是很高。他翻到最后一张，停在那里，脸上表情有了微妙变化。她是这批照片中唯一一个穿奥黛的，那身奥黛，长长的下摆垂下来，白色的，衬着暗色皮肤，煞是好看。他猜不出这个女人的身份。她眼中有什么东西，是和其他人不一样的。究竟是什么，却说不上来。她的头发盘成髻，黑得发亮。从正面看，五官不是很抢眼，却耐看——眉心重，两撇眉毛对着，透出一股英气来。她的身子占据了相纸大半边，背后是几株油绿的香蕉树，这样一来，人便显得高。他看到她嘴唇微启，有什么话想说而来不及说，就被镜头截下来了。

阿伯察言观色，捅捅阿雄手臂，这个？阿雄点点头，又摇摇头。他想起了好些年前那个梦，那个让他丧失了身体机能的噩梦，嘴里不禁泛起一股难闻的苦味。不知为什么，他觉得梦里赤裸身子的越南女人，有着照片上这群女人的脸，她是她们，她们也是她。

阿伯笑起来一脸皱纹，他拍拍阿雄的肩膀说："这张你先看，考虑好了找我啊。"

阿雄看着阿伯的身影走远，手里的照片半垂着，他捏紧，举到眼前。日头从天井落下，水渍反光，几点光斑耀在照片上。他忽然生出一个念头，伸出手指，轻轻放在女人的奥黛裙摆上。他的手指很粗糙，摩挲相纸，发出细微的声音。他将手指从女人的脚尖往上移，移到肚脐，再往上带，到胸口，最后按在女人的唇上。他的目光随手指游弋扫过女人的全身。他从未如此大胆而细致地打量过一个陌生女人。她身上的衣物，在他贪婪的目光中，像竹笋皮一样层层剥落。他看到她撩起奥黛的长摆，先是袒露光洁的大腿，然后是腹部。奇妙的事情就在这时发生了，像个毫无预兆的神迹，阿雄的裆部有了动静。他惊愕得打了个寒战。底下像是被什么东西托住，直往上拱。他用手捂住，惊愕得不知所措。像多年前反复做的那样，他扒开裤子，这一次，看到的不再是垂头丧气的物什，而是活生生的会动的器官。

阿雄一手捏着照片，一手握紧它上下抽动。就像对待一个远游归来的友人，张开怀抱将它纳进来。他闭上眼，感受它的复活和久违的血气，在他的意识深处，那个越南女人将他拥入怀，迎接他。他越动越快，掩埋的泉眼开始涌动泉水。身子颤抖的一瞬间，他激动得差些热泪盈眶。他发现自己活过来了。这一刻，他又是一个男人了。

他蹲下身子，手里攥着照片，哭了。

那天中午，阿雄顾不上吃饭，拿着照片去找阿伯。阿伯戴老花眼镜，正坐在客厅翻报纸，老伴在厨房里忙活。阿雄叫了阿伯一声，阿伯从老花镜后抬起眼，见是他，招招手，喊他进来。阿伯满脸笑意问："雄啊，看中了？"这一次，阿雄脸上有了活泛的表情，他重重地点了点头。阿伯接过照片，搁在茶几上，又从公文包里翻找出一张信纸，信纸上写了一行又一行字。阿雄注意到，阿伯将照片翻到背面，上面有一个编号。阿伯对照编号，手指在信纸上滑过，最后停在一行字上面，抬起头对他说："就是她了。"

阿伯告诉他，这个姿娘仔叫陈文瑛。阿伯的信纸上，写有年龄

（二十一岁，和他相差十二岁，刚好一轮，也是属兔的）和地址（没看清，他也记不住越南地名）。

阿雄问阿伯，照片上的女人兄弟姐妹多吗？阿伯摆摆手，告诉他，自己只是拍了照片，让翻译写几行字，并没有过多了解。阿伯问他觉得如何。阿雄正欲开口，阿伯伸出五根手指晃一晃，说："算你这个数。"阿雄觉得阿伯的手掌按在了自己胸口，他的喉结上下滑动，像吞了只熟鸡蛋。他惊讶得睁大眼睛，五千……这么贵？阿伯叹口气："你算算看，我来回要坐船，坐火车、汽车，要请蛇头吃饭，钱总要给吧，还要住几天，回来也要花钱。"说到这里，阿伯把照片伸到他面前，两根手指敲一敲："后生仔，你目力不错，这个是最好的，我亲眼看过，有前有后，好生养！"说到这里，阿伯的语调不自觉间提高了。他的老伴一直站在旁边看着，听到那句"有前有后，好生养"时，她蹙了蹙眉头。

老伴对阿伯说："菜炒好了。"阿雄闻到阿伯家厨房飘出的香味，才发现已经是中午了。他问阿伯："缓几天可以吗？手头没这么多钱。"阿伯听了，眉目舒展开来，笑笑说："最迟三天，三天没问题吧？钱到了我就再走一趟，保证帮你领回一个漂亮老婆！"

阿雄向阿伯告辞，临走前，他请求保留那张照片。

阿伯说："好啊，留着，留着！"

这是多少年前的事了？一转眼，阿雄成了五十几岁的老头。他现在对时间的感知很模糊，一天和一个月没有差别，几个月和几年的差别也不大。他只记得那时还年轻，身体有使不完的劲，没生过什么病，唯一的"病"，也在娶到越南老婆之后痊愈了。

阿雄一直搞不明白，为什么见到她的照片就会有反应？那天夜里，他拿出越南女人的照片来看，这次感觉比上次更强烈。他极度亢奋，像飞上天，折腾到很晚才睡下。他很久没有这种感觉了，淤塞的泥水排泄出来，水管通畅了，如同换了一副血肉。

那张照片阿雄现在还留着，照片已经染了斑渍，不过陈文瑛的相貌还是清晰的。她永远停留在那个年纪，一点也没有变老。他们一起生活了三年，她还是水水的样子，没有染上乡里女人粗陋的习性。嫁过来一年不到，她的潮汕话就讲得比越南话还溜，她还学会了钩花，常和邻里女人坐一起，边钩花边闲聊。从外表看，她和这里的女人没多大区别，她会做地道的家常菜，甚至和别家女人一样，逢年过节会去祠堂和祖庙祭拜。只是有时，阿雄睡到半夜会听见她说梦话，她又哭又笑，满嘴都是听不懂的句子。阿雄被吵醒了，踢一踢她，骂几声，翻个身，又睡过去了。

陈文瑛刚刚被阿伯领回来时，穿得很朴素：一条卡其色的裤子，一双胶鞋，上身的白色衬衣脏了，呈灰色。那天阿雄去大牌坊前等他们，和阿雄一起等的，还有阿伯的老伴。两个人，一个在等未来的老婆，一个在等远行归来的老公，都有些焦急。阿伯老伴问他："阿雄，摆酒吗？"阿雄犹豫了一下说："摆，就在祠堂摆。"阿雄还没结过婚，不知道这些仪式究竟要如何操作。对即将到来的越南女人，他没有半点概念。他不知道她性格如何，来了适不适应。最要命的一点，是语言不通。关于这点，阿伯和阿伯老伴对他说过，没问题啦，几个月就学会了。他们说得轻松，好像越南话和潮汕话之间只隔了一层膜，只要轻轻一捅，就通了。

阿伯搭乘的黄石大巴吐着黑色尾气一路驰来，一阵乌烟中，他看到阿伯身后跟着个扎马尾的姿娘仔。她提着一只水蓝色的旅行袋，比想象中要年轻些。一瞬间，他没法将她和照片上穿奥黛的女人对上号，还以为阿伯带回来的不是同一个。直到她走近，阿雄注意到她的眼睛，才确认，阿伯没骗他。下车后，她双手提着旅行袋，抿着唇，紧张兮兮地看着周围，双眼中有惧怕的神色。阿伯招呼她，她迟缓地走来。阿伯一路舟车劳顿，一定遭遇了不少困难，阿雄知道从越南回到广东，再回到这里，路途遥远，想必还要花钱搭关系，买通边境的人。阿伯对年轻女人介绍："这就是阿雄。"说着，阿伯举起左右两个拳头，露出大拇指，翘几下，贴一起，表示这个就是她要嫁的男人。

阿伯说："人给你带来了。"他说得意味深长，阿雄道了谢，抽支烟递过去。阿伯接下，别在耳郭上，又寒暄几句，就和老伴离开了。

阿雄把那辆老旧的凤凰车推过来，拍拍车后座，示意她坐上去。她紧紧拽着旅行袋不放手，他走上前，试图接过来，谁料她用力扯过去，抓得更紧了。他们的目光不经意间碰到一起，像滚烫的石头。他感受到她眼底的敌意，有一种不肯就范的倔强。

他说："上来啊，载你回家。"她摇摇头，表示不坐。他不解，有车不坐，走路啊？

她好像听懂了，又好像没听懂。阿雄无奈地笑笑，推车走。他在前，她跟后，手里紧紧攥着旅行袋。多年前阿雄从越南战场回来时，也没有像今天这么情绪高涨。现在的他，才是凯旋的战士，他带着"战利品"归来，恨不得向乡里人宣告：他找到老婆了，就要结婚啦！

那天傍晚，街坊邻居聚到他家，围着这个陌生的越南女人喊喊喳喳。邻居们的热忱感染了他，只有这个叫陈文瑛的女人一脸茫然。她不知道这些人在说什么，为什么一个个围着她指指点点。她坐在茶几边的木椅上，脸上是愠怒的、抗拒的表情，她努力辨认他们的嘴型和动作，却一个字也没听懂。这让她更加厌烦。阿雄家中从未如此热闹过，越南女人的到来，给他孤独的生活添了些喜庆。他坐到她身边，忍不住盯着她看。对陈文瑛来说，这个男人完全是陌生的，来这里之前，她对这个中国男人没有一星半点的想象。他只是一张白纸，一个空空的躯壳。她甚至不知道，这个男人去过她的国家。

屋子里的热闹，和陈文瑛的缄默形成鲜明对照。大家打趣着问阿雄什么时候摆酒，阿雄说，快了快了。大家又说，听者有份，要请人啊。阿雄拍拍胸口，咧嘴笑起来，都有都有。有人好奇，问阿雄花了多少钱，阿雄伸出五个手指头。

这事很快传开了，一个多年不结婚的人，突然花五千块娶了一个越南姿娘。人们私底下都说，阿雄不但身体有病，头脑也有病，保不准一不留心越南新娘就跑了。

一晃十几年过去，阿雄现在还能清晰地忆起陈文瑛到来那天脸上抗拒的表情。陈文瑛就像一头烈性子的牛犊，从遥远的地方来，被豢养了，总想着逃出去。对她来说，这不是她要走的路。如果留在越南，她会嫁个离得不太远的男人，而不是像现在这样，只因为家里穷，就被当作货物那样卖掉。一卖就隔了千山万水，嫁到中国这个偏远的南方小镇。

这天夜里，阿雄还是头疼，他睡不着，翻出陈文瑛的照片来看。这张照片他从老家一直带到这里。他打开台灯，微暗的光线下，照片泛着陈旧的质感。这些年，他逐渐养成了一个习惯：睡不着或者闲着没事，就翻老照片看。相册里，还有陈文瑛的其他照片，只有这张，他会反复看。照片上还是结婚之前的陈文瑛，她穿着奥黛，长长的裙摆垂下来，背后是油绿的香蕉树，她的面目，在镜头前，有着疏离与静谧。

阿雄不知道陈文瑛嫁来之前，在遥远的越南可有相好的男人，更不知道，嫁来中国对她是不是沉重的负担。陈文瑛对他没有所谓的"感情"。在她的世界里，感情是奢侈品，由不得她想，也由不得她去拥有。这些，阿雄并不懂，他是个粗人，没有女人那么细腻的心思。婚姻只是找个人搭伙过日子，为什么是她而不是别人？就因为她能治好他的隐疾？这些问题，阿雄想不明白。他想，也许都是命，他随军去打她的国家，然后遭受了惩罚，现在阴差阳错，上天派这个越南女人来救他。

亲戚招呼阿雄来看果园时，他犹豫了好一阵。一听说要坐五六个钟头的长途车他就倒胃口。亲戚说："老婆都跑了，窝在这里有意思吗？不如出去赚钱。"

现在，陈文瑛的照片已经没法令他产生强烈的生理反应了。阿雄怀念她吗？说怀念也谈不上，就是可惜，好好的一个女人跑了，多少是种损失。不过话说回来，她从来就不属于他，又何谈失去？

陈文瑛跑掉的那天，阿雄追出去，半路上又折回来，他将家中藏钱的角角落落翻腾一遍，发现沙发隔层里的一千多块没了。他气得直跳脚，骂骂咧咧的，骑摩托车到了公路边。来往的车辆一晃而过，阿雄急得像只热锅上的蚂蚁。这个女人，说不定已经搭上哪辆车跑了。

阿雄千防万防，没防到这招。陈文瑛预谋了这么久，一旦寻到缝隙，就像挣脱笼子的小鸟，头也不回地飞走了。想到这些，他几乎要疯了，在路边捡起一块石头，对准公路上疾驰而过的货车扔过去。石头砸在货车车厢上，哐当一声，又落回地上。

越南新娘跑了，乡里一下子炸开了锅，那么小的地方，放个屁能臭三年，更不用提这么大一件事。阿雄是镇上第一个娶越南女人的，这在小镇历史上，应该记上浓墨重彩的一笔。

阿雄娶陈文瑛，照习俗拣了个吉日摆酒，在祠堂排了十来桌。加上之前买新娘搭上的钱，他已经囊中空空了。酒其实是可以不摆的，越南女人在本地上不了户口，也就打不了结婚证，所以不管摆不摆酒，他们都做不成"合法"夫妻。阿雄倒不在意那一纸证明，只要陈文瑛肯安心陪他过日子，再生个一儿半女，就够了。阿雄心想，这女人来了就属于他，她是花钱买来的，就像你花钱买了一套沙发摆在家里一样。可他忘了，陈文瑛从一开始就不是这里的，她长了脚，总会跑的。

摆酒那晚，阿雄见识到了陈文瑛的厉害。酒席上她半点酒不沾，别人激她喝酒，她推给阿雄。阿雄喜欢喝酒，别人敬半杯，他喝一杯。晚上阿雄要上床，谁料陈文瑛穿戴整齐地躺到床上，阿雄急不可耐地扒她裤子，却发现她穿着牛仔裤，皮带系得死紧。他趴上去，她转过脸。那晚陈文瑛的身体就像长了刺，阿雄一靠近，她身上的刺就撑开来，刺得他头破血流。阿雄喝了酒，手脚发软，扯不下皮带，人趴在她身上，脸凑得很近。陈文瑛避不开他，两人脸对着脸。她撞见阿雄眼底仇恨的光。她心里一惊，从未想过，这个男人竟这般可怕。他裆里的硬物蹭着顶着，令她呼吸急促。她的眼角终于淌下泪来。阿雄满嘴酒气地骂她："当年没搞死你们越南人，今日轮到你来搞我！"陈文瑛用越南话回骂他。他使劲地撕她衣服，她就用双手护在胸前。两人打起来，邻居听着，以为夫妻俩新婚，正闹得欢呢。

第二天，阿雄鼻青脸肿的，不敢出门，来家里看越南新娘的人都被他轰走了。接下来几个月，陈文瑛还是不肯就范，夫妻二人几乎天天吵架，闹得厝边头尾鸡飞狗跳。别人见了阿雄，总揶揄他说："打赢越战没？"阿雄没好气地回一句："打打打，打死你全家！"

除了不肯上床，大部分时间陈文瑛还是很好的。她勤快，起早摸黑，烧火做饭，样样做得来，一点也不比潮汕姿娘差。她的两只手掌都布满了茧子，闲下来，就拿把剪刀，坐在门口，借着日头把茧子剪得咔嗒作响。阿雄边喝茶，边看着她。只有这时，这个家才像一个没有硝烟的场所。他们的婚姻生活，一半在白昼，一半在黑夜，白天相安无事，夜里针锋相对。他苦笑，当年没上前线，如今反倒三天两头就要冲锋陷阵。

陈文瑛还未学会潮汕话时，阿雄和她之间的交流，只能靠打手势。他有时候气不过，就骂她吼她，抱怨自己娶了个哑巴。陈文瑛从阿雄的言行里揣摩出他的心思，她抿着嘴，不说话，实在闹得僵，才胡乱地用一串越南话骂他。两人鸡同鸭讲，但句句都戳到对方心上。阿雄恼怒时，骂她是越南鸡。陈文瑛用越南话回骂。他一开始不知什么意思，听她重复多了，一琢磨，才知道她骂的大概是"×你妈"的意思。

阿雄记住了这几个音节，一旦听见她骂人，他就回敬这一句，气得她牙齿打战。

日子就在这样的吵吵闹闹中过下去。阿雄从未想过，最后陈文瑛会跑。

如今回想起来，那些吵闹的日子，其实也还是好的。阿雄的生活太淡了，需要添些味道。也许正因为如此，他才会当了养蜂人，成天和蜂蜜打交道。但他不知，甜的东西并不都是好的。

这天阿雄起床，头不像前一天那么痛了。日头照在果树上，风轻云淡，细叶婆娑。他起身洗漱，听见隔壁大学传来的音乐声，声音很大，不知道学生们又在搞什么活动。他进去过几次，通常都是绕一圈就出来。校园比他想象中还要大。他逛到人工湖，看到老人孩子在岸边喂鲤鱼，面包屑扔下去，成群的鲤鱼张大嘴巴涌过来，把一池湖水搅得哗哗作响。他见到很多学生情侣，牵手在湖边散步。他和陈文瑛的孩子要是还在，应该和他们一样大了吧。想到这些，他的心里一阵空落落。

阿雄在果园里时不时会捡到避孕套，也不知是学校那边扔过来的，还是学生们趁他不注意，潜进来"打野战"。阿雄用树枝将地上的避孕套挑起来，挖个坑，埋进去。他笑着自言自语：说不定能当养料呢。滋养龙眼荔枝，来年枝繁叶茂，也顺带滋养一下他的蜂群。

清早，阿雄在果园巡视，检查蜂箱。这批蜂箱是向附近养蜂户盘来的，都是十框箱，上了桐油，凑合着还能用。他蹲下来，挨个察看蜂箱。每个蜂箱都有蜂王，隔王板将蜂王隔开了，看起来像独门独户的领主。阿雄拎一把割蜜刀，把巢框上的盖板掀开，刮了一点，放在鼻尖。他有个奇特的能力，闻一下蜂箱和蜂蜜的味道，就知道这箱蜂有没有问题。和蜜蜂相处，要摸透它们的习性，知己知彼，才能酿出好蜜。这些，都是多年的养蜂经验锻炼出来的。这片果园是天然的采蜜场，蜜蜂不用飞远就能采到蜜。这些年，他闲下来喜欢坐在铁皮屋前，看蜜蜂在飞离巢脾不远的地方舞动着发出信号。工蜂采饱了蜜，肚子吸得圆润发亮，看起来很像隔壁大学人工湖里养的鲤鱼。不同的是，他养的蜂自食其力，而那群臃肿的鲤鱼，却要依靠别人投喂食物来过活。

阿雄的果园门口挂了块木牌，上面用红漆写了大大的"蜂蜜"二字。日晒雨淋，木牌旧了，生意却不见淡，反而好了起来。找他买蜂蜜的，有附近的居民，还有些蜂蜜批发商。阿雄出售的蜜不掺假，价格也公道，卖的量不多，大部分是回头客。养蜂其实并不能给他带来多少收入，但阿雄喜欢这个活计。蜜蜂不会言语，只要它们飞着，他就觉得日子是好的，还可以过下去。他时常想起陈文瑛说过的话：你这人就是太老实了，挣不了大钱，只能过过小日子。现在想来，他的确不幸被言中了。这天傍晚，吃过饭，阿雄闲坐无事，锁了园子的门，背着手出来散步。逛到大马路的天桥下，他看到地砖上满是花花绿绿的卡片。下过一阵雨，地是湿的，卡片上有水渍，他捡起一张，上面赫然印着一个袒露双乳的女人，旁边是一串电话号码。他拍掉水渍，揣进裤兜。这次，他没有逛去学校，而是绕着周边的绿道走，走了大约一个钟头。

阿雄住的这间铁皮屋，是建筑工地上常能见到的移动房，外墙漆蓝色，像一只小型集装箱。四面有树遮挡，还算阴凉。他搭了个床铺，有床头柜，浴室和厨房都建在铁皮屋外。反正是园主出资，他要求也不高，能满足日常所需就好。

头顶一盏灯泡照得屋里明晃晃，阿雄的头痛又犯了。痛得实在难受，他站起身来，在这块小小的地方来回兜圈。铁皮屋从未像现在这样狭仄，它恍惚变作了一间监狱，将他困于其中。该死的头痛更加剧了这种被囚禁的感觉。

这时，阿雄摸到裤袋里的卡片，袒露双乳的年轻女人在朝他笑，朝他抛来媚眼。要是泻一泻火，说不定头痛就好了。和陈文瑛在一起的那些日子，他从来没有头痛过，怎么一到这个鬼地方，各种毛病就全跑来找他？阿雄想起第一次和陈文瑛做，手臂被她咬出血。陈文瑛那次疼得不得了，床单沾上了点淡淡的血迹。

有一次，两人闹矛盾，阿雄将陈文瑛的衣物全扔到门口，大声骂她，要她滚："你以为回去就一了百了？你跑啊，跑了把你抓回来！"

陈文瑛看着满地的衣服裤子，又看看一脸怒气的阿雄，眼泪淌了一脸。那次过后，两人之间不再动不动就吵架了。陈文瑛大概觉得逃走无望，她和他讲条件，要他对她好，不能在外面乱来。阿雄哈哈大笑，要乱来也没资本啊。两人于是签了"停战协议"。

两人"和好"之后，阿雄花钱请乡里裁缝给陈文瑛做了一套奥黛。

师傅量尺寸时，他站在边上看。陈文瑛的皮肤虽然黑了点，但是身材凹凸有致。阿雄想，她穿上这身新做的奥黛，样子一定比照片上还要好看。乡里的裁缝师傅没做过类似的衣服，看着照片上的奥黛旗袍不像旗袍，裙子不像裙子，上身连着衬摆，收腰，衣袖是长的，略呈喇叭状。陈文瑛凭着印象，将越南老家那边奥黛的做法讲给师傅听。师傅笑着说："那我也只能依样画葫芦了。"

衣服做好了，阿雄兴冲冲领回来，要陈文瑛试穿。嫁过来这么久，她还没穿过一件像样的衣服，平日忙里忙外，也顾不上打扮。她打开装衣服的袋子，将新做的奥黛取出来，拎在胸前比了比。裁缝用的面料是绸布，厚了点，不过款式和尺寸大体是对的。陈文瑛穿奥黛的样子，和照片上没有太大差别，衣服很合身，穿上去，就生出难得的柔美来。陈文瑛站在衣柜镜子前，转过身，上上下下地打量着，直愣愣地盯着镜子里的那个人看。她好像变了，眉目间不再有淡然，说不上愁苦，总之是变了，身体里有一股和生活纠缠厮打的劲。她知道，只要心不死，就还有再活过来的希望。阿雄上下看看，频频点头，眼底满是笑意。

陈文瑛发现他在看，生怕心事给看穿了，转身想脱下衣服，被他拦住。

阿雄说："这样好看。"

陈文瑛笑起来："总不能穿着去市场买菜吧？"

没过多久，陈文瑛就怀上了孩子。对阿雄来说，陈文瑛怀孕是天大一件好事。有了孩子，乡里人长久以来对他的荒唐猜想就不攻自破了。这个尚未出生的孩子，是陈文瑛留下来的理由，凭借这点，阿雄才笃信，生活的底色不会就此黯淡下去。

现在，一记起那件事，懊恼的情绪就奔涌过来。阿雄也搞不清，陈文瑛肚子里的孩子到底是怎么没的。她是被他从牌桌旁边推下去的，还是自己不注意摔倒的？都记不得了。那段日子他养蜂，攒了点钱，一开始只是小赌，后来越赌越大，赌瘾一犯，就跟"白药仔"一样浑身不舒服。陈文瑛当然反对阿雄赌钱，劝他不住，就用学来的最难听的潮汕话骂他。阿雄去赌钱，她挺着个大肚子跟在他后面，喋喋不休，你还要这个家吗？阿雄不耐烦，骂骂咧咧道，我要不要你管不了！闹得最大的一次，是在赌室。陈文瑛当着众人的面要阿雄回家，她说："天天赌，有意思吗？"阿雄那天手气正旺，被老婆一闹，火气冲上来，推了她一下。场面顿时混乱起来。熙攘中，有人突然大喊，流血了！阿雄一惊，撞见陈文瑛煞白的脸，她双手撑地，张大了嘴，整个身子在抖。

——陈文瑛流产了，孩子最终并没有保住。得知消息时，阿雄在卫生院痛哭流涕。

后来的几天，陈文瑛不吃不喝。阿雄着急，又是哄又是劝，说他吃教训了，打死再也不上牌桌。陈文瑛躺在床上，脸色煞白，扯过被子一角盖住脸，转过身，忍不住流了泪。她不停地哭："孩子没了，你要我怎么活？"他安慰她，我们可以再生，再生。她狠狠地瞪他，哭着要他滚开。

那几天，她半夜睡不着，哭着醒了，就张开嘴，抱住阿雄胳膊狠狠地咬。

流了产，按照乡里人的习惯，也是要坐月子的。那段日子，阿雄向邻居大嫂讨教坐月子的事。大嫂一五一十地教他：吃益母草，熬猪蹄，等等。他老老实实照做，把陈文瑛服侍得妥妥帖帖。

谁也没想到，陈文瑛身体恢复得差不多，就跑了。

阿雄那时想过要追去越南，可转念一想，陈文瑛跑了，必定是铁了心不回来，强求也没用。如今阿雄坐在异乡漆黑的夜里，脑子一片纷乱。他时而想到陈文瑛，时而想到自己。要是陈文瑛当初没走，要是孩子还在，眼下也不至于独自一人寡淡无味地过日子。陈文瑛跑掉后，有人劝他再娶一个，反正没领结婚证，不算离异，按法律来说还是个单身汉。阿雄听了，一笑置之。这辈子他再也不会结婚了。

然而今晚，他的欲念被什么无形的力量引导出来，身体一旦有了需求，就像泉眼被打开，源源不断的水顺着出水口涌了出来。

阿雄掏出手机，拨了那张卡片上面的号码。女人嗲嗲的声音传来："老板，要美女上门吗？"阿雄吞吞吐吐地说："要，要，上门。"那边问："老板您住哪里呢？"阿雄愣了一下，这才意识到，他住的这个地方没有具体门牌，更别提什么地址了。他犹豫着说："大学这里吧，公交车站。"那边又问："您需要什么价位的？我们这里有学生妹、少妇、白领、模特，价格是……"那边还没报价，阿雄就粗暴地打断她："有没有越南的？我，我要越南的。"那头回复他："不好意思，我们只有俄罗斯和泰国的，您看可以吗？"阿雄迟疑着，不知怎样抉择。那头说："泰国妹也很靓的，技术好，不比越南的差啦！"阿雄将卡片揉在掌心，那头催他："老板，不满意可以换的。"他回过神来，"哦"一声，说："就要泰国的，泰国的。"

挂了电话，阿雄将揉皱的卡片丢进垃圾筐，蹲下来，从床底拉出一只旅行袋，拉开拉链，翻出陈文瑛以前穿过的那件奥黛。陈文瑛跑的时候什么也没带在身上。她的衣服、鞋子、几样贴身首饰，全都留着。陈文瑛走后，阿雄就当她死了。有一天，他突然将她的东西一样样拿出来，丢的丢，烧的烧，剩下这件奥黛——这件并非产自越南的仿制品——幸免于难。阿雄将绸布做的奥黛搁在大腿上，太久没洗了，上面散发着一股淡淡的霉味。裙摆上长了黑色斑点，颜色也变黄了，像被熏过一遍。阿雄用手摩挲它，绸布发出细碎的声响。

几分钟后，电话响了，上门的小姐说她到了。阿雄让她在车站等。挂了电话，他打开果园铁门，走去接她。一路上他心神不宁，忘了自己要的是泰国的，电话那头的女孩子说的却是中国话。他匆忙地走到公交车站。站在他面前的这位"小姐"，看上去只有二十来岁，妆化得很浓，人瘦，穿短裙，上身穿一件亮黄色背心，光溜溜两条腿，踩高跟鞋，走上斜坡时，一摇一晃的。她不停地抱怨："你这是什么破地方啊？"他说："果园。"小姐嚼着口香糖，见到铁皮屋时，停住了，不肯往里走。他拉她，被她甩掉："老板您真会挑地方，开个房多省事啊！"他用口音浓重的普通话说："我加钱，加两百。"她正犹豫着，就被阿雄拉了进去。阿雄的床只铺了一张凉席，小姐嫌床硌骨头，他便扯过一张被单，铺到上面，拍一拍床，要她躺下。她吐掉口香糖说："别急啊，脱衣服先嘛！"她三两下把自己脱得光溜溜，她看着瘦，但该有的地方都有了，尤其是一对胸，圆滚滚的。她扔给阿雄一只套子："喏，戴上。"阿雄脱光衣服，撕开避孕套的包装，举在灯下看有没有弄反，这才套上去。

小姐刚一躺下，阿雄就喊她起来。小姐问："哎，你干吗呢？不做啦？"阿雄摇摇头，掏出那件奥黛，要她穿上。小姐摆着一副臭脸："穿这个干吗？"阿雄语气生硬："叫你穿你就穿。"小姐哼哼唧唧地下了床，接过他递过来的衣服："这玩意儿是什么啊？怎么穿？"阿雄说："套进去。"小姐不耐烦地捣鼓了一阵，终于穿好了。奥黛穿在她身上，松垮垮的，没有一点美感。阿雄蹙了蹙眉，总觉得哪里不对，又命令她脱下。小姐来了脾气："你又要人穿，又要人脱，到底想怎样咧？"阿雄指着床叫她躺下，小姐"哼"一声："赚你这点破钱真麻烦！"

阿雄"啪嗒"一声，将电灯关了，铁皮屋一下没入黑暗。他摸小姐的手，又摸小姐的胸，趴上去，揉捏她。他大口喘气，鼻子像狗一样在她身上不停嗅，发出急促的呼吸声。小姐的身体是僵硬的。她催他："做吧。"阿雄说："等一下。"这时，小姐翻了个身，不耐烦地打开手机，屏幕照着她，床头有了一小圈光亮。屋子里窸窸窣窣一阵响，小姐摸不透这个老男人究竟想做什么。她在黑暗中叫他："老板，好了吗？"阿雄吞吞吐吐说："好，好了。"片刻后，阿雄爬上床，压住她，一手撑着床铺，进入她的身体。床摇晃起来，女孩子咬住唇，他能看见她脸的轮廓，但看不见表情。他闭上眼，眼前晃上来一张熟悉的面孔，是她，没错了，是她。小姐伸出手抓住床单，双脚摊开，黑暗中只有粗重的喘息声。突然，她感觉下体有什么东西，凉凉黏黏的，她心里一惊，迅速坐起来，用手一摸，黏稠的液体涂了一身。她尖叫起来："死变态！"慌乱中，她抓过放在床头的衣服和手机，跌跌撞撞地冲到门口，往外跑开了。

铁皮屋重又恢复了寂静，空气中弥漫着一股甜味。阿雄的力气被抽空了，他瘫坐在地上，靠着墙，用力地嗅了嗅。他想起来，甜的东西并不都是好的，为什么还有人喜欢甜食？屋里黑透了，他懒得开灯，伸手摸到那件奥黛，便拉过来，盖在身上。他的手掌涂满蜂蜜，他用奥黛将手裹住，使劲地擦。蜂蜜黏手，擦了几次也没擦掉。他闭上眼，仰起头，不让泪落下。这一刻他又撞见陈文瑛了：她身穿一袭白色的奥黛，立于香蕉树前，一片油绿衬着她，镜头将她的目光定格下来。阿雄看见她穿着那袭奥黛朝他走来。时光一截一截，哗啦哗啦，如同这匹衬着身段的绸布，走起来，有了合，也就有了开。

青
梅

1

蓝姨老了。

第一次见蓝姨，大约是十年前，她来我家，一手挽塑料编织的提袋，一手拎了只老母鸡。我去应门，见着一个四十来岁的妇人，个子不高，短发，鱼尾纹明显，肤色偏暗，鼻翼一侧有一颗突起的肉痣。

她问："妹仔，你妈妈在家吗？"

我从未见过她，心想她该是母亲的旧相识。正打算喊母亲时，母亲的声音从房间里传出来，"来了来了"——母亲见到蓝姨，惊喜得差点叫起来。她抱住蓝姨的胳膊，激动地说："啊，是你，进来，进来！"

我立在门边，看着她们。

她们的眉目是舒展的、欣慰的，那是久别重逢的人脸上才有的表情。

蓝姨掂了掂手中的老母鸡说："这是给你带的，补一补身体。"

母亲说："哎呀，人来就好了，怎么还带东西！"

蓝姨抓着老母鸡，鸡的腿脚绑在一起，倒吊着，灰黄色的羽毛鲜亮得很。她说："反正是自家养的土鸡，炖汤最好，先养起来吧。"

母亲翻出一只竹筐，蓝姨动作利索，将竹筐倒扣，提起来，鸡搁进去，再找了重物压上。"这样就跑不了啦。"蓝姨说。

母亲从桶里舀出一勺水给蓝姨洗手，蓝姨抬起头，见我站在一边，眉目带笑说："姿娘仔都这么大了，长得好看，好看！"

母亲哈哈笑起来："她啊，跟她爸一样，太瘦了。"她们俩的对话让我脸颊一阵热。母亲说："还站着做什么，叫蓝姨。"我声音细细地喊了声"蓝姨"。蓝姨应了声"欸"，接着就从圆鼓鼓的提袋里掏出一只富士苹果递给我。苹果握在手中，有圆润冰凉的触感。这时我才留意到蓝姨的手指，粗糙、指甲灰黑，明显是干惯了粗活的人。

母亲吩咐我去厨房看下，火关小点。

厨房煤气灶上搁着一只陶瓷炖锅，蓝色的火苗舔舐锅底，从盖子突突往外冒热气，一股浓郁的田七味扑鼻而来。我那时读初中，个子不高，胸脯发育得不好，走路缩着，佝背，不敢抬头。清平街的老辈人传给母亲一个土方，说是田七炖鸡，有助于长身高。老辈人又吩咐说，田七不可过量，适度就好，过了，非但起不了作用，还会吃坏身体。母亲遵循这个土方，三五天炖上一锅，要我喝下。她说，喝了才不会变矮冬瓜。我不喜欢田七的味，苦中带涩，和着炖得烂熟的鸡肉，汤水呈深绿色，明明是补品，尝起来却像中药。

我守在厨房，搬张凳子坐在饭桌前，手里的苹果咬了一半，有苍蝇飞来，落在上面，我用嘴将它吹走。过了一阵子，它又飞来，这次我抬起手来打，一不小心，将苹果打落在地。我怕这一幕被母亲撞见，吃不准又是一顿骂，捡起苹果，迅速扔进垃圾篓。

母亲和蓝姨在客厅说话的声音清楚地传来。

母亲问："今年收成怎样？"

蓝姨叹口气："香蕉长势不错，都卖了，不过今年这批鸡苗着瘟了，养鸡场亏本了。"

母亲安慰她："无相干啦，钱没了再赚回来，人平安就好。"

然后我又听母亲问："淑君毕业没？"

蓝姨的声音听起来满是怨气："当初要是认真点就好了，现在高中考不上，要去读中专，学费贵死啊。她爸就说，姿娘仔还是要多读书，过早出来不好，现在社会风气差，姿娘仔容易给人骗。话是这么说，钱还不是由我出？"

母亲和蓝姨的对话时断时续。我听到母亲在冲茶，茶具磕碰，发出清脆的声音。

我望着天井落下的日影，细细长长，从墙面移动到地砖，一截一截，像缓慢挪动的蛇。

大人闲聊，我向来不感兴趣。那天不知为何，蓝姨和母亲的对话，逐渐牵引出一些"故事"的味道。隔着一堵墙，我仔细地听着，借由零星碎片，大致拼凑出蓝姨一家人的轮廓。

蓝姨和丈夫一直忙忙碌碌，养鸡是这一两年才着手的事。养鸡前景好，但技术难度大，鸡苗大病小病一来，是随时要命的。冷月鸡场要集体供暖，很考验技术，温度调不好，鸡苗就得遭殃。一年下来，饲料、药物、人力、物力投进去一大笔钱，今年没赚，就意味着亏本。淑君是蓝姨的大女儿，底下还有一个弟弟，叫仁楷。蓝姨的儿子比女儿争气，读书自觉，成绩在班上数一数二。

淑君姐大我三岁，阿楷和我同年。蓝姨口中的这对姐弟性格迥异。

姐姐性格外向，大大咧咧的；弟弟内敛有余，一放学便将自己关进房间做作业，作业做完，也不出去。"阿楷资质好，是读书的料，只要考得上，我和他爸再辛苦都会供。"蓝姨感叹，两人性格换一下就好了。

母亲说："孩子大了，性格会慢慢变好的，晓玲如果跟阿楷一样爱读书，我会半夜掀被子起来笑的。"

我没想到母亲会将我扯进她们的谈话中，悬着一颗心，想听听还有无下文。然而话题就此中断，接下来是一番不冷不热的闲谈。蓝姨继续抱怨日子过得不如意，母亲一面劝慰她，一面吐苦水，间或开玩笑说，当年要不是为了保教职，早把儿子生了，现在想生也晚了。我早已习惯了母亲絮絮叨叨的"假设"，她一直后悔没给我们家生个儿子。在崇尚"儿女满堂"的清平镇，我们这样的三口之家几乎是"异类"。母亲不敢生二胎，还有个原因，是担心以后拿不到退休金。两个久未谋面的女人，聊起来，一句接一句，将各自漏掉的时光，对半缝接起来。

时隔许多年，那一天很多细节模糊了，但我记得分明——蓝姨送了一樽自己酿的青梅酒。在乡下，青梅俗称青竹梅。蓝姨说："这樽梅酒是旧年的。"母亲向她讨教酿制方法，蓝姨便一五一十，将从采摘到酿制的过程细细道来。蓝姨说："一斤梅一斤酒，酒最好是酒厂买的，味道醇些，梅洗净，晒干水汽，加八两冰糖，封存好，一并酿就行。"蓝姨送的青梅酒装在一只窄口酒樽里，酒樽碗口粗，颜色浑浊。青梅泡得皱了，沉于底部，在浊黄的液体中轻微晃动着，像一群醉倒在酒中的顽童。

那天母亲下厨，做了一桌好吃的。午饭吃得热热闹闹，蓝姨把酒倒在小杯里让我尝尝。父亲抿一口,竖起大拇指。母亲仰起脖子,一杯落肚,啧啧称赞,好多年没喝过这么醇的梅酒了。我小口小口尝着酒,青梅酒甜中带酸,滑到喉咙处,又渗出酒味,一小杯下去,脸灼灼地烧起来。

酒足饭饱,我帮母亲收拾完碗筷,进房间午睡。

一觉醒来,天色暗淡。蓝姨早就离开了。

2

蓝姨是母亲饶平老家的好姐妹。听母亲说,年幼时两人关系甚好,上学放学都黏在一起。蓝姨祖上几辈是种田的,家里条件差,按成分划分,属贫下中农。大饥荒,没东西吃,母亲说家里藏有一袋番薯,她偷来一两个送给蓝姨,事情败露,吃了外公一顿"竹仔鱼"。蓝姨一家八口人,她上有两个姐姐,下有两个妹妹、一个弟弟。蓝姨年龄居中,身体好,结实耐劳,弟弟妹妹年纪小,干不来农活,姐姐出嫁后,蓝姨自然成为家里的主要劳动力。母亲说,农忙时,蓝姨插秧、喷农药、挑粪,样样干得好。收稻谷了,蓝姨挽起裤管下田,手握镰刀,割得比谁都快,一个人可以挑一百二十斤重的稻谷,从田地里走到田坎上,大气不喘一口。

外公外婆都是教师,领工资的,家里条件稍好些,母亲从小不用下田地,不用干粗重活。母亲觉得蓝姨这样太苦,一有机会,就尽力帮蓝姨。她说,她和蓝姨两个人缘分深,说话投机。她总觉得她们是凤凰,飞不出乡下,也早晚会栖上枝头。母亲鼓励蓝姨继续读书,考师专,毕业出来当教师,挣国家工资。这是当时鲜少人走的路,母亲说，只有这样，才能改变吃苦的命。

蓝姨离开后，母亲心心念念。母亲说，蓝姨家里穷，她初中没毕业就出来了，不然现在应该过得更好。我问母亲："什么叫'过得更好'？"母亲答非所问："有些事情，过了没法重来，人生下来做龙做凤，由不得自己选择啊。"

母亲像一个已经攀上了半山腰的登山者，回头看山下还在挣扎的人，半是庆幸，半是慨叹。

蓝姨先去蔗糖厂打工，起早摸黑做了几年，到了待嫁年纪，媒婆找上门，介绍了同乡一个男人。蓝姨觉得对方老实可靠，趁势就结了婚。婚后的蓝姨继续待在蔗糖厂，后来厂里改制，要裁一批员工，蓝姨不幸在下岗名单里。结束蔗糖厂的工作，蓝姨又在乡里的建筑工地做短工，挑砖头，拌水泥，晒得跟只猴子一样，又黑又瘦。蓝姨丈夫是个老实人，木讷口拙，不会做生意，就承包下几亩地，种林檎和青枣，起早贪黑，眼窝深陷，笑起来额头满是皱纹。

孩子渐渐长大，学费、生活费，样样是开销。蓝姨丈夫种的林檎和青枣卖不到什么好价钱，蓝姨看着不是办法，恰好当时乡下兴起进市区摆摊做小生意的热潮，蓝姨觉得这样有奔头，便辞了工地的活，在乡下收购水果蔬菜，挑副担子上市区摆摊。那时交通不便，蓝姨在公路边拦车，担子要先放车厢顶部，用绳索绑好。人挤在闷热难闻的车厢里，有时没座位，就一路站到市区，风雨无阻。

母亲曾带我去过市区走亲戚。在老街一带，骑楼附近，摆摊的大多是些妇人，一个个晒得面色焦黄。有的头戴斗笠，斗笠边檐垂下一圈薄纱，既遮光，又防晒。凡是这般打扮的，大多从海边来，以卖海产品为主。

自从知道蓝姨的故事之后，我总在想，当年跟母亲上市区走亲戚，怎么没碰到蓝姨呢？蓝姨会不会就蹲在某个热闹街区的角落，坐在矮凳上守蔬果摊？身边一杆秤、一只水壶，人佝偻着，苍蝇飞来，她举起扇子赶，望着人声喧嚣的街区，对未来有了期许。蓝姨和其他讨生活的人一样，从无到有，从生到熟，一开始学吆喝，声音极低，后来有经验了，懂得吆喝，也知道怎么选地段，才不会遭到城管驱赶。一天下来，满满的担子空了，扣除来回车费、伙食费和进货的成本，能挣上几十上百。这在当时，是不错的收入了。

母亲感慨说："人和人之间，说断联系就断联系，哪像现在这么方便啊，一个电话，再远也能联系上。"母亲这样说，是因为自从嫁人离开饶平后，她就很少回去，回去也是逢年过节，走亲戚，陪老人，哪里有时间找老朋友叙旧？

蓝姨嫁人之后，搬到另一个乡里住，也不常回娘家。

十多年来，母亲和蓝姨各自操持自己的家，见不到几次面。

那次蓝姨来我家做客，也是费了好大心思，其间辗转询问了好几个人，最后才打听到我家的住址。

3

初中毕业那年，有天我和母亲上市场买菜，走到大池塘边上，母亲忽然停下，激动地问我："你看看，是不是蓝姨？"我顺着母亲指的方向望去，大榕树下一排小贩中间，有一个熟悉的身影，旁边还蹲着一个长发的女孩。母亲快步走过去，我跟在后面。母亲上前喊蓝姨，蓝姨半眯着眼，差点认不出母亲来。蓝姨身边，是她女儿淑君，母女俩眉目相像，不过淑君姐的五官更耐看些。她坐在矮凳上，过秤、装袋、收钱找钱，动作娴熟。母亲和蓝姨寒暄一阵，身边的小贩好奇地看着。菜市场人声喧嚣，母亲说："不妨碍你做生意了，收摊后来家里吃饭啊！"母亲让我先回家，自己进去市场买菜。等她回来时，桌上多了卤肉、冬瓜、排骨和一碟切成片的莲藕灌糯米。我帮母亲打下手，在厨房忙活。母亲问我："蓝姨女儿长得不错吧？"我说："她好瘦啊！"母亲说："太瘦不好，估计是营养不良。"我在心里暗暗反驳母亲，同时又为自己的身材担忧。初中毕业那年，我实在太胖了，大腿粗，又不显腰身，头发自然卷，母亲还死活不让我拉直，说是拉头发会损发质。淑君姐身形纤瘦，薄薄两片唇，双眼皮，眉毛细细长长，跟描过一样，头发又黑又亮，扎马尾。那天她穿着旧旧的牛仔裤和短袖 T 恤，端坐在摊档围成的狭窄空间里，与周遭杂乱的环境形成巨大反差。路过的人，不论男女，都会放慢脚步，瞟上几眼。大概觉得，这样的女孩，置身肉摊鱼肆间，有清新脱俗之感。

父亲下班回家，见到一桌丰盛的菜，吃惊地问："今天什么日子啊，加菜？"母亲说："今天请蓝姐和她女儿来吃饭。"说话间，母亲端一锅鱼头豆腐汤出来，汤很烫，摆到餐桌上，冒着热气。母亲说她在汤底加了一样东西，要我猜是什么。我闻了闻，摇摇头。母亲颇为得意地说："是'金不换'啦，炖汤加几片，味道更好！"母亲有个心愿，希望我能承袭她的烹调天赋，出得厅堂入得厨房，但我天性拙笨，不是烧菜做饭的料，她传授的这些烹调技巧，我一概左耳进，右耳出。

饭菜上齐后，我们坐下来，等蓝姨和淑君姐。

母亲为自己做的一桌美食沾沾自喜，她一会儿坐，一会儿站，像等待别人阅卷点评的学生。我忍不住夹一块卤肉尝尝，母亲数落我："少吃肥腻的，看看你的身材！"我悻悻地搁下碗筷，吐了吐舌头。半个钟头过去，父亲问母亲："这时候应该收摊了，怎么还没来？"

母亲眉头皱着，说："我去看下。"说完，伞也不打，顶着日头，往菜市场赶。

好多年过去，我总会记起那天淑君姐的脸，那张脸有怨恨和厌弃，以及难以说清的戾气。母亲人未到家，大老远就喊起来："快，快出来帮忙！"母亲声音凄厉，她一喊，邻居街坊以为出了什么大事，捧着碗筷，跑出来看。我光脚跑出门，父亲手忙脚乱，赶在前头。蓝姨嘴角瘀青，拖着一副担子，站在门口喘气。淑君姐一只袖子裂开来，露出胸衣带子，她抱着胳膊，紧紧捂住。父亲见状，从家里拿出一件衬衣，披到淑君姐身上。邻居孩子在门口探头探脑，被我狠狠地瞪了一眼。

淑君姐坐在沙发上，咬着嘴唇，刘海遮住一只眼睛，另一只露出来，目光灼灼，烫得人心疼。她披着父亲的衬衣，胸口一起一伏，眉角挂着泪。她的牛仔裤磨破了，沾着泥水。蓝姨伸手去碰她，被她推开。蓝姨问淑君姐："你没事吧？"淑君姐瞪了蓝姨一眼，脱口道："死了才没事！"蓝姨被女儿的话噎着，脸色十分难看，她嘴唇哆嗦，两颊的肉在颤抖。母亲抽出纸巾，帮淑君姐擦掉腿上的污渍，又从抽屉里翻出消毒水和止血胶布，给蓝姨磕伤的脚踝敷药。蓝姨坐在沙发上，粗糙灰黑的手指微微颤着，捧住脸，一言不发。父亲问蓝姨发生了什么事，一阵沉默，蓝姨原本无声的哭泣突然变作号啕，她咬着牙骂道："都是那帮臭狗！"

原来蓝姨中午收摊时，市管来收钱，一上来就狮子大开口。蓝姨觉得不公平，就和市管理论，争执几句，谈不拢，市管骂人，抬脚踢翻她的摊档。蓝姨也不是省油的灯，一着急就和市管闹起来。她们母女两个，势单力薄，市管摆明是来欺负人的，存心为难外地摊贩。后来一个壮实的年轻人过来，朝蓝姨的脸就是一巴掌。淑君姐推开年轻人，不料被年轻人抓住，刺啦一声，衣服领口和袖子被撕开一道口子，人跌坐在泥水坑洼的地上。围观的人哗然，但无人敢上前劝架。母女俩从未遭遇这般羞辱，处在众人包围之中，既恼怒，又狼狈，一肚子的委屈无处申诉。母亲赶到菜市场的时候，围观人群正逐渐散去。母亲见状，上前一番好言相劝，替蓝姨交齐费用，市管这才让步。钱财落肚，一场以敛财为目的的冲突，终于草草收场。母亲将散落在地的蔬果收起来，半扶半搀，带她们母女两个一脚长一脚短，走回我家。

　　母亲备好的饭菜冷了，她将汤和另外几样菜重新下锅，加热，再摆上饭桌时，早已没了先前滋味。一桌人围坐，各自安静地吃菜扒饭。我抬眼，悄悄注意淑君姐。她与蓝姨挨着坐，距离却是分明的，冷漠挂于脸上，像随时准备撑开尖刺的刺猬。母亲终于打破沉默，问蓝姨怎么又做起老本行。蓝姨搁下碗筷，抹抹泪说道："本来早不做的，年前，孩子她爸赌六合彩，输了几千块，不甘心，又继续押。六合彩这东西，从来就是它赢你，哪有你赢它的？我劝他好几次，输钱就输钱，及时收手，再赌下去，老本都要吃光。过年那阵，他不知得罪谁，给人举报了，被抓到派出所拘留。我四处凑钱，花了三千块才放出来……"

　　蓝姨哽咽，抬起手抹眼泪。这个过程中，淑君姐静坐不语，蓝姨自揭家丑，她脸面上挂不住。半晌，她抽张纸巾擦嘴，站起来说："阿叔阿婶，你们先吃，我走了。"

蓝姨没有叫住女儿，她摊开手，坐在饭桌前，像株不振的植物。

4

这年春节，阿楷骑一辆摩托车，载蓝姨来我家拜年。清平镇的春节稀松平常，既无庙会，也无花市。与往日的不同在于，街上汽车一年比一年停得多。出外工作的人回来了，家人聚齐，原先冷清的屋子骤添几分热闹。我们家一直少人，过年时节除了例行拜年，其余时间皆守在一起。

阿楷和蓝姨的到来，使家中有了近乎喜庆的气氛。说不上这气氛从何而来，也许是受蓝姨的热忱感染，也许是久未见面，母亲心生愉悦所致。那是我第一次见到蓝姨的儿子，他理着板寸头，戴眼镜，镜片像酒瓶底一般厚，衬得眼睛小；话也不多，真的就像蓝姨先前说的，性格内敛。

后来谈起，才知道，阿楷考上了市里最好的高中，镇政府奖励一万块，学校免除三年学费。蓝姨说："上次气糊涂了，这么大件喜事没和你们讲。"母亲握住她手，说："没事，没事，现在知道不迟，应该好好庆祝！"母亲想留他们母子在家吃饭，蓝姨婉拒了，说是女儿淑君到深圳打工，下午到家，她要回去煮饭。

谈到淑君姐，蓝姨言语间充满无奈。

蓝姨说，那次菜市场的事之后，回到家，淑君说不想读了，读书没用，不如早点出来打工。因为这件事，淑君姐和父母吵，父母拗不过她，答应了。淑君姐跟乡里的几个女孩子辗转到东莞打工，她很快就找到了工作，在一家服装店做售货员。不到一个月，她又嫌待遇不好，跳槽去深圳，这次在罗湖的商贸城上班，也是服装店，不过工资高一些，一个月两千块。蓝姨说："我就怕她给人骗。"母亲说："淑君也不小了，不用那么担心她，没事的。"蓝姨苦笑。闲坐一阵，吃几杯茶，蓝姨让阿楷把放在摩托车上的两罐凤凰单丛茶拎下来，递给母亲。母亲不知什么时候备好一只红包，塞到阿楷手中，阿楷愣住，吞吞吐吐地说："阿姨，我不能收红包。"推拒几次，蓝姨说："你就收下吧。"母亲说："对啊，你考上高中，这个红包应该的！"阿楷一脸不自在，小声说"谢谢阿姨"。我看到他的脸一阵泛红。

我们送他们到门口，阿楷发动摩托车，载着蓝姨离开了。

自始至终，我和阿楷，没讲过一句话。

蓝姨走后，母亲坐下来，掂着两罐凤凰单丛说："你蓝姨是个有心人。"

我握着遥控器，电视上几乎所有的台，都在转播春晚。

5

往后几年，蓝姨和母亲走动越发少了。逢年过节，蓝姨照旧来拜年，往往坐不到一泡茶的时间，寒暄几句便走。她和大多数乡下妇人一样，忙忙碌碌，在生活的灰堆中打滚，练就一身耐磨的性子。这几年，蓝姨老得快，她和母亲同岁，但无论穿着还是言行，都透着老气。

高考，我不愿走母亲的老路，故意不填师范类的志愿，没想到最后阴差阳错，补录到一所师范大学，读了个冷门的专业。

这年夏天，蓝姨打来电话跟母亲报喜说，阿楷要去北京读航天工程，以后是造火箭的。

母亲打从心底为蓝姨高兴。她说，蓝姨没能力改变吃苦的命，只能靠孩子了，再过几年，她会过上好日子的。

母亲和蓝姨通电话的样子，就像面对面聊天，说话声音一个高过一个。当然，她们聊天，总有一个话题绕不开，那就是蓝姨的女儿淑君。母亲对蓝姨的一双儿女惦念得很，对淑君姐尤甚。有一次，母亲心血来潮，说要给蓝姨女儿介绍男朋友。蓝姨听完，在电话那头笑起来，告诉母亲，淑君姐有男朋友了，是卖皮具的，两人处得不错。母亲就问："哪里人，你见过面没？"蓝姨说："粤西那边的，等去深圳看淑君，就会见到啦。"

后来谈起这件事，母亲说："没想到你蓝姨真开明，放心女儿找个外地人。"

这一年，我也谈了男朋友。因为父母一贯的高压政策，我们一直处在地下状态。暑假未过完，为了和男朋友约会，我骗父母说有同学聚会，要先上深圳待两天。行李收拾妥当，母亲忽然说，蓝姨要上深圳看她女儿，搭的是同一班车，蓝姨第一次去大城市，你要照顾好她。我以为自己露出了马脚，被母亲捉住。她想借此机会，派蓝姨充当"眼线"。

上车那天，蓝姨穿了一身新衣服。她提着一只灰黑色的旅行袋，装得圆鼓鼓的，此外，还有一篮新鲜的薄壳米，装在塑料袋中，用冰镇的矿泉水保鲜。车厢本来就有一股难闻的味，蓝姨提的袋子滴滴答答漏水，座位下湿了大半，加上薄壳米的腥味，闻着很不舒服。一路上，蓝姨像个出门远游的孩子，不是问还有多久才到，就是问深圳有什么好玩的地方。我不敢怠慢，耐着性子给她讲。一路上和男朋友联系，也是偷偷发短信，不敢打电话，怕蓝姨知道，回头向母亲告密。

车到鲘门休息站，蓝姨担心一篮薄壳米被人偷走，便提在手里下了车。我给她买了一碗牛肉粿条，她吃了几口，问我多少钱。我说："蓝姨，我请你。"蓝姨说："不行不行，你还不会赚钱，要给的。"说完，她在裤兜里摸索良久，抽两张十块塞给我。我又见到蓝姨的手指了，还是那样，指甲缝是黑的，不是没洗干净的黑，而是常年劳作，沾的，染色一样褪不去。

淑君姐和男朋友在罗湖客运站等我们。她烫了卷发，显得更成熟，也化妆，不过眼线画得不好。她穿了条短裤，一件带亮片的黑色背心，平底鞋，手上拎着一只长条形钱夹。和几年前相比，她像是变了一个人。男朋友看样子大她好几岁，比她高一个头，圆脸，皮肤黝黑，深眼窝，头发用发蜡高高梳起来，Polo衫领子竖着，穿休闲长裤，眼神有点凌厉。淑君姐大概睡眠不足，黑眼圈浓重，一直打呵欠。我注意到，她的肚子微微凸起，该是怀孕了。我和蓝姨出现在她面前，她愣了愣，差点没认出我。蓝姨说："大白天，怎么穿那么少！"不过，见到女儿，她还是欣喜的，她喋喋不休地说着带来的手信，就差一样样拣出来给女儿看。对女儿大起来的肚子，她不知是没注意，还是装作没看到。坐了一下午车，蓝姨不显一丝疲惫，说话嗓门大。她告诉淑君姐，一路上多亏有我照顾。

淑君姐于是说："谢谢阿妹，吃完饭再走？"用的是不冷不热的语气。

她男朋友也附和道:"吃了饭再走吧。"

我摆摆手:"不了不了,朋友在等我,我打个车过去,你们先吃。"

淑君姐的表情这时才活泛起来:"看来是去找男朋友哦。"

我只觉得尴尬,脱口道:"不是不是,就是普通朋友。"

她从钱夹里找出一张名片递给我,说:"上面有电话,有空记得来找我哦,请你吃饭。"我接过名片。这时,我才注意到,蓝姨一路上没有和女儿的男朋友讲过一句话。

分开后,我望着他们走远。蓝姨提着旅行袋,走得很慢,她身形显得更小了,看起来随时会迷路在这座陌生的城市里。我看了一眼名片,上面有"卡丹皮具"的字样。

我这才想起,蓝姨和母亲说过,淑君姐的男朋友是做皮具生意的。

天光渐渐暗下去,周遭依旧喧嚣。我把名片捏在手上,怕揉皱,收进钱包里放好。

不知为何,我突然心疼起蓝姨来。

6

时间过得飞快,淑君姐生了个白白胖胖的男娃。

对蓝姨抱外孙这件事,母亲感慨万千。她说,淑君姐的公婆年纪大,身体不好,带不了孙子,这副重担,自然落在了蓝姨身上。母亲告诫我:"以后找男朋友,一定要先看对方父母身体好不好。以后我可不能跟蓝姨一样,辛苦了一世,还要继续'拖磨'。"

我逗她,有没有男人要还不知道呢!现在说这些,太早了。

但其实不早了。一切都在飞奔,容不得人停下。

年初，男朋友考上了研究生，去了香港，而我没考上，决定再战一年。

父母起初并不同意我读研，他们认为，女孩子读那么多书做什么，出来考公务员也好。在父母一辈的观念里，女孩子就应该实在些，心气太高，反而不好。我和他们争执很久，最终，他们退让了，答应再给我一次机会。

我决定先在深圳工作，利用下班时间复习，考雅思。

毕业前那段日子，租房子没着落，不是房租太贵，就是地段不安全。有一天，我接到一个陌生电话。电话那头，是蓝姨的声音。

蓝姨说："我听你妈说你租不到房子，要不先来你淑君姐家住吧？"

接着，电话那头变成淑君姐的声音。她说："上次没请你吃饭，这次你来深圳，一定要补上。"我知道，一定是母亲在背后作祟，将我的事讲给蓝姨听。男朋友本想让我搬去他家暂住，但我怕母亲起疑心——大学上完了，父母还是被蒙在鼓里——并没答应下来。我为母亲的"良苦用心"哭笑不得，不管我离得多远，她始终想把我牢牢抓紧在手里。在她眼中，我从来都是一个孩子。

我不想受蓝姨这个恩惠，又拗不过父母的轮番劝说，只好答应暂时先住在淑君姐家里，等找到了合适的房子，再搬出去。

我从未想到，自己的生活会以这样的方式和蓝姨联系在一起。

生儿子后，淑君姐没再去档口帮忙，她老公（我后来才知道，早在我上次去深圳时，他们就领了证）雇了个小妹看档口，阿楷放假也来帮手。他们租的房子在梅林一个小区内，三室一厅。蓝姨将客房收拾妥当，铺上新床单。客房虽小，好歹是个落脚处。

第一天住进去，蓝姨来接我，帮我搬行李。几十斤重的一只行李箱，蓝姨提着，健步如飞。我想起母亲和我说过，蓝姨年轻时可以肩挑一百二十斤的稻谷。那天吃饭，蓝姨突然搁下碗筷，捂着嘴咳嗽，咳得脸通红。我问蓝姨怎么了，蓝姨说："上次半夜起来给孩子冲奶喝，着凉了，吃过药，现在留下了咳嗽。"我问，看过医生了吗？蓝姨说："哪有时间看医生呢，我随便吃点药就好，死不了的。"说话间，我注意到，淑君姐抱着儿子在喂奶，脸色不太好看。

　　蓝姨在女儿待产时就来了深圳，直到外孙满月，其间只回过一趟老家。

　　第二天，淑君姐去菜市场买菜，外孙交给蓝姨带。我外出找房子回来，一进门，见蓝姨坐在沙发上给外孙换尿裤。蓝姨见到我，招招手，叫我坐下。外孙躺在蓝姨怀里，睁大眼睛望着我。我做鬼脸逗他，他咯咯笑起来。蓝姨问我："你看他像谁？"我说："都像啊，眼睛像他爸，脸型像淑君姐。"蓝姨说："长大后不要像他们就好。"蓝姨的话让我心头一紧。

　　蓝姨说："我是看着你长大的，你淑君姐的事，你也见证过。你觉得他们现在的生活好吗？"

　　我一下子不知道应该怎么说。

　　蓝姨说："你别看我整日忙来忙去，其实心里不舒服。"

　　蓝姨的脸上满是疲惫。这些日子，她又老了，鬓角生了白发，脸上皱纹多起来，眉目间净是愁苦的况味。她抱紧外孙，身子不断地前后轻轻晃动，手轻拍他的背，哄他入睡。

　　蓝姨说："自从医院抱回来，就由我带。他和别的孩子不一样，不肯睡摇篮，一躺下就哭，一定要这样抱。天冷还好，抱着不热，现在热月啊，又不敢吹空调，抱得手酸。"蓝姨说起这些，语气激动，不自觉嗓门就提高了。

我紧张地望向防盗门，生怕淑君姐回来撞见。蓝姨说："不怕的，她没那么早回。"

蓝姨说："孩子生得俊，小区的街坊邻里见到，都会来逗他，说我真幸福，有个这么可爱的外孙。平时家里虽然人不多，但有些话不方便说，毕竟中间还有个女婿。最麻烦的就是语言不通，鸡同鸭讲，还是你妈说得对，不能让女儿找外地男人……"说到这里，蓝姨牵起我的手，问我有没有男朋友。我顿了一顿，摇摇头："还没。"蓝姨的手很粗糙，握着，像一层厚厚的砂纸。蓝姨拉起我的手，看了看说："白白嫩嫩，是不用做家务的命。"说到这里，蓝姨自嘲道："我也不怕你笑我，我现在连个可以说话的人都没有，本来想给你妈打电话的，但抽不开身，再说了，电话里三句五句的，说不清。"

我握住蓝姨的手，安慰她，没关系，你尽管说，我在听。

蓝姨露出无奈的笑，她说："结婚是件大事，不管对方有钱没钱，重要的是性格要好。"我点点头，表示赞同。蓝姨眼睛红红的："你说孩子他爸，一天在外跑生意，晚上回来都一两点了，也不去洗澡，就坐在客厅看球赛，不然就玩游戏。人就那么一点精力，用完了，休息不够，白天上班肯定累。我不明白，游戏有什么好玩？如果是阿楷，我一定收拾他，可谁叫他是女婿啊，我说话还要小心。我不止一次吩咐你淑君姐，叫她背后劝一劝，但是她只当耳边风。唉，不管用的……"

蓝姨一说起这些委屈，就停不下。

蓝姨说："不过这些都是小事，我最气的是对方那对父母，年纪大了不能带孩子就算了，还三天两头打电话来念个不停，一时说孩子'时日硬'，一定要小心带好，一时又说，不能给孩子吃这个吃那个。你说我当外孙像块宝，难道连这些也不懂？他们只知道伸手跟儿子要钱，儿子还觉得老人家说什么都是对的。我一年到头屈在这里，什么时候问你淑君姐要过钱了？平日我买菜，她拿钱给我。我身上没什么钱，有时家里剩我一个人，送米送煤气的过来，我都没一分钱可以给啊！你说气不气人？"

我抿着嘴，点点头。

蓝姨又说："去年外孙刚出世，那几个月最苦，当时还没搬到梅林，住在关外，冷月家里像冰窟。外孙晚上和我睡，半夜要醒两三次，都是我给他冲奶粉喝。一天睡不到几个钟头，还不能生病，幸好我身体硬，发烧感冒，吃吃药就好。有时实在太困了，喂着喂着睡着了，奶瓶拿歪了还不知道，外孙吃不到奶，就哭起来，我惊醒了，看到他吃得满脸都是奶，又好笑，又无奈。"

我一直以为蓝姨帮女儿带孩子，应是知足的、乐意的，却从未想到，整个过程这么难。而这些难处，是不能随便向外人诉说的。再委屈，也要咬碎了咽下去。蓝姨说，要是女儿嫁到本地，她一年到头不用两端跑，还轻松些。她晕车，坐车坐怕了，不吃晕车药就会吐。

说到这里，蓝姨早已双眼噙泪。她哽咽道："我在这里住了快一年了，给他们当牛做马，像个老奴。淑君她不知欢喜，还嫌我这做不好那做不好……你说，做人多难啊！"

蓝姨来深圳给女儿带孩子，老家那边就顾不上了：阿楷高三，正是关键时候，蓝姨无奈，只能隔着电话嘱咐他好好照顾自己；丈夫原先并不下厨，这些日子也硬着头皮学会做饭了。厝边头尾偶尔会说说闲话，说蓝姨顾外不顾内——这些，蓝姨都能忍受，也不当回事，只是住在城市里，她觉得寂寞。她会几句普通话，平时上街买菜能应付应付，白天有时候也会抱孩子在小区楼下转悠，但她不懂得和别人聊天。这个小区里倒是有几户潮汕人，不过很少碰见。附近的公园呢，别人跳广场舞，蓝姨也只能抱着孩子在一旁看看。淑君姐不让她抱孩子走远，怕孩子丢了。她常年待在这里，只有临近过年那几天才能回去，回了家，也是洒扫清洗，准备过年，根本就停不下来。这样的日子，可能要持续到外孙上幼儿园……蓝姨和我说了很多家庭琐事，我听着心里不是滋味。看着蓝姨哭，我也不知道如何安慰她，只好握住她的手，握得更紧一些。

外孙在蓝姨怀里睡着了，睫毛很长，一脸纯真。我看着他，在心底默默祈祷：你要健健康康，长大了，好好孝敬你外婆。

他的嘴角动了动，好像露出笑来。我想，他一定听到我的祈祷了。

7

从那天起，蓝姨和我之间结成了某种同谋。我不曾想自己和蓝姨会走得这样近。她做了好吃的，会第一时间留给我，不让我帮她做家务，说我是客人，轮不到我来做。不得不说，蓝姨做的菜和母亲做的是两种不同的感觉。母亲做的菜味道偏淡，蓝姨的偏咸。蓝姨的口头禅是"咸才香"，她和大部分从农村到城里的妇人一样，将口味从老家原封不动地照搬来，用的食材虽没有老家新鲜，但总能做出地道的风味。

一个星期过后，我租到房子了，和蓝姨说我要搬走，蓝姨问我：
"怎么不多住几天？"

我说："这段时间实在太麻烦蓝姨了。"

蓝姨说："没什么麻烦的，我当你自家人，自家人怎么会麻烦呢？"

我告诉蓝姨，租房合同签了，下午就得搬过去，蓝姨脸上掠过一阵失望。她说："你走了，就没人陪我说话了。"我望着蓝姨说："以后会常来看你们的。"但说实在的，我也不知以后会不会来。一想到这些，我的鼻头一酸，突然难过起来。

过了一阵，蓝姨说："要不今天加菜吧，给你做顿好的！"

那天中午，蓝姨提着大袋小袋从菜市场回来。天气热，她的上衣湿了大半。她像过节一般，精心准备饭菜。这一次，我帮忙打下手。她让我到客厅择菜，我就搬了凳子，在客厅坐下，一边择菜，一边和淑君姐闲聊。厨房里，传来水龙头哗哗的流水声，锅碗瓢盆，发出悦耳的节奏，砧板上，咔嗒咔嗒，是刀起起落落的声音。蓝姨忙进忙出，表情是活泛的，自如的，她许久未曾这样开心，好像这顿菜，她必须使出全部气力才能做好。

我看着蓝姨的身影往返于厨房和饭桌之间，不禁有些感动。

淑君姐老公外出谈生意了，那天饭桌上就我们三个。一张玻璃餐桌，摆得满满当当，蓝姨特地做了一大盘白灼虾，倒了一碟梅酱搁在旁边。蓝姨说："也不知你喜不喜欢，这罐梅酱是我从家里带来的，蘸虾肉最好吃。"我想起蓝姨第一次去我家，带的是一樽青梅酒。我问蓝姨："是不是酿酒的青竹梅做的？"蓝姨笑笑："是啊是啊，青梅可以腌酱，也可以制酒。"

我尝了尝，酱是加白糖和盐腌制的，青竹梅本身有酸性，尝起来甜中带咸酸，不但没有减弱虾的鲜，反而将它的味带了出来。剥开虾壳，蘸一点，吃进嘴里，甜酸咸香，再美味不过。

淑君姐说："这么一大桌菜，三个人估计吃不完，都不许浪费啊。"

吃到一半，蓝姨又说："我给你们做拍黄瓜。"我和淑君姐的第一反应都是，吃不下啦，不用做。蓝姨说："拍黄瓜开胃，你们一定会喜欢。"说罢，蓝姨拉开椅子，走到厨房。很快，厨房就传来丁零当啷的声音。

我和淑君姐继续闲聊着，就在这时，厨房突然传来刀具落地的哐当声，震天价响。我和淑君姐吓了一跳。淑君姐拍下碗筷冲到厨房，我跟跟跄跄地跟在她身后。只见蓝姨脸色煞白，捂着手，手上满是血，赤红赤红的血，沾得手心手背全是。蓝姨立在原地，浑身哆嗦。她的眼神涣散，是空的，看不见她的泪，只听到她语无伦次地说："手、手指……"

抽油烟机呼呼作响，钢刀落地的地方，躺着一截粗短的手指，黑乎乎，一道血迹，横在那里。

淑君姐从喉咙深处发出尖叫声。我靠在门边，心跳到嗓子眼，差点吓晕过去。

8

那件事过后，很长一段时间，我都不敢进到厨房。厨房仿佛成了一个受诅咒的地方。我接连好几天做噩梦，梦见蓝姨出事那天的场景，醒来，像被人扔进一只大冰柜，胸口汗涔涔的一片凉。我害怕一切尖利的东西：刀叉、碎玻璃、竹签……看见它们，就会想起蓝姨被刀切掉的半截手指，它留在记忆中的印象太过深刻，血迹、形状，连接着肉体的痛感，还有蓝姨脸上的恐惧。她在一天中经历了情绪的两个极端，从山峰到谷底，兜一圈，跌下去，再也没能起来。

那天我和淑君姐急得团团转，慌乱中用毛巾将蓝姨受伤的手包好。血还在流，浸透包了几层的毛巾，透着红色。那半截手指，我用另一条干净的毛巾小心裹起来，捂在怀里，扶蓝姨下楼。淑君姐抱了孩子，跑在前面。孩子一直哭。因为失血过多，蓝姨的嘴唇和脸色苍白得像纸。我们打车到福田医院。一路上，淑君姐情绪很坏，不停地催司机开快点。

蓝姨像个做错事的孩子，半个身子倚向我，一直重复念叨着："都怪我，都怪我……"

我伸手搂住蓝姨。裹在毛巾里的半截指头，好像在跳动，挣扎着要逃出来。

蓝姨断的，是左手食指，沿着指关节处的半截断掉了。血管被切开了，所以才会流那么多血。所幸送医及时，断指缺血的时间短，动过手术，接上了。事后，主刀医生气急败坏地抱怨道："怎么一点急救知识也没有，应该先放塑料袋，再用冰冻起来的！"我们愚蠢无知的处理方式，给手术造成了不小的麻烦。淑君姐抱着孩子，向医生连连致歉。

我守在蓝姨床边，麻醉药过后，蓝姨望着包扎着绷带的手发呆。护士给她打抗生素，吃止痛药，例行检查伤口的渗血情况，以免感染。这一次，蓝姨反过来安慰我："没事的，死不了。"说完，她嘴角挤出一丝苦笑，眼角的鱼尾纹更明显了。我头一回见到蓝姨这样，没有了大嗓门，没有了喋喋不休，她虚弱得像只随时会碎掉的瓷器。

溽热的七月，窗外是白花花的日光，光线穿透树木，滑过繁枝，落向昏暗的病房。

我在医院守了蓝姨几天。蓝姨受伤，我负有一定的责任。如果不是因为要给我做饭，她不会切到指头。想到这些，我心生愧疚，但我别无他法，只能尽己所能陪着蓝姨。那几天，蓝姨和我说了很多话，从她年幼说到现在。在自己的讲述里，她又重活了一遍——好像不说就再也没有机会了。蓝姨不让淑君姐带孩子来看她，说是医院晦气，少让外孙接触。蓝姨女婿来看她，给她提了一篮水果，蓝姨和他说不上几句话。

蓝姨术后恢复得很好，拆完线，左手食指那里只留下淡淡的一道疤。

后来我忙学业，忙着备考雅思、申请学校，从淑君姐家搬离之后，再也没见过蓝姨。

听母亲说，手指痊愈后，蓝姨就回老家了。

母亲去看她，两个人合伙做了一顿饭，边吃边聊。母亲说那天她感觉又回到了以前，不知道外面的世界多难熬，不知道世事和人情多复杂，日子照旧流转。蓝姨丈夫不赌六合彩了，老老实实耕种养家；蓝姨的儿子阿楷，毕业后没去造火箭，在一家科技公司做工程师，听说混得不错。

一年之后，我顺利申请到香港的一所大学，读工商管理，这一次，是个光鲜的专业。得知录取结果那天，我打电话给母亲，母亲终于"扬眉吐气"，轮到她向蓝姨报喜了。母亲说："蓝姨又胖回来了，精神气足。"那天发生的事谁也不愿提及，事情是怎么发生的，刀子又怎么切断了指头，蓝姨始终没说。

动身去香港之前，我回了一趟清平镇。

母亲做了一桌好菜。一家三口吃饭，吃到一半，父亲一个激灵，突然想到什么，说："你们等等。"说完，父亲在楼梯间翻找一番，母亲问他找什么，他说："等下就知道了。"

是那樽青梅酒。十年过去了，人世变幻，风雨流转，酒还在。

这樽青梅酒不知什么时候落在家里，被人忽略。酒樽落满灰尘，盖子脏得很。父亲拿抹布仔细擦干净。他倒两杯，推到我和母亲面前，又给自己斟上一杯。

酒樽里的青梅明显老了，皮肉绽开，只剩下果核，在一片混浊中，晃悠悠地浮动。

父亲迫不及待地呷一口，咂巴嘴唇，皱着眉头说："唉，酒都不好喝了，真苦啊——"

母亲抢过酒杯，仰头饮尽，望着父亲说："人啊，谁不苦呢？"

躺下去就好

庆丰半夜肚子痛，像有人拿剪刀在胃里铰。他痛得睡不着，爬起来下了床，摸黑走进厕所，蹲了很久才清空了腹内的绞痛。如厕完毕，他额头渗出了汗珠，双腿发软，重新爬上床，躺好。透过蚊帐，他望了一眼玻璃窗，窗口漏进来一丝晨光。天快亮了。

庆丰整个人瘪了下去，身体变轻，似乎就要浮起。一个人将死的时候，是不是也这样？身体重量减轻，仿佛身旁站了一个看不见的魔术师，他施展魔法，只需一刻钟，人就能浮起来了。在天亮之前，浮起来。

庆丰望着黑夜里文珍的脸。她睡熟了，呼吸很轻。

庆丰答应过文珍，父亲死后，不再谈论与他有关的事。"人都死了，就不要再想了。"文珍这样告诉他，仿佛死去的不是一个人，而是一件物品。庆丰应承了，但是这晚，他觉得心神不宁。一闭上眼，那个中年男人的脸就会从黑暗中冒出来。那天他赶了很远的路，喘着粗气站到庆丰面前，握住庆丰的手恳求道："这次你一定要帮我！"——这句咒语一般的话重重地砸在了庆丰心里。这个陌生人骑着一辆三菱摩托，寻到庆丰家，敲响了铁门。庆丰从午睡中醒过来，意识还处在一片迷糊中。他打开门，怔怔地望着对方。那人年龄和庆丰差不多，满脸愁苦，两簇眉毛往下撇，听口音并不是本地人。

那天妻子带女儿去了娘家，屋里剩庆丰一人，他隔着铁门栅栏，警惕地看着眼前这个焦躁不安的男人。

男人面色黧黑，戴一顶草帽，看样子是个做活的劳力。庆丰犹疑了一阵，还是打开门，让他进来。他拣了张椅子落座，神色慌张地打量四周。小暑刚过，天热得像蒸笼，男人满头大汗。庆丰端了杯水给他，他握住杯子，咕咚咕咚喝了起来。之后，他抹一抹嘴说，阿兄，我来找你，有事相求。

庆丰一脸疑惑，他盯着男人的脸，试图认出这个人到底是谁。

男人拍拍椅子说，阿兄，你坐，坐下说话。

庆丰对他的这套自来熟感到惊愕，仿佛他才是真正的主人。

庆丰坐下。男人环视了一下屋子。他的眼珠子看起来是混浊的，却透着光。

他说，兄弟，我要向你借一口棺材。

庆丰一时没听清，愣得张大嘴巴：你说什么，棺材？

男人重复道，我要借你一口棺材。

庆丰这次听清了，男人说的是"棺材"，而不是其他。庆丰的脸色不由得沉下来。从小到大，他最讨厌的一个词，竟从这个男人嘴里轻易地冒了出来。

借棺材？什么乱七八糟的事！庆丰的第一反应是拒绝，他婉拒了对方的要求，并一再否认：你找错地方了，我又不是开棺材铺的，这里没有棺材！

男人蹙紧眉头：怎么会找错地方呢？门牌上不是写着"清平街二

横 28 号"吗？

庆丰这才想起钉在门口墙上的蓝色门牌，他点头答道，没错，是28号，不过，你肯定找错了，我这里没有棺材。庆丰不自觉地加重了语气。男人并没有理会，而是继续说，这不就对了吗？我找对地方，就找到棺材了。

庆丰揉揉眼睛，他一半的意识还滞留在午间的酣眠里，另一半，则暴露在白昼的光线中。现在碰上这么一个奇怪的男人，赶也不是，不赶也不是，一肚子的气不知道要往哪里撒。他只好静观其变，想探探这个男人葫芦里卖的什么药。男人从上衣兜里摸出一盒中华烟，递一支给庆丰。庆丰摆摆手，我不抽烟，口气听起来坚决而冷漠。男人伸出的手往回缩，烟搁在了茶几上。他向庆丰赔笑道：你莫怪我，我一时心急，忘了自我介绍。

庆丰还是板着脸不说话。男人说，我叫余亮，多余的余，光亮的亮。

这个叫余亮的男人嘴角还在动，还想说什么。庆丰说，我不管你叫什么，总之我们不认识，你这样找上门来算什么？说完庆丰站起来，板直身子，做出送客的样子。余亮紧张起来，他擦擦额头汗珠，弓着腰连声说，兄啊，你别生气，你先坐下，听我说——

现在回想起那天和余亮的对话，庆丰恍若做梦。他望了一眼睡在身边的妻子。她睡着的脸，像覆了一层透明的蜡纸。庆丰觉得，即使睡着了，文珍还在试图控制他。从娶文珍进家门的那天起，直到现在，庆丰无时无刻不在忍受她的掌控。文珍像个缺乏安全感的狱卒，生怕一不留神，庆丰就从她看管的牢狱中逃走。婚姻是座牢狱，庆丰以前不信，现在彻底信了。庆丰的意识慢慢地清醒了，他忽然想，如果这时趁她睡着了，用枕头将她捂死，用手将她勒死，或者去厨房拿把菜刀将她砍死，会怎样？毫无疑问，庆丰会被判刑，他会因妻子的死而死；而女儿，睡在另一间房的女儿，醒来后发现母亲惨死于床上，一定会吓破胆，哭个不停。这些荒唐的念头一闪而过。庆丰知道，他离不开她，又不喜欢和她待在一起。

两人最大的矛盾聚焦在庆丰父亲身上。庆丰父亲死后，文珍不准他在家中供奉这位老人的牌位，甚至连一张遗像也不能留。结婚近十年，庆丰什么都听她的，就这一点，他难以妥协。庆丰母亲去世得早，不然撞见儿媳这样不讲理，铁定要闹个你死我活。庆丰将父亲的形象牢牢刻在脑中（他怎么可能忘了呢？），他要抹去的，是父亲曾带给他的"羞辱"。这羞辱伴随他的幼年和青年，像烙红的铁，烫得人生疼。如今他无所畏惧了，唯一无法违逆的，是文珍加之于他的无理要求。文珍说，你从小给人喊作"棺材仔"，我不想女儿也受牵连，我是为你好——庆丰糊涂了，什么叫为我好？当初你嫁给我，就知道我家是开棺材铺的，你如果嫌弃，为什么不早点说？

庆丰越想越恼，翻个身，瞪着黑魆魆的天花板。房间静谧，余亮的声音在耳边响起，他嘴里冒出的字句，飞镖一样刺中靶心。

余亮说，阿兄（即使知道庆丰的名字，他还是以"阿兄"相称），算起来，我年龄和你差不多，不过有些事情我知道，你不知道。对，这件事和你和我都有关。不瞒你说，你爸和我妈当年是一对，要不是遇上"文革"，你爸被批斗，他们早该结婚了……

庆丰让他停下来，不准他继续说。余亮给庆丰一种感觉：不是来借棺材的，而是来搅乱他平静生活的。庆丰父亲去世不过"百日"，丧礼的细节还历历在目，现在无端端跑来一个人，告诉庆丰，父亲年轻时有过一段没有结果的感情，这是什么蹊跷事？庆丰压住心中的怒气说：有什么话，你直说，勿绕弯，我不想听故事，你也别费心思讲那么多。余亮额头的汗珠顺着脸部皱纹滴落，他身体里多余的水分正在迅速流失。他说，我没见过你爸，但我妈那天拉着我说了很多。她说，她就想走后，能躺进你爸做的棺材里。

庆丰注意到，余亮不说"棺木"，也不说"寿棺"，他说的是"棺材"。庆丰憎恶这个词，一股无名火在心底烧得旺，他恨不得立刻赶人。都说了，没有就是没有，你找错地方了，我爸也不是做棺材的。余亮打断他：我打听过了，清平街就一个做棺材的木匠……说到这里，余亮停下来。庆丰注意到，这个有些鲁莽的男人态度缓和了下来，他的眼底湿了。我妈吩咐我一定要找到人，找不到人，也要找到棺材。她说这口棺材，是你爸专门给她留的，所以我……我就找上门来了，余亮顿了顿，哑着嗓子补充道，老人家现在躺在医院，撑不撑得过明天，要看老天爷了——你就当是做件善事吧！

庆丰的胸口遭了一记闷锤。

父亲患老年痴呆之前，曾经吩咐庆丰，他最后打的那口棺材，千万不能卖。庆丰点头，现在时兴火葬，没人用这个，你放心，我会保管好。话一出口，庆丰就后悔了，不应该在父亲面前说这些不吉利的话。父亲倒是没放在心上，他皱巴巴的眼角垂着泪。父亲做了一辈子木工，打家具，造棺材，年老后，庆丰不让他干活了，他闲着没事，还会拿起刨子、凿子，捣鼓一些小玩意。他给孙女做了一台学步车，文珍嫌做工太粗，会磕伤小孩皮肤，用了没几天就搁置了，到市场上另外买了一台新的。

老人家感叹自己越老越没用了，手工做的家伙，没人喜欢。随着身体的衰老，他的脑子日渐糊涂了，总是说错话，偶尔还认不得人，看起来就像一截脱水的树干，一天天地委顿下去。老人家这是患上老年痴呆了，人消瘦得很快，大半辈子储存的气力一下子散了，生过一场大病，前前后后拖一年，终于撒手走了。现在，这个远道而来的中年男人坐在庆丰面前，说庆丰的父亲和他母亲是昔日的情人。庆丰打死也不相信这番鬼话。父亲这个人，最为忠直老实，他和母亲结婚四十几年，相伴一生，从一而终，从未听他谈起年轻时候的事。庆丰只知道，父亲的父亲是当地有名的地主，"文革"期间，父亲被迫和家庭断绝关系，后来遇到了母亲，成了位上门女婿。但是按照余亮的说法，父亲和余亮母亲的那段旧情，应该发生在他来清平街落户之前。庆丰越想越不对：如果是政治原因，那么父亲和余亮的母亲怕是从此不相往来了，老人家又怎么知道父亲为她打了一口棺材？难道像传言说的，人在临终前会通灵，能预知后事？

想到这些，庆丰更觉得心烦意乱。小时候他经常问父亲一个问题，为什么他不随父亲姓？父亲掩饰不过去，只好支支吾吾说，爸当年是无路可走了，才倒插门……这句话，庆丰一直记得。他读初中时，被老师点名回答问题，有好事者便在底下小声议论说"棺材仔"，引得班上同学一阵嗤笑。除了这一绰号，他还有其他不堪入耳的称呼。有人趁他不注意，在他课桌上贴了一幅手绘的"棺材"，他又羞又怒，狠狠地撕碎了纸，恨不得找条地缝钻进去。有了学校这些不愉快的经历，庆丰对父亲做工的地方敬而远之，他从小就不喜欢那个地方，路过了，特意绕开走，看也不看一眼。父亲打棺材是为了养家糊口，这点他知道，他无法忍受的是，自己有个和别人不一样的父亲。别人的父亲要么当村官，要么做生意，再不济也是个建筑工，为何自己的父亲偏偏是个做棺材的？他从小到大都觉得，家里弥散着一股晦气，连他这个人，也沾染上了不祥的气息。同学看他的眼神透着厌弃和隔阂。庆丰想讨好别人，结交新朋友，但是几乎所有的同龄人都对他保持距离。初中时，庆丰喜欢上隔壁班一个女生，千方百计对她好，帮她抄作业、讲习题，她的自行车坏了，也是庆丰修好的，她考砸了，庆丰还苦口婆心地安慰她。这个女生和别人不太一样，她不嫌弃庆丰，说他是好人。可庆丰和她走得越近，越是感到害怕，他怕自己会耽误了她。后来他狠了心，和这个女生疏远了。毕业后，两人就断了联系。他还记得最后一次见面，女生哭着鼻子说，你这种人，一辈子也不会有出息！

现在想来，这些旧事像是注定会发生的，他感到命运重重地压在头上，像一块巨石。不过庆丰并不后悔——有什么好后悔的呢？他不过是比以前更厌弃自己了。接受了父亲是上门女婿这个事实许多年后，他所笃信的"历史"突然被人推翻了。无论如何，他并不容许这样的事发生。另一个不得不面对的事实是，父亲是迫于无奈才和母亲结了婚，然后生下他——这些事绞作一股绳，将庆丰牢牢地缠住了。他感到喉咙透不过气来。

庆丰想起来，这些年父亲母亲经常因为一些鸡毛蒜皮的事而吵架、拌嘴，甚至大打出手。他们一辈子都在操心子女，年老以后，彼此间的话却越来越少。或许四十多年来，父亲和母亲根本没有什么感情可言。

余亮的话在庆丰心头砸出一个大洞，他霍地站起来，指着门口说，请你离开！

余亮还想说什么，最后没开口，他怏怏地起身，走了几步，推门出去了。

余亮走后，庆丰的心空落落的。他坐在茶几旁，眼睛盯着茶具上残余的水渍，茶具下压着一张纸，纸上写有余亮的手机号。

庆丰对父亲的感情是复杂的，既觉得他可怜，又觉得他窝囊，除了会做点木工活，打几口棺材，简直一无是处。庆丰小时候经常遭受乡里人的欺负和嘲笑，后来变得寡言少语，不喜欢跟人打交道。他没有其他的爱好，几乎把所有的时间都用在了学习上。那时他有个强烈的愿望，长大以后要离开这个地方，走得越远越好。为此，他拼命读书，一心想着只要考上大学，就能跟这个地方彻底脱离关系。但父亲的看法和庆丰相反，或许因为曾经受过政治的苦，他对读书、对"学而优则仕"那一套持怀疑态度。

庆丰记得，高考前几天，家人围坐一桌吃饭。父亲说，考不上，就留在乡下种田，娶个老婆，安心过日子。庆丰抬头看了父亲一眼，又低头，泪珠在眼底打转。大哥和妹妹只顾着埋头吃饭，没人为庆丰说句话，好像饭桌上讨论的话题和他们毫不相干。为什么你们一点也不会愤怒呢？为什么甘心屈居在这个地方？庆丰心里有那么多的困惑堵着，却没有人可以作答。

出乎所有人的意料，那年高考他落榜了。亲眼看见分数的时候，他愣了半天，像是被人抽空了力气。他跑到学校后面的水田，坐在田坎上哭了一上午。他望着茫茫水田，觉得自己连一簇稻谷也不如。直到日薄西山，才悻悻然往回走。

回家的路上，他神情恍惚，走着走着，竟然到了父亲做木工的地方。父亲推着刨子，赤裸上身，一条布裤沾满木屑，手上青筋毕露。他从小见到的父亲就是这副样子。累了，停下来喝茶，一口搪瓷水杯，用得褪色。工友递给他烟，他慢慢抽。他抽烟的样子毫无做派，吸入，吐出，烟雾在他面前缓缓散开，牙齿因常年喝茶抽烟早已锈黄。庆丰站了很久，喊了一声"爸"。父亲扔掉半截烟头，拍了拍裤腿，凑过来，问他考得怎样。庆丰说不了话，只是摇头。父亲转过身，从挂在墙上的衣服兜里摸出一盒烟，顺手掏出火柴，走过来，抽出一支。拿啊，父亲说。庆丰愣了愣，这才意识到，父亲这是在让他抽烟。他迟疑了一下，伸手接过了烟。

庆丰吸进一口，呛得泪直流，咳嗽不止。

父亲看着他，拍了拍他的肩膀，笑了。

庆丰本想告诉父亲，他想复读。话哽在喉头，终于硬生生地给咽下去了。

父亲说，路是你选的，怎么走，你自己想，勿后悔就好。

庆丰鼻头一酸，忍住没哭，只是默默点头。父亲熄了烟，拍拍他的肩膀，回过身，又跨坐在木工椅上，继续干活。庆丰拉了把椅子，坐在榕树底下，静静地看父亲做活。敲打声与拉锯声起伏不定。庆丰望过去，父亲身后架了三口木棺，前端大，后端小，如未成形的元宝。其中一口刚打好，未上漆，棺材盖横在一边，前端上翘，透出一股新刨的木头味。庆丰知道做棺材的杉木都是从外地运来的。在他的想象中，他仿佛望见父亲用电锯将杉木锯开，裁成所需大小，量尺寸，刨平了，凿孔，上木楔，组架，油漆……

庆丰父亲受雇于这家木工厂，造棺材不过是他工作的一部分，大部分的棺木，都卖给了乡里人。其他工友不愿做棺材，父亲一人将这个活计揽下了。说来也怪，父亲自学的一套，打出来的棺材结实而漂亮。订棺的人想在棺木上雕字，父亲就先用笔描在杉木上，再一刀刀刻出来。通常刻的都是"寿山福海"之类的字，其他太过复杂精致的图案，如桃榴寿果、梅兰竹菊这些，并不在父亲的能力范围内。家境一般的人，也鲜少定制这类棺木，因此打制棺材，没有耗费父亲过多的气力。

庆丰端坐于树影下，日头高悬，他看到自己的影子瘦巴巴的，紧贴着地面。父亲一板一眼，专注在木屑纷飞的世界中，仿佛和这个坚硬的世界失去了关联。庆丰想，世上有多少种殡葬方式，相应地就有多少种棺材：土葬、天葬、水葬；石棺、悬棺、水晶棺……甚至埃及的金字塔也是一座巨棺，中国古代的帝王陵还有地宫呢。如此一想，庆丰发觉父亲不单单是个木工，还是个造房子的，造死人生后住的房子。他看到稀稀疏疏的人影，一个个，虚的，晃悠的，从不远处走来，站好，飘起来，躺进去。周遭静止了，声音停歇了。庆丰看得入神，像是参悟了什么。

时间一晃就过去了，后来庆丰工作了，过了没几年，娶老婆，生了孩子，可是他的婚姻，并没有想象中那么美满。而这一切，都和父亲有关。

余亮的到来，重新燃起了记忆的灰烬。

这个夜晚，庆丰眼前浮现起余亮那张脸，他的眉目在庆丰跟前晃荡着。庆丰想，自己和这个男人非亲非故，他的那番话怎么可以当真呢？但是，他又想起父亲临终前的遗言，万一父亲也是这么想的，而庆丰拒绝了余亮，岂不是违背了老人的遗愿？余亮的话如同橡皮筋在庆丰心里拉长，缩短，打结。他意识到，无论如何，都必须将这口棺材"送走"，只有将它送走，他和文珍的生活才能恢复原状。他越想越觉得，这个决定是对的，既符合父亲生前的嘱托，又可祛除文珍的心病。

那天余亮走后，庆丰仔仔细细地将自己的处境想了半天。令他难以置信的是，这些年父亲一直藏着桩未了的心事。老人家有预感，该来的人会来，该做的事，也迟早会达成。庆丰想起余亮的母亲还在医院，等着完成最后的这桩愿望，不免唏嘘起来。为什么不第一时间答应余亮呢？要是当天就答应了他，这口棺材早就腾出去了。现在倒好，文珍一回到家，牢狱的门重又锁上了。

文珍不止一次敦促他，尽快把停在老厝的那口棺材弄走，最好卖了，还能换个好价钱。文珍说，那天送走老人，一进老房子看见那口棺材，她心里就怕，夜里睡了还会想里面是不是躺了人。庆丰说，放在那里又不影响谁，我爸说了不能卖的。文珍气得直跺脚，指着庆丰说，你有病吗？留一口棺材做什么？想我早点死了躺进去啊？！因为这事，夫妻俩大吵了一架。想到这些，庆丰既恨自己，又恨文珍，好像他并不是为了完成父亲的遗愿，而是为化解夫妻矛盾找了个蹩脚的借口。

庆丰望着阒寂的房间，头脑里塞满乱七八糟的念头。余亮的事，文珍的事，还有前段时间为料理父亲葬礼跑前跑后的事，一件裹一件，将他包围起来。他不知道自己怎么就忽然长到了这个年岁。高考落榜后，他没再复读，进工厂打了几年工，又托关系在村委谋了份工作，没混进官场，也做不成生意，这些年一直窝在清平镇，日子过得紧巴巴的。一转眼年过四十，女儿一天天大了，和他也一天天疏远了，文珍一年年老了，夫妻之间总是摩擦不断。庆丰仿佛在自己身上瞥见了父母当年的影子。人活着到底有什么意思呢？结婚生子，养儿育女，生来就是一个偿债的过程。

他翻来覆去睡不着，怕吵醒文珍，索性拎了床单，将枕头靠在床沿下，转移到地板上睡觉。

路灯的光透过窗帘的缝隙照了进来，迷迷糊糊中，庆丰听见一阵轻微的响动。他瞥见父亲从黑暗中走来，脸上带笑。他发福了，双颊长了点肉。庆丰叫他，老人家没搭理，只是招手。庆丰一脸疑惑，不知父亲从何而来，要去何方，只好跟在他身后走。父亲脚步利索，像驾着云，轻飘飘的，跟都跟不上。庆丰立定了，又见父亲抡起斧头、刨子、凿子，变魔术似的轮番起落，目光如炬。不一会儿，一口锃亮的棺木打好了。父亲打的这口棺，比普通的略大一些，两侧雕着蟠桃，又有修竹茂林。水在流，鸟在叫，花香四溢，祥云萦绕。庆丰又回到了木工厂，又端坐在榕树底下，只是这一次，那里只有父亲孤独一人。他和这个坚硬的世界，早已失去了关联。庆丰喊他，他抬了抬头，脸上露出满足的笑。紧接着，他绕着棺木快步走，越走越快，越走越急，最后身形渐瘦，化作一缕烟消散了。

庆丰的泪水无声流下。他踱起迟缓的步伐，一步步走向棺木。棺木的盖子掀开了，庆丰瞥见一个人形，眉目是个女人。庆丰分不清这女人是谁，只觉得双脚被人托起来，他来不及叫喊，便一头扎了进去……

晨间起床，庆丰的太阳穴疼得厉害。文珍在厨房忙活，女儿坐在餐桌前喝粥。庆丰闻到餐桌上那碟鹅肠发出的味，感到一阵恶心。他叮嘱过文珍好几次，叫她不要买鹅肠，偏偏女儿喜欢吃，文珍一直把他的话当耳边风。庆丰胃里一阵翻滚，他去浴室洗脸刷牙，咕咚咕咚地漱口，吐出来不少血丝。文珍喊他吃早餐。他借口有事要出去一下，骑上摩托车出门了。

小贩推着自行车沿街叫卖咸菜、菜脯和薄壳米。往日要是遇见熟人，庆丰还会停下来话几句家常，然而今天，他行色匆匆，无暇顾及。风吹得他的衬衣鼓了起来。

庆丰的目标非常明确：先到老房子（他必须避开文珍，不让她知道自己要将那口棺材送人），再打电话给余亮，喊他来将棺材运走。只要履行这些简单的程序，所有的烦恼都能一次性解决。想到这些，他一阵激动。

从家里到父母亲生前居住的老房子，必须穿过两条大街和一道石桥，最后拐入一条小巷。小巷路面铺的水泥裂开了，布满小坑，庆丰骑着那辆豪爵一路颠簸，停在了老厝前。庆丰停好摩托车，上了锁，手里拎着一串钥匙，丁零当啷地往前走。他打开门，心里盘算，这口棺材一送走，屋子还能租出去，按镇上的租价，一个月能挣几百块，刚好可以贴补家用。

想到这些，庆丰心中的那块石头落了地。家中大小事，他都听文珍的，很少自己拿主意，更别提这么重要的决定了。他觉得自己的生活即将发生重大的转变。

庆丰推开那扇生锈的铁门，吱呀一声，天井里落满了细碎的日光。

庆丰瞅了一眼父亲生前种的几株百合，疏于照料，都枯了，斜靠在花盆上。

他穿过天井，撩起竹帘，打开第二道门时，被眼前的景象吓蒙了——

停放在里间的棺材，不见了！

庆丰的心提到了嗓子眼，他生怕自己看错了，揉揉双眼，再睁开一看，老房子空空如也，红砖地板上只有几根当时架棺材的杉木。庆丰慌了，一个月前他来打扫房子，棺材明明还在的啊！怎么一转眼就不见了？庆丰觉得天旋地转。他爬上楼梯，想看看阁楼里有没有，阁楼空无一物；他又下楼梯，站在地上仰头看天花板，天花板上也是空的，除了一台老旧的吊扇，什么也找不到。他这才确信，棺材真的不见了——至少此时此刻，不在这里。

庆丰跌坐在椅子上，耳朵里嗡嗡直响，潮水一样的杂音奔过来，在他耳朵里涌着。他按了按太阳穴，强迫自己冷静下来。

他将了将混乱的思路，迅速想到以下几种可能：

一、屋子失窃，棺材被人盗走了。

二、棺材遭白蚁蛀坏，散了。

三、根本就没有什么所谓的棺材，一切都是因为丧父之痛而产生的幻觉。

四、文珍趁他不注意，偷偷地把棺材卖了。

庆丰将这些情况一条条列出，再一条条排除。首先，没人会冒险来偷一口棺材吧？九五年以后，上面的政策下来，镇上不允许土葬了，虽然还是有人铤而走险，半夜三更秘密土葬，但所有这些行为都被政府制止了。如今棺材再好，偷了也没用。不过，会不会是余亮偷的？庆丰掂量那天余亮的言行举止，很快就否定了这个念头。再说，这么大一口棺材，谁有那么大的本事将它偷走？第二条，父亲做这口棺材，选的是上等杉木，上了漆，防蛀，纵使是白蚁成群，也不可能将它蛀坏了；第三条，父亲去世之后，老房子空置，这口棺材还是庆丰亲自停放好的。父亲的遗言，他牢记在心。所以，这一切不可能是幻觉。那么，只剩下最后一种可能了：一定是文珍趁他不注意，把棺材卖了。想到这点，庆丰身体里的血液直往脑袋上涌。他想起来，文珍一直在打馊主意，敦促他把棺材卖了。现在倒好，她一不做二不休，不但把棺材卖了，还瞒着他，当作什么事也没发生。庆丰觉得背后被人重重敲了一记，骨头酥软发痛。积聚许久的怒火被点燃了，他朝地上啐了一口，迅速锁了门，骑上摩托，风风火火地往家里赶。

一想到文珍瞒着他干了这档事，他就觉得喉咙卡了一根刺，难受得要命。他将油门拧紧，摩托发动机咆哮着，声音比平时更响。

庆丰到家的时候，文珍正推着自行车要出门，女儿坐在后座上，荡着双腿。见到庆丰，文珍问，不是有事吗，这么快就回来了？庆丰掂量着怎么开口才好，看到文珍若无其事的样子，他说，我问你，是不是把棺材卖了？

文珍没料到，庆丰急匆匆地赶回来是为了这事。她扬了扬眉毛，是又怎样？

庆丰上前一步，双手握住自行车的车把，脸凑近，提着嗓门质问，你疯了吗?

文珍意识到事态的严重,但她的态度还是一如既往地强硬。

是啊,卖了,我就不明白,一口破棺材能当饭吃吗?

庆丰肺都快气炸了,他的眼睛布满血丝,那样子像是要吃了文珍,你卖给谁了?

文珍将车架子放下,靠好,把女儿从后座抱下来。女儿从未见过父母这般阵势,撇着嘴快哭了。文珍也不是省油的灯,庆丰咄咄逼人的样子把她惹火了。她大声斥道,不就一口棺材吗,卖了又怎样,你难道还想打我?

庆丰嘴唇哆嗦,脸上青一阵白一阵,我说了,不能卖就是不能卖!你为什么不听?

夫妻二人堵在门口,针锋相对,每说一句,庆丰都觉得他在掏空自己的心。他的手紧紧地握住车把,指关节发白。文珍脸上一阵燥热,她没想到庆丰对这件事的反应会如此激烈。家里从来只有她大声说话的份,什么时候轮得到庆丰了?为了这点小事竟然发这么大的脾气,她算是看透了。她冷笑一声,难怪别人喊你"棺材仔",棺材比我还重要是不是?我卖给垃圾站了,有种你去讨回来啊。

文珍的话音刚落,庆丰脸色一沉,放开自行车车把,匆忙发动摩托车,往垃圾站的方向驰去。

望着庆丰疾驰而去的背影,文珍咬紧嘴唇,女儿拉着她的衣襟,她大声呵斥道,你哭什么哭!

天气出奇闷热,清平镇上空飘来一片乌云,几声闷雷从远方滚过来,却迟迟不见雨水降落,四面八方没有风,空气像是凝固了。庆丰恨不得一脚跨到垃圾站。清平镇的这处垃圾站紧靠公路，收垃圾的活计被一家外省人承包了。庆丰远远看到公路边用围栏圈起来的一块地，那里堆满了各色废弃物，堆成一座小山丘，从公路这边望过去，整个垃圾站就像一座芜杂的废墟。

庆丰将摩托车停在树荫下。

他看到坐在矮凳子上分拣易拉罐和塑料瓶的女人，身边还有一个晒得黑黑的孩子。他们抬起头看着庆丰。女人搁下手里的活，扯开嗓子问，你有事吗？她说的普通话口音浓重，庆丰没有回答她，他警惕地看看四周，生怕遇到什么熟人。他用半生不熟的普通话问：你们是不是收了一口棺材？女人一脸茫然：什么棺材？庆丰着急了，压低嗓子问：真的没有？女人摇摇头。庆丰想，这个女人在说谎，说不定文珍卖棺材的时候吩咐过，不让她说出来。

身边苍蝇飞舞，庆丰又急又慌，他的神经紧绷着。他强忍着呛进鼻子的一阵臭味，从裤兜里掏出一沓钱，抽了四张一百，塞到女人手里。女人把钱推给庆丰，表示不能收。庆丰恼了，是不是嫌太少？说着，又打开钱包，准备加价。这时女人紧张地搓搓手，站起来朝四周望了望，说，你跟我来。

庆丰登时明白了，将钱塞给她，这一次，女人没有拒绝，她把钱收下，咧开一口黄牙，脸上似笑非笑，快步朝棚屋后面走过去。

庆丰跟在女人身后，心怦怦跳得飞快。女人掀开一层遮光网，露出棺材的一角。漆成墨色的棺材透着一股金属的光泽。庆丰一眼就认出来了，那是父亲亲手打制的棺材。没错，他对女人说，就是这个。

女人走后，庆丰抬头望了望天空，四下无人，耳边只有嘶哑的蝉鸣和阵阵雷声。在这片废墟之中，他伫立着，凝神静气。接着，他像是在履行一个神秘的仪式，将整块遮光网掀开。遮光网滑过棺木表面，发出咔嚓声。庆丰用力拍一拍，棺材发出砰砰的响动，这声音听起来踏实、厚重，让人心安。庆丰手按在上面，棺材吸了热，摸起来有点烫手。庆丰这才意识到，在垃圾站堆积的所有废弃物之中，只有这口棺材是完好如初的。它被人放错了位置，本来，它是要被埋入土底，与沙土长眠在一起的，可惜现在，这口棺材被抛掷了，独自停放在废墟之中。庆丰感觉到，棺材的周边，有什么东西正在慢慢地凝聚着。他的目光被吸住了，挪也挪不开。他深深地呼出一口气，抬起双臂，用力推开棺材盖，杉木与杉木之间产生摩擦，发出刺耳的声音。

棺材盖嘭的一声，跌落到地上，扬起一阵灰尘。庆丰探过头仔细地看，刷着清漆的棺材内部光滑幽深，像一口井，井底通着未知的领域，而棺材顶部嵌着一块垫高的枕木，枕木往下凹，形成微小的弧度。庆丰从未从这个角度看过棺材，他看得入神，耳边又响起熟悉的窸窣声。雷声一阵比一阵近了。庆丰忆起昨晚的梦，梦如潮水，漫了过来。

恍惚间，庆丰看到父亲躺在里面。父亲身着深蓝色的寿衣，戴一顶绸帽，眉头舒展，一点不像死去的人。庆丰听见父亲在喊他，声音哑如砂纸，摩挲着他的心。庆丰觉得奇怪，父亲不是死了吗，为什么还会开口说话？庆丰的眼里贮满了泪水。他感到双脚被托了起来，人一下子飘浮在半空。他无法控制自己的身体，双手搭紧棺木边缘，一只脚抬起来，靠上去，整个身子往前倾，压下去。紧接着，扑通一声，他就像一块笨重的铁饼，从上方翻落进去。

庆丰感觉不到疼痛，他的心也跳得不那么厉害了。他闻到木头发出的一股清香。棺木结实而温暖，像一张窄窄的床。庆丰的头靠在枕木上，双臂抻直，并拢双腿，换了个舒服的姿势躺下了。他听不到蝉鸣了，周遭的喧响也被隔开。他笔直地注视着天空，天空高远，乌云麋集，茫茫天地也化作一口巨棺，而他躺在更小的棺木里。他的呼吸极重，身体极轻，他轻轻地闭上眼。憋了一天的雨，终于落下来。

水泥广场

慕云又出去了。天还未完全暗下来。她望了一眼门口的池塘，一到热月，池塘里的水浮莲疯长，层层叠叠的，不见一丝水光。这种野蛮的水生植物长着蓝色的凤眼花，在晚霞映照下，看起来黑黢黢的。儿子把缝纫机当书桌，趴在上面写作业，一笔一画，写得很认真。

　　慕云只有这么一个儿子，她盼着儿子长大，读中学，再考大学，毕业了出来工作，这样她的压力会小很多。慕云总拿儿子跟邻居家的哥哥做比较。去年夏天，他高考结束，骑着自行车从考场回来。慕云在铺里赶货，缝纫机咔嗒咔嗒响着，窗帘布一寸一寸往前，她听见隔壁隐约传来说话声，思绪跟着游走。那时慕云订制窗帘的店铺刚开张不久，天气也如现在这般溽热。夏天结束后，邻居哥哥就到中山去上大学了，读的哪个学校慕云并不知道。只见他第一年早早放了寒假，见面时热情地和慕云打招呼。慕云发现他赶上了城市里的时髦，穿衣打扮和往日不同：剪了个港台明星那样短短的发型，鬓角剃得光净，露出青色的头皮。有天傍晚，他抱着笔记本电脑坐在天台上网，慕云在自家天台上晾衣服，隔着一道矮墙，她瞥见电脑屏幕上闪出一张女孩子的照片。那阵子慕云儿子经常到邻居家串门，看这位邻居哥哥玩电脑，回家后，他和慕云说，我也想有台电脑。慕云答应了。赶完手头这批窗帘，她就能攒些钱买一台。今年热月，电脑终于买回来了，家里拉上了宽带，儿子高兴得手舞足蹈。慕云看着他剃得圆溜溜的头，心里一阵发酸。再过个几年，儿子也会跟邻居哥哥一样，身高猛地往上长，很快，慕云就得仰着头跟他说话了。

慕云的目光收回来，顺手关了铺门。她跟儿子彼此达成了默契，晚饭后到入睡前，是他们各自活动的时段。儿子做作业，或者看电视，她骑电摩托到镇上广场跳舞。她跳广场舞有小半年时间了，说不上是真心喜欢，不过时间久了，慢慢成了习惯。有时跳得累了，她就坐在广场边的长椅上休息，看别人跳。网上都管她们这个群体叫广场舞大妈。慕云觉得这个称呼挺生动，全中国有多少广场，就有多少广场舞大妈。不过她这个年纪，不上不下，说什么也够不上大妈，顶多是个广场舞大姐。慕云跳舞的地方是镇上的文化广场，粗糙的水泥地，大概有两个篮球场大小，挨着尘土飞扬的公路，被低矮的建筑、健身器材和稀疏的树木包围其中。她们跳的都是满大街熟悉的旋律，一台音箱搁在地上，指挥她们前进后退、挥手抬腿。空气被一阵粗粝的音响震颤着，小镇的夜随着舞步，也生出些喧腾的气息。比起爬山或者其他运动，广场舞明显更适合夜间，人多，整齐划一，富有集体感，也更叫人觉得安全。领舞的人叫周姨，只要不遇到刮大风下大雨，每晚她都会准时出现在文化广场。她身材微胖，人挺高大，喜欢穿一身黑色衣服，扭动起来，远远看着像一只肥硕的乌鸦。

周姨年轻时经营一家幼儿园，退休后，幼儿园交给女儿打理，从此过上了老年生活。慕云儿子以前在周姨那里读幼儿园，送儿子入园的第一天起，她就和周姨认识了。周姨是镇上出了名的热心分子，年轻时在宣传队待过，练就了一身搞文艺的本领，每年乡里办潮剧比赛，她都会登台献演。慕云看过周姨排练，对着一台电视机，反反复复模仿里面的唱腔和姿势。她唱得最好的，是潮剧《陈三五娘》里的选段。那盒 DVD 是从旧录影带翻录下来的，画面模糊，但音质完好，姚璇秋扮演的黄五娘，唱腔清亮，举手投足都叫人喜欢。那天慕云把刚做好的窗帘送过去，周姨见到她，满脸带笑地请她看自己唱几段。周姨说：我家老头嫌我唱得难听，你来了刚好，做我观众，我练一练，找找感觉。说着，周姨摆好姿势，跟着字幕唱起来。慕云不是很懂，又不好意思拒绝，好在那天没有其他活要做，周姨自顾自地唱着，她便坐到沙发上泡茶，看身段鼓鼓的六旬老人沉浸在才子佳人的世界里。说实在的，周姨嗓子不错，慕云听她唱，也不禁对着字幕轻声哼起来。周姨眼底有澄澈的东西在流转，举手投足，一点也不像这个年纪的老人。

一曲终了，周姨唱得一身汗，慕云递了杯茶给她。周姨问，我唱得怎样？慕云笑笑说，去比赛的话稳准第一。周姨满意地咧开嘴，露出了两颗大门牙。那天帮周姨挂好窗帘后，慕云就回家了。儿子躺在沙发上午睡，胳膊伸直垂落，眼睫毛长长地阖上。她把儿子的手臂抬上来，轻轻搁在胸脯上。

慕云之所以会去跳广场舞，和周姨有莫大的关系。那时慕云离了婚，整日愁眉苦脸，很长一段时间，她无法接受这个结果。出门时，总感觉有人在背后看着她，对她指指点点。她不曾想到，自己的婚姻会变得这样糟糕，糟糕得像一张用旧了的窗帘，表面上完好无损，其实内里积着一层灰。在乡里，不管夫妻间谁先犯了错，离婚总是件丑闻，传出去叫人看笑话。发现阿炜和别的女人有染时，她起初并不相信，后来有意无意间，她发觉厝边头尾的人看她的眼神不对劲，尽管阿炜口口声声说，他们只是牌友，根本不是慕云想的那样。慕云忍无可忍，气得直咬牙，牌友？哪有牌友像你们这样摸来摸去的？

慕云也没有找到证据，但直觉告诉她，事情没有想象中那般简单。她偷偷跟在阿炜身后，并没有发现异常，直到有一天，她收到一条陌生的短信。她压着怒火赶到那户人家，隔着一道铁门，就听到了阿炜和女人说话的声音。之后的一切变得不堪入目，用"鸡飞狗跳"来形容，一点也不夸张。

从闹离婚，到最后签订协议书，慕云整个人瘦了一大圈。这期间，儿子也跟着她遭了不少罪。阿炜起初态度强硬，拒不认错，也不答应离婚，慕云就和他闹，死活要把这个婚给离了。她觉得，阿炜有了第一次，就会有下一次和无数次。她见惯了乡里男女之间那些偷鸡摸狗的事，不想睁只眼闭只眼。

离婚的念头一旦冒出来，就像喷闪的火星，怎么都浇不灭。慕云不是没想过息事宁人，和阿炜好好过日子，但她跨不过心里那道坎。这事从头到尾闹了将近一年，到最后，慕云已经折腾得没了脾气。她身体里有块东西被掰开了揉碎了，走到哪里，都感到周遭的目光针一样扎在身上。母亲劝她说算了吧，我们老辈人再怎么斗争，吵吵闹闹就过来了，你呢，离了婚怎么办？孩子呢？你得为他考虑。慕云含着泪说，我辛辛苦苦为这个家，伺候他吃穿，但他眼里没有这个家，我不能这样过下去了，我有手有脚，饿不死，这个家有他无我，有我无他，你不用再讲了。母亲抬手擦了擦眼泪，再也没说话。儿子本来是要判给阿炜的，经过协商，慕云争取到了孩子的抚养权。从精神上，慕云感到欣慰，但从物质上，她并不感到轻松，独身一人养孩子，就如同掉进了深渊。

　　办完离婚手续那天，慕云回家，躲到厕所里哭。活到现在，她从未这样落魄过。结婚近十年，她尽心尽力带孩子，操持家务，怎么也没想到，和阿炜会以这样的结局草草收场。阿炜早年开了个小工厂，做不锈钢厨具，后来因为经营不善，货款收不回，欠的款又还不上，很快歇业倒闭。自从赔了钱，阿炜意志消沉，原本好好的一个人，变得懒散，辗转做过其他事，但没一样能做好，大钱赚不起，小钱不屑赚，日子稍稍过得不称心，便拿慕云出气。慕云从早忙到晚，挣钱养家，阿炜却整日窝在家里，看手机，玩游戏，也不出去找工作。后来他被人拉去赌钱，试图从赌桌上翻个身。那段时间他经常不着家，没钱了就伸手找慕云要。慕云不给，就被他痛骂，甚至打。这样过了很长一段时间，不管慕云怎么劝阻，阿炜都无动于衷。亲戚朋友看不下去，过来做思想工作，也都被他打发回去。慕云想到自己受过那么多的委屈，愈加难过。伤心事一件接着一件，从心底涌上来，决了堤一般。儿子隔着厕所门问，妈妈，你好了没有？我肚子痛。听到儿子的声音，慕云止住哭，匆匆洗了脸，从厕所出来了。儿子仰着头，那双眼清澈如水，慕云的心一阵绞痛。她捂住眼，不知脸上落的究竟是水还是泪。

　　按照离婚签的协议，阿炜每月要给孩子抚养费，直到他十八岁。不过大部分时候，阿炜并不遵守规定，他忙着收拾烂摊子，躲债、还债，后来又勾搭上别的女人，离婚没多久，就搬到隔壁镇去了，从而将抚养费的事躲得一干二净。慕云打电话去催，两人还没谈正事就开始吵架，像他们还未离婚时那样。不过现在，阿炜没法动手打人了。慕云身上还留着一些旧伤，有的淡有的深，有的成了永久性的疤痕，丑陋得像是受难的标记。慕云很后悔，那时她太年轻了，和阿炜没谈几天恋爱，一时头脑发昏就去领了证。阿炜自幼喜欢打架闹事，没少给家人添麻烦，但慕云那时并不这么看，她眼里的阿炜是个精明人，脑子活，会做点小生意，跟着他肯定不会过苦日子。慕云清楚记得坐月子时发生的一件事。那天阿炜和一帮朋友外出喝酒，大半夜回来发酒疯，拿起装茶渣水的塑料桶，不由分说就往她身上泼。孩子被惊醒，吓得哇哇大哭。慕云被阿炜淋得满头满脸，咬着牙安抚好孩子后，她起身到厕所擦干身子，换了衣服。厕所的玻璃窗关不牢，冷得像座冰窟，她冻得浑身发抖，病根子好像就是从那时落下的，后来一吹冷风，关节就痛。现在回想起这些，她简直追悔莫及。为什么那时不趁阿炜醉倒了给他一刀？砍不死他，也要让他长个教训。

周姨儿子预计今年结婚。家里装修，换了一套门窗，旧的窗帘款式不好看，周姨便找慕云订制新窗帘。慕云给周姨推荐了一款金黄色的布料，压了牡丹花纹，看起来舒朗大气，周姨很是喜欢。周姨的儿子大学毕业不久，回乡待业期间常去幼儿园帮忙，一来二去，就跟幼儿园新聘的幼师好上了。周姨女儿对这位新来的老师印象不错，但周姨死活不同意：儿子是个正经大学生，娶个幼师，说出去不光彩，脸面挂不住。但儿子认定了，非她不娶，周姨只得答应下来。

后面的事就顺理成章了，房子重新装修，择了吉日准备摆酒。

慕云给周姨挂窗帘，周姨帮她扶梯子，向她抱怨。讲到最后，慕云劝周姨说：后生人有自己想法，你顺着他们也好，不过别像我，眼睛糊了屎，给人几句好话就骗过去了，现在自己带孩子，事事难办。周姨说，你说的不错，我也不是老古板，后生人自己喜欢，我也不能再做坏人了。挂好了窗帘，周姨说：慕云啊，你别怪我多嘴，你这么年轻，听我一句，离婚不是什么大事，你闲了就来广场跳舞，人一运动，筋骨活络，就无烦恼了。

　　慕云听了，默默地点头。

　　起先慕云只是到文化广场去转转，看似散心，实则观望，偷偷揣摩别人的舞步和节奏。入夜后的水泥广场还散着微热的暑气，跳舞的人来自镇上不同区域，夜幕降临，他们从不同的角落冒出来，相约聚在了一起。从那些上了年纪的和还没上年纪的女人身上，她看到了一些新鲜的东西。广场上稀稀疏疏的一群人，有的做了婆婆，有的看起来年纪和她差不多。这些人平日都被家务事缠身，跳起舞来就像换了个人，脸上露出富足和活泛的表情。广场是生活漩涡里辟出来的一口避风塘，她们来这里躲躲人生的琐屑，找找活着的乐趣。慕云以前很是纳闷，这种看起来没什么营养的运动，为什么会这么受欢迎？说舞蹈不像舞蹈，说是健美操，又缺乏健美操的韵律和动感。直到亲身参与进来，慕云才真正领略到其中的乐趣。在人群的包围中，沿着固定的舞步跳动，可以暂时地忘掉烦恼、忘掉自己。她想起读书那阵也加入过舞蹈队，毕了业出来社会，工作没多久又嫁人生子，忙于生计。那些跳舞的经验，其实早忘光了。这样观摩过几次之后，慕云开始加入大部队，跟着大家跳。起先并不熟悉，身体僵硬，施展不开，没多久，身体里那些沉睡的经验，就逐渐苏醒了。跳《荷塘月色》的时候，有小孩子加进来跟着跳，三两个排着队，学得有模有样。

　　慕云对自己的身材还是挺满意的，除了剖宫产留下的疤和眼角的鱼尾纹，她身上并无多少衰老的痕迹。站在一群女人中央，伸展腰肢，下巴高高抬起，音乐震天响，她任凭自己沉浸在高亢悠扬的旋律中。夏夜的风吹过来，高矮胖瘦的身影落在地上，影影绰绰的，月亮悬在半空，衬着广场上的灯光，亮得有些不真实。

　　那天跳完舞，大家收拾东西各自散去。慕云上前帮周姨拎起地上的小音箱。周姨掏出手绢抹了抹额头的汗水：慕云，我看你跳得挺好的，我就说啊，人活着应该有寄托，我做姿娘仔时就喜欢唱歌跳舞，现在老了，也照样快乐。慕云接过话，是啊，跳一跳，轻松多了。周姨觉得很欣慰。两人搭了些不咸不淡的话。周姨说，你一个人带孩子很辛苦，不打算再找个人过日子？慕云面露尴尬，摇了摇头，在这里谈这些，未免显得不合时宜。周姨笑嘻嘻地说，反正别着急，你还年轻，大好人生还没开始哩。慕云想，再聊下去，指不定周姨要列个名单开始介绍了。她收拾好东西，借口要回去给儿子煮消夜吃，三两步走到路边，骑着电摩离开了。

　　回家路上，慕云心神不宁。她是个老实人，一说谎就心虚。她仔细估量目前的情况：离过婚，还带着儿子，想再结婚怕是不大可能了。周姨说的那些有一定道理，她并非没有考虑过，但那些念头一闪而过，很快就被她压下去了。如今她有一门小生意可做，够养活自己和孩子，婚姻的浑水，这辈子再也不想蹚了。

　　半路上电摩托突然间熄火，慕云下车捣鼓了一番，不见动静，只好推着回家。

这天晚上，慕云做了个梦。她站在空旷的广场上，一辆重型卡车失控了，朝着她疾驰而来，车灯晃得她睁不开眼，身旁是四下溃散的人群，慕云想逃跑，但双脚定住了，死活也挪不开。她吓得清醒了过来，一摸额头，全是冷汗。

这个梦来得蹊跷，随后几天，慕云总有些不安。入夜后的广场上灯火通明，旁边挨着派出所，正对面是加油站，再过去，是和国道相交的一段新修的公路。车来车往，喇叭和刹车声不断。跳舞的人群，是广场上一道抢眼的风景，慕云的眼光一扫，就看到蹲在北面舞台上抽烟的男人，他们的脸躲在灯光照不到的暗影里，占据了一个天然的好位置，眼睛瞟来瞟去，肆无忌惮。慕云的加入，无疑给这群参差错落的舞者添了些新鲜色调。她扎起了头发，露出一段光洁的脖颈，跳起来又有板有眼，一眼望去，总是出挑的。慕云并不在意那些恣意的，甚至有些猥琐的目光。她跳她的，他们看他们的，互不干扰。

水泥广场和公路中间有一大块土埕，是镇上客运站的停车场。白天土埕灰尘飞舞，热闹喧嚣，入夜后，固定时间，固定的地点，开货车和长途客车的司机们，喜欢在卖粿条和猪脚饭的摊子上吃晚饭，吃完，他们三三两两踱到广场上散步、抽烟。中间休息时，慕云掠过人群，从那些陌生的面孔中，她看到了一个人。那个留着半长头发的男人看起来眼熟，他穿人字拖，背起手，像个老头那样走动，烟抽了一根，马上又续起来。他们在广场边上高声谈话，随地吐痰，开玩笑，讲些荤段子，只有那个半长头发的沉默着，看起来心事重重。他来回走动的频率有些高，老在眼前晃来晃去，慕云便留心起来。后来，她越看越觉得，那个人似曾相识。

慕云认出来了。那人名叫老六，和阿炜是旧交。慕云嫁给阿炜的时候，阿炜不过二十出头，还是个贪耍的后生，在乡里结交了一帮狐朋狗友。阿炜成家后，那帮人还像以前那样经常来串门。慕云那时新嫁过来，阿炜那帮朋友她看不惯，但还是热忱相待。他们喝酒，慕云就给大家煮鱿鱼粥当夜宵。老六通常是最晚走的那个。他们这群人，那时候都没什么钱，又好面子，爱吹牛，聚在一起总是吵吵嚷嚷，常讲些荒唐话，逗得慕云哭笑不得。老六话不多，喝醉了酒，也只是涨红脸坐在椅子上，眼神放空，像座木讷的雕像。待到大家散伙，他还会帮慕云收拾碗筷。慕云摆摆手，让他回去，他咧咧嘴，欲言又止，顺从了。现在想起老六，慕云的眼前都是那时候的片段。记忆从黑沉沉的角落里跳出来。他们当时还在阿炜家的老厝暂住，厕所兼浴室设在屋后，一扇小窗对着暗巷。有天夜里，慕云在浴室冲澡，浴室狭窄阴暗，一盏瓦数很低的灯，照得四周鬼魅丛生。慕云哼着小曲，猛地抬头，撞见暗中有双眼乜斜着，贴在窗棂上，像狡黠的狐狸。慕云吓得腿软，忘了喊救命，只从喉咙底下发出咝咝声。她从挂钩上扯下浴巾裹住身体，背贴着墙不敢说话。随着"咔嗒"一声，那双眼隐没了。慕云蓦地睁眼，窗外一无所有，路灯透进来昏黄的光，她的心怦怦直跳。远处传来几声犬吠。

从浴室出来后，慕云身子还在发抖。阿炜在看电视，儿子躺在摇篮里熟睡。一切如常，什么也没有改变，可她的世界就此动荡，像一摊搅浑了的水。她暗示自己，刚才发生的那些都是幻觉，只要不去想，就什么事也没有。她用力掐住虎口，掐得那里嵌下了深深的指甲印。过了很久，她才慢慢平复了心情。她抱起孩子喂奶，没等头发吹干便爬上床睡觉。阿炜关了电视，进卧室躺下。他伸手搂住慕云，嘴巴凑过来，慕云条件反射似的用手抵住他。阿炜闷闷不乐，吃错药啦？慕云压低声音厌恶地说，来月经了，睡吧。阿炜的手只好在她身上摸来摸去，揉了几下，自觉无趣，翻身睡过去了。

慕云怎么也睡不着，眼睛一闭上，撞见了老六的脸。他的额头有一颗肉痣，刘海盖下来是看不见的。不知为什么，在黑漆漆的夜，在凌乱的意识中，连同他的眼和额头这颗肉痣，都看得一清二楚。好不容易挨到凌晨四五点，慕云才沉沉地睡过去。一俟入梦，就看到有人张开双臂朝她扑来，那是一团影子，模模糊糊的，爪牙尖利，似乎要将她生吞活剥。她惊醒过来，一看外面天已经亮了。摇篮里儿子发出低低的呼吸声，阿炜在身边，手脚摊开呼呼大睡。世界对他们来说并没有什么不同。

这事如同噩梦一场，慕云谁也没有说，打算将它烂在肚子里。

后来，老六再也没来过他们家。她听阿炜那群朋友讲，老六到广州帮亲戚做水果生意了，在天平架那边看档口，一个月能挣不少钱。那年春节，老六没有像以前那样来拜年。老六应该再也不会出现在她的世界里了。慕云心里的石头落了下来，阿炜却时常念叨他，说他有钱了，就不记得兄弟们。慕云随口道，你管他做什么？有空多管管这个家吧。阿炜拿根牙签剔牙，把慕云的话当耳边风。他觉得这群朋友中，老六最老实本分，不会无缘无故不来往。慕云怕阿炜再追问下去会发现什么蛛丝马迹——倒像是她做错了什么那样。她知道，只要一捅破，最后损失的还是自己，所以再委屈，都要咬碎了牙咽进肚子里。可她又不甘心，想到自己要为一个偷窥者保守秘密，就觉得无比耻辱。

再后来，她偶尔听人讲起老六的近况。有人说，老六不在亲戚那里打工了，租了档口改做海鲜，生意慢慢地有了起色，还在广州安了家。日子过去很久，阿炜那些朋友都娶妻生子了，慕云和阿炜喝了一场又一场喜酒，他们的儿子也渐渐长大了。那群朋友，自从担上家庭的负累，日渐疏于往来。时长日久，老六这个人慢慢地从慕云的记忆中被抹去了。她怎么也没想到，老六这个人，会再度出现。

旧日的梦魇席卷过来，慕云觉着浑身不舒服。

那晚回家，她把电摩托推进去，关紧铺门，不放心，又反复检查了好几遍。按理说，她没有必要如此惊慌。或许是她认错了？那人根本不是老六，不过长得像而已。然而慕云没法不当一回事。她的眼前一晃而过的，还是老六那双眼。好多年过去了，那双眼仍贴在窗棂，暴露着贪婪、粗鄙和说不清的欲望。那些杂乱的情绪和念头，如同贴在身后的影子，怎么甩也甩不去。

新的一天又开始了。慕云清早起来给儿子做饭，载他去学校，又到菜市场买菜，回到家已经累得一身汗。她进浴室冲澡，开了灯，把百叶窗帘放下来。外面日头很大，百叶窗帘透进来的光洒在瓷砖上，细细碎碎的。午睡起来后，她又忙着干活。不知不觉一下午过去，儿子放学了，她煮了一碗牛肉丸粿条给他垫肚子。离真正吃晚饭还有段时间，儿子正在长身体，她不敢怠慢。儿子饿坏了，热气腾腾的粿条汤端上来，他用筷子插了一颗牛肉丸，放在嘴边呼呼吹，张嘴咬了一口，烫得龇牙咧嘴。她摸着他的头，叫他吃慢点。

天黑了。慕云坐在缝纫机前发呆，饭菜还在肠胃里消化，她脑袋昏沉沉的。儿子问她，妈，今晚不去跳舞吗？慕云愣了一下，儿子的提醒让她回过神来。她意识到，属于自己的休闲时段到了，她"应该"在这时到外面去。再等等吧，晚点去。话音刚落，慕云就开始坐立难安。这个时段跳广场舞，已经成了雷打不动的习惯，只是今天，情况有些变化。她呆坐在缝纫机前，拿出手机看了看。忙了一个白昼，入夜后慕云根本无心干活。她望着缝纫机和堆落在地板上的窗帘布出神，那些繁复的花纹在眼皮底下忽远忽近，它们绕啊绕，一时是牡丹，一时是藤蔓，看得人晕眩。

手机在这时候响起来。慕云按了接听键，耳边传来周姨的大嗓门。周姨向来心直口快，说起话来像开机关枪。慕云只听见"下聘"和一句"晚上来领舞"。慕云还未答应，电话就挂断了。她心中不是滋味，站起来在屋子里走来走去，太阳穴突突地跳着。周姨的电话来得不早不晚。慕云去也不是，不去也不是。后来她还是决心收拾收拾出门，广场上人那么多，众目睽睽，就算再碰见老六，他也不敢做什么出格的事，何况旁边就是派出所呢。

慕云到的时候，其他人已经开始跳起来了。水泥广场上除了消夏和跳舞的人，并没有其他可疑人物。周姨那台小小的音箱，依旧屹立在前方的空地上。广场上没有周姨的身影，但所有人就像有人带领一样，动作整齐，和平时没有什么两样。慕云心想，周姨高估了自己的江湖地位，走过去，迅速蹿进了队伍。她从未像现在这般有归属感。这群乡下妇女组成的方阵，像是瞬间有了磁力，将她从日常琐事中吸附过来，将她抛进一个由身体、舞步和歌声组成的舞台。

这一晚，慕云跳得比以往都要卖力。几首曲目跳完，她从散开的队伍中走出来，满头大汗地喘着气。她警惕地望了望四周，路灯看起来比平日里更明亮，遥远天边垂挂着的星星，也看得更为清楚。公路上往来的车辆，车轮胎轧过路面，喇叭声和广场舞的音乐交织在一起。慕云来到广场边的长椅上坐下，拧开水杯喝起来。她的视线在广场上来回逡巡，没发现什么异样，这让她觉得放心。一切不过是虚惊一场，哪有什么老六？这么想着，冷不丁的，慕云感到有人从背后拍了她肩头。她吓了一跳，杯子的水溢出来，将胸前的半片衣襟淋湿了。她从长椅上弹跳开来，转过身，和老六结结实实地打了个照面。

　　慕云看得很真切，眼前这个男人，半长的头发，刘海梳到一边，露出额头那颗肉痣，脸看起来像被咸海水浸泡了很久，再腌过一遍。这么多年不见，老六从里到外换了一副躯壳。他比以前胖了不少，穿件黑色短袖衬衫，露出鼓鼓的肚腩。他看起来好像很久没洗过澡，浑身上下脏得像个流浪汉。慕云呆立在原地，觉得从前那个干瘪、寡言的老六，经过岁月的揉搓，涨开了，穿过时间的密林，来到她面前。

　　老六喊她，阿嫂。

　　慕云站着，一言不发。

　　老六说，阿嫂，是我，老六啊。

　　慕云往后退了一步，内心极度不适，可她还是强装出一副镇定的样子。

　　你来这里做什么？

　　老六挤出一个干巴巴的笑来。阿嫂，好久不见，我现在做司机，跑运输，昨晚看到你，不敢和你打招呼……

老六和她隔了一张长椅，保持着不远不近的距离。眼前这个老六，老了，他站在那里，欲言又止，看起来畏畏缩缩，一点不像曾经阔气过的人。慕云想赶紧离开，犹豫了半天，也没有挪动半步。老六说，阿嫂你别怕，我没有别的意思。慕云说，好，如果没有其他事，我就先走了。老六一脸焦急，阿嫂请等一下，我有件事想请你帮忙。慕云狐疑地望了他一眼。老六紧张兮兮地看了看四周，小心地从衣服里掏出一只黑色薄膜袋套着的包。

这包东西，麻烦你带给我妈。

慕云犹豫起来。老六的母亲她是认识的，老人家自己种地，平时就在市场摆菜摊。面对老六的恳求，慕云着实不知如何回应。她说，你还是找别人吧。老六压低声音说，阿嫂，你别生气，我以前做了对不住你的事，是我的错，这次算求我求你了，一定要帮我，我……我欠了钱，在跑路，现在不敢回家。

慕云还想问些什么，来不及开口，老六已经把那只鼓鼓的包塞进她手中了。

这人一定是疯了。慕云愣在那里，老六说，我马上得走了。

慕云握住那只黑色的包，头也不回地往水泥广场的中央走去。

老六叫她，声音不高不低，在嘈杂的广场上，像颗石头落进了慕云的心底。

慕云清清楚楚地听见背后传来一句"多谢阿嫂"。

慕云走到停电摩托的地方，掏出钥匙启动了车，离开时，她的心沉重得很。老六已经离开了，水泥广场上没了他的身影。他就如同幽灵，突然出现，又突然消失。老六说的那些话在她耳畔绕着。那么多年不见，老六怎么会在这里找到她？还有，他给的这包东西装了什么，为什么偏偏找她帮忙？慕云越想越糊涂。她看老六那样子，肯定没干好事，要是拿了他的赃物，警察找上门的话怎么办？骑到水利渠的石桥边上，她突然冒出一个疯狂的念头，干脆把这包东西扔水里算了……

最终，慕云什么也没有做。她望向水利渠，月光照着一片水浮莲，草丛里有蟋蟀鸣叫。这个夜晚诡异极了。

那只黑色的包裹跟着慕云回了家。她甚至有股冲动，想趁现在就寻去老六家，把东西交给他母亲。可是转念一想，事情要真的这么好办，老六肯定不会请她帮忙。说不定追债的人现在就堵在老六家门口，只要老六敢冒出头，就会被他们捉住。乡里赌钱欠债、借高利贷的，都是这么跑路的，要么找个偏僻的地方躲着，要么找人把事情摆平。像老六这样狼狈的，已是走投无路了。

慕云思来想去，决定明天再做打算。

临睡前，慕云在台灯下仔细地研究那只包裹。

儿子问她手里拿的是什么，慕云编了个谎说，没什么，是妈妈明天要寄的快递。儿子没了兴趣，他闭着眼，背了几段明天课堂上要检查的课文，很快睡着。

现在，慕云不怎么害怕了。老六交给她的包裹用胶带缠住，胶带上沾了灰尘和几根头发丝。她用力掰开，胶带发出一声脆响。

慕云把包裹拿在手里掂量。是钱。她暗暗吃了一惊，这里面少说也有好几万块。慕云没有接触过那么多的现金。她从床头柜的抽屉里取出一把剪刀，想铰断胶带，印证自己的猜想。剪刀握在手中，她却迟迟也落不了手。万一这事败露，让老六发现了，她承担不起任何后果。慕云心想，老六不知道跑了多远的路，才把这包东西带回来。他自称跑运输，可他那样子一点也不像卡车司机——在慕云印象中，卡车司机应该是壮硕的、干练的，而不是老六这般鼠头鼠脑。他搭别人的货运车，不敢坐高铁和长途大巴，说不定就藏身在货柜里，如同隐形人。

按理说，老六的生意应该做得顺风顺水，为什么会落到这种地步？他跑了路，老婆和孩子怎么办？一个又一个的困惑冒出来，然而所有的问题，慕云都无从解答。对慕云而言，老六已然是个陌生人，他们之间没有任何关联。想到老六当年对她做的事，她甚至动起了将钱独吞的私心——就当作是迟到的补偿吧。如果当年老六没有动邪念，说不定不会外出打工，如果不外出打工，就不会犯下今天的事，如果……慕云的心中一团乱麻。她起身到厨房取了一只干净的塑料袋，把包裹装好，捆起来，置于枕头底下。

她躺下身，望着黑漆漆的房间，觉得自己枕的不是钱，而是一段压抑沉重的过往。

隔天，慕云吃过早饭，送孩子上学，便骑着电摩托到市场去。为谨慎起见，慕云将那只包裹和手提袋一起塞在了车头篮筐里，又把篮筐的铁丝罩子盖上。路上，她特地绕去老六家探个究竟。

老六家的老厝在儿子学校附近，挨着一座天后宫，天后宫门口有棵大榕树，慕云把车停在那里，探过头往老厝里张望。门楼里没有人，一切如常，慕云本想将东西放在家门口，等老六母亲回来取，但很快她就打消了这个愚蠢的计划。她决定到菜市场找老六母亲，亲自把东西交给老人家。当时乡里的菜市场还未拆掉重建，慕云自从嫁过来，这个菜市场就成了她经常光顾的地方，闭着眼，她也能记得每个摊档的位置。老六母亲的菜摊在西南角，慕云看到老人家蹲坐在木凳上，手里摇着一把蒲扇。她在菜市场摆摊卖菜有些年头了，靠着这个小小的菜摊，养活了一家人。慕云上前跟她打招呼，她抬起头来看了一眼。慕云这才发现，老六的母亲已经那么老了，脸上皱巴巴的，牙齿没了，腮帮陷进去，身上穿着一件老旧的白衬衫。日头穿过头顶沥青棚的缝隙照下来，慕云看到码得齐整的蔬菜，上面还沾着水珠。慕云弯下腰跟她说话。听到老六的名字，老人家像被什么给击中了，掩面痛哭起来。周边摆摊的、买东西的人，不明所以地看着她们。老人家哭得那么伤心，周遭的目光都聚集在她们身上。慕云的脸颊一阵热辣，她什么话也没有说，将包裹塞进老人家怀中，低着头，转身离开了。

半个月后，慕云和儿子去喝周姨家的喜酒。按照乡里习俗，他们的酒席设在祠堂里。新郎新娘站在祠堂门口迎宾，新郎穿着笔挺的衬衫和西裤，新娘穿了身龙凤褂嫁衣，周姨老两口在胸前戴了大红花，喜气洋洋的。宾客陆陆续续来到，慕云跟儿子站在门口和新人合了影。天气热得像蒸笼。慕云给过红包，打了招呼，就和儿子进祠堂落座。儿子第一次喝喜酒，很是兴奋，看什么都觉得新鲜。周姨这一族，在乡里有头有脸，这天来了很多宾客，祠堂正厅和中间天井也摆满了桌，人声鼎沸，好不热闹。天井上头挂了遮阳布，厨娘们托着老式的木质托盘出入祠堂内外。做喜宴的"厨房"是临时搭建的，就在祠堂边上，煤气炉、大鼎¹、砧板刀具，一应俱全，掌勺的、洗菜的、上菜的，井然有序，十来个人，撑起了一场地道的乡间喜宴。

慕云和一桌陌生人坐一起，孩子们在酒席间窜来窜去，不时从装满冰块的水桶里捞出冰镇饮料。中间慕云出来接了个电话，有人要赶制一批窗帘。慕云挂了电话，看到祠堂门口来了个挑担子的老妇人，佝偻着背，竹筐里装满新鲜的蔬菜。慕云认出来，那人正是老六的母亲。她听见老人家和厨师在烈日下讨价还价。她背对慕云，戴一顶草帽，看起来那么瘦小。

看到老人家，慕云忍不住想起那天的情形。

从菜市场离开后，慕云并没有如释重负。她眼前浮现出老六的脸。相较年轻时候犯下的过错，她觉得如今的老六太过可怜。她已经在心底原谅他了。她也突然明白，老人家当时为何哭得那样伤心。接到包裹的那一瞬间，真相就明明白白地摆在那里：老六再也不会回来看她了。想到这些，慕云的心冷下来。身后的酒席安静了，所有的热闹消失不见。她看到水泥埕反着灼灼的日光，老人家站在那片光亮中，像个斑点，越缩越小。

---

1 鼎：潮汕方言，鼎为"锅"的古汉语表达。（本书脚注如无特别说明，均为编者注。）

姚美丽

歌舞团来到镇上那天，姚美丽到戏院买了票。她骑一辆铃木摩托，戴黑色的露指手套，大波浪卷在日光下熠熠发光，骑车时她身体前倾，和车身形成一个好看的夹角。排气管突突作响，尾部缀着一缕黑灰色的烟。

　　姚美丽的摩托车碾过镇政府门前的土路，碾碎掉在沙石上火红的木棉花，停在了戏院门口。戏院黑色的沥青棚晒得发烫，远远看去，像一摊即将流淌的墨汁。日光照在暴雨过后坑坑洼洼的路面上，姚美丽的蓝色喇叭裤沾了不少泥点。她停好摩托，径直朝戏院售票房走过去。戏院大门外墙上贴了好几张演出海报，有的被雨淋湿缺了一角，有的早就褪了色。

　　姚美丽盯着"福州歌舞团盛大巡演"的蓝色海报看了许久，这才敲了敲售票房的玻璃窗。

　　"来张今晚的票。"

　　玻璃窗推开，姚美丽看到了瘸脚阿三那对眯缝眼。

　　"美丽姐，自己一个人啊？"

　　姚美丽从鼻腔里挤出一个"嗯"。

　　瘸脚阿三看姚美丽对他爱理不理，自觉无趣，便撕下一张票，接过被姚美丽揉得皱皱的钱。

自从戏院开张，逢上歌舞团表演或是电影放映，瘸脚阿三就会准时出现在戏院。乡里人不知他从哪里谋到了售票员这份工作，姚美丽每次到戏院，总能碰到他。她只知道阿三瘸了一只脚，但不知瘸的是哪一只。阿三像尊佛像那样驻守售票房，爱抽烟，也喝酒，卖票时喜欢和人说说话。姚美丽捂了捂鼻子，她不喜欢阿三身上的烟酒气。

姚美丽这天心情不太好，平时她还会和瘸脚阿三插科打诨聊几句，她一直想看看瘸脚阿三站起来走路的样子，但这次，她买完票就骑摩托走了。瘸脚阿三躲在玻璃窗后看着姚美丽的翘臀一颤一颤的，从视线里慢慢消失。

姚美丽是镇上第一个骑男式摩托车的女人。她的摩托车平时就停在自家门口，用一条粗大的钢链锁住。乡里人路过，会故意放慢脚步，他们想亲眼瞧瞧姚美丽启动摩托车时的威风模样。那年月，镇上汽车很少，摩托车也很少。姚美丽买了摩托车骑回来时，把街坊邻居都吸引住了，他们过来围观，像围观一只珍奇的动物。姚美丽嘴角翘起，眼神满是傲慢和不羁，她不费什么力气就将车推进了家门口的巷子。后来，姚美丽就骑着它穿行在大街小巷，摩托车的红色车身和她的大波浪卷一起，成了街上一道抢眼的风景。

那天从戏院离开，姚美丽和歌舞团的宣传车打了个照面。

这不是她第一次看见"福州歌舞团"的宣传车了。

早上她从游戏厅出来，推摩托车到加油站加油，来到国道时，一眼撞见了远远驰过来的宣传车。宣传车沿着国道慢吞吞地开着。那是一辆经过改装的小货车，车身两侧的巨幅海报上印着演员的照片，男的穿花花绿绿的沙滩裤，女的穿三点式泳衣。海报悬挂在车厢两侧，日晒雨淋，已经褪色了，风吹过来，看起来随时要散掉。宣传车车顶上绑着的大喇叭不间断地播报着演出信息。姚美丽看到四个坐在车顶的女郎，光着腿。她们撑了伞在挡日头，屁股底下垫了报纸。她们一个个化着大浓妆，腮红抹得像猴子屁股。车从远处开过来，她们的脸由远及近，跳进姚美丽眼里。公路上开过来三三两两的汽车，有人开了车窗，朝车顶上的女人们招手欢呼。

姚美丽推着摩托车沿公路逆行了一段，直到宣传车经过她，她才看到司机的侧脸。

公路上热浪滚滚，所有的物体都在日光下忽闪忽闪的。

姚美丽忽然觉得，那张脸似曾相识，但她想不起来到底在哪里见过。

给摩托车加油时，姚美丽走到油站外围，手搭凉棚眺望远处。

宣传车早就开进乡里看不见了，只听得大喇叭发出鸭嗓般沙哑的声音，那声音飘在空中，若有似无。姚美丽的头有些眩晕，恍惚间她想起了什么。日头高悬头顶，汗水从她的额头渗出来，她伸手抹了抹，走过去付了油钱。摩托车加满了油，像饥渴的人吃饱喝足，姚美丽轻轻旋了油门，骑着一串响亮而急促的突突声，绝尘而去。

姚美丽的康乐园游戏厅位于大池塘边上。五百米外，是镇上的中学和小学。三年前她盘下这间铺面，看中的就是它所处的这个好地段，每天到了放学时间，学生仔蜂拥着从学校出来，场面壮观得很。他们水一样涌出来，流向镇上的大小人家，其中一部分流到游戏厅，就成了姚美丽源源不断的财路。那几年镇上雨后春笋似的，冒出来好几家游戏厅，有的铺面大，有的铺面小，它们是小镇青少年集结和休闲的地方。尽管生意竞争大，但姚美丽并不担心，她的游戏厅开了三年，口碑不错，学生仔喜欢来，图的是老板娘利落爽快，偶尔还能蹭几支烟吃。但凡开游戏厅的，多多少少都得背负个"误人子弟"的恶名，不过姚美丽看得很开。她从小在这个地方长大，知道这是块贫瘠的盐碱地，长不出什么好果子来，即使没有游戏厅，还是会有其他新鲜东西闯进来"误人子弟"的。所以，姚美丽从来不管别人的闲言碎语，"赚钱才是正道"，这是她在社会上闯荡多年一贯奉行的原则。

这天下午姚美丽买完票，骑摩托车回到游戏厅。她外出这段时间，游戏厅交给隔壁小卖部的桃花妹看管。此时桃花妹正找钱给一名逃学来打游戏的学生。那个学生姚美丽记得，上次她到戏院看电影，撞见他搂着一个穿校服的姿娘仔在亲嘴。戏院光线特别暗，姚美丽之所以记得他，是因为他脖子背面有块鲜红的刺青。放映机的光柱打上去，看得一清二楚。桃花妹给他找钱时，他趁机捏了一把桃花妹的手，嬉笑着跑开了。桃花妹瞪着眼骂他，笑得两颊的肉都在抖。姚美丽调侃她："厉害咯，学生仔也看上你了。"桃花妹轻咬嘴唇，做了一个"嘘"的动作。姚美丽说："还怕他知道？你的手都不知被多少人摸过啦！"桃花妹有些恼了，嘟起嘴黑着脸。姚美丽知道自己话说得过头，道歉道："姐跟你开玩笑的，放心啦，他敢说你一句，我收拾他。"桃花妹这才吐吐舌头，眉眼舒展开来，笑着在姚美丽屁股上捏了一把。

姚美丽尖叫一声，逃进了游戏厅。

一年前桃花妹的男友老虎从监狱出来，两个人无所依靠，就找亲戚朋友借了钱，在游戏厅隔壁经营起这间小卖部，卖些零食和文具。平时桃花妹看铺，老虎负责进货。热月里除了普通零食，他们主打刨冰、海石花和台湾烧仙草；冷月生意相对冷清些，老虎便偷懒不来铺里，跑去赌钱，消磨时日。好在隔壁游戏厅常年都有人光顾，打游戏的人肚子饿了，常过来买些吃的喝的解馋，生意看起来还不赖。

桃花妹比姚美丽小一轮，按辈分她应该喊姚美丽阿姨的。但姚美丽不让桃花妹叫阿姨，说她们两人没有年龄差，应该以姐妹相称。桃花妹有点婴儿肥，浑身上下胖乎乎的。她初中没读完就出来了，跟老虎相好了两年。去年老虎因为打架伤了人，被抓进看守所关了几个月。姚美丽喜欢桃花妹，她看不惯老虎那吊儿郎当的样子，觉得老虎配不上桃花妹，有时闲聊，就故意教唆桃花妹甩了老虎再找一个。桃花妹说："我这样子有人爱，高兴还来不及呢。"

姚美丽想一想，觉得桃花妹说得有道理。她的下颌到脖子有块黑色胎记，平时头发放下来，遮一遮倒是看不见，要是凑近了看，会看到胎记上长满绒毛，甚是骇人。姚美丽不知道这一对是怎么走到一起的，听了桃花妹的话，她叹了叹气。平日她也没少见老虎对桃花妹呼来喝去，奇怪的是，不管怎么受气，桃花妹都乐呵呵的，隔天仍然像个没事人一样，生意照旧做，每日收入悉数落进老虎的口袋。

这让姚美丽更加看不下去："靠天靠地不如靠自己，听姐一句话，藏个小金库，不然你给多少，他输多少。"

桃花妹老实，她怕老虎甩了她，所以，只能以此下策来维持关系。

姚美丽的话叫她难堪："他发现了，会打我的。"

这天姚美丽前脚刚进游戏厅，就听到老虎的三菱摩托停在了门口。平时老虎闲着没事，也会过来玩一把。姚美丽不收他的钱，他也习惯了，几个币就够他打好几局《拳皇》了。他进来跟姚美丽打了招呼，恭敬地送了包红双喜香烟，凑过来小声说："美丽姐，这是我孝敬你的。"

姚美丽哼了一声，接过烟盒，麻利地拆开，抽出一根叼在嘴里。老虎赶紧捧着打火机点上。

"我的事你千万别说出去啊。"

姚美丽朝老虎脸上喷了一嘴烟，熏得他眯起眼。

老虎笑着说："以后你的烟我包了。"

姚美丽戳了戳老虎的头说："纸包不住火，你要管好自己啊。"说着在他肩头上敲了一下。

"好好好！"老虎伸长脖子点点头，毕恭毕敬的。看姚美丽忙着照看生意，他知趣地走出游戏厅大门，找桃花妹去了。

姚美丽看着老虎的背影若有所思，她突然想起了一个人。那人和老虎差不多的身高，头发整日梳得油光水滑的，有一辆漂亮的双排管摩托。那时姚美丽还在福州，还没回来开游戏厅，他骑摩托载姚美丽逛遍了县城，还教会了姚美丽骑。男式摩托不好驾驭，姚美丽把握不好松紧油门和离合的时机，时常刚一启动就熄火，她气急败坏，差点摔了车跑开。等她终于学会了，才真正享受到了骑摩托的便利。那时姚美丽经常和他一起到歌厅耍，直到有天，他和发廊的洗头妹在宾馆开房，被姚美丽抓了个现形。姚美丽甩了他一巴掌，一气之下，和他分手了。这件事过后，姚美丽对男人怀有芥蒂，总觉得男人不可靠。

想到这些，她隐隐替桃花妹担忧。她赚钱养男人，男人还在外偷吃，姚美丽咽不下这口气，心想哪一天，一定得让老虎吃个教训。

　　游戏厅聚满了附近的中学生、小学生，也有结了婚还常混迹于此的后生仔。姚美丽对他们每个人的脾性和背景都有耳闻。他们称姚美丽作"美丽姐"，但谁也说不清姚美丽的真实年纪。姚美丽看着他们中的很多人脱下校服，走向社会，偶尔也充当和事佬，劝解闹了矛盾的小兄弟。在姚美丽看来，他们好像从来不知疲倦，身体里藏着耗不尽的气力。游戏厅是这伙人遁形的天堂，他们双目凝视游戏机屏幕，忽闪忽闪的光映照在脸上，照着他们时而愤怒时而亢奋的目光。咒骂声和说话声混杂在一起，在这个光线不足的空间里回荡开来。姚美丽听习惯了，并不觉得嘈杂。她可以自动过滤掉那些无关的声音，只有发生了争吵或打架斗殴，她的注意力才会回来，否则大部分时间她都精神游离着，收钱、数游戏币、找钱，一系列动作熟练而机械。游戏厅的水泥地脏得很，上面满是瓜子壳、零食的包装袋、烟头和烟盒，姚美丽关铺时会打扫一次，把垃圾扫好，装起来，倒到池塘边的垃圾堆里。

　　开铺关铺，日子水一样流过来流过去。这一刻她跷着二郎腿，坐在收银桌后面抽烟。游戏厅烟味弥漫，她把烟灰敲落在地上，闭起双目养神。姚美丽时常这样陷入沉思，这样她就会想起很多事，很多丢失的时光会从记忆的缝隙里跳回来。

　　姚美丽小学毕业那年，父母离婚，母亲带她到漳州投靠一个远房亲戚，后来母亲改嫁给一个开杂货铺的老男人。对于漳州这个新地方，姚美丽并没有多大的兴趣。进入新的学校以后，她混迹在一群讲着不同方言的同学中。新生活就这样开始了。那时姚美丽不爱学习，总是逃课到港口玩，捡贝壳，搭渔民的船出海，和男孩子勾肩搭背，在夜间的海边接吻，就这么晃荡着过了好些时日。姚美丽并不是读书的料，高中没毕业，她就辍学了。她和母亲说她想出去打工，母亲摇头叹气，又拿她没办法。姚美丽好像对什么都不感兴趣，她只想离开漳州。经过几天的考虑，她收拾行李，跟着几个同学到福州去了，后来还在厦门待了好些年。那时她没有想过，应该回来老家看一看。等她再次想起时，父亲已经去世了。老家的房子还留着，门不知让谁给锁了，姚美丽雇了开锁匠撬开门，行李一搁，就住下来了。她没想到兜兜转转，离开了又回来。姚美丽拜访了从前的邻居，才知道这些年父亲和别的女人搭过伙，不过没多少时日就不欢而散了。父亲离婚以后，酒瘾更大了，贵的喝不起，只能喝便宜的，每天干完活，打二两散装米酒，配一碟花生米喝，后来量越来越多，从一天一顿，喝到一天三顿。忙活一辈子，什么也没得到，最后叫肝癌折磨得枯瘦如柴。

那时通信并不发达，父亲去世时，姚美丽并不知道。她和母亲没有回来奔丧，父亲的后事是乡里亲戚朋友帮忙料理的。姚美丽凝视着挂在墙上的遗像，还是十多年前的那个男人。他像是从来没有老去，姚美丽离家时他是什么样，回来时还是什么样。姚美丽记得，相片是1980年春节在塔山风景区拍的。那年姚美丽十三岁。他们在照相铺照了全家福，又拍了单人照，遗像是用父亲那张单人照放大了，重新洗出来的，因为像素不高，看起来有点模糊。姚美丽想起父亲，那时他正好处在姚美丽现在的年纪，年轻时喜欢唱潮剧，梦想做一个潮剧名角，后来忙于生活，就扔在一旁了，二十几岁娶了老婆，生下姚美丽之后，人生仿佛跌进了泥潭，从此再也爬不起来了。

姚美丽的思绪飘向很远，如同灵魂出窍，慢慢和这个世界脱离开来。她回头看到坐在腌臜的游戏厅里的自己，像一尊凝神静思的雕像。那些走动的、打游戏的人，只剩一双眼在暗中发光。姚美丽知道，她并不属于这里。挂在墙上的时钟嘀嗒嘀嗒在走动，很快，日光从铁皮棚的边沿一点点坠落下去。姚美丽回过神来。天快黑了，晚上她还得去戏院看歌舞团的演出。

夏夜的小镇，风混了些热气，轻轻地吹着。姚美丽从游戏厅出来，四处找不到桃花妹，没人替她看铺，她干脆把电闸拔了，游戏厅"啪"的一声黑了下来，闹哄哄的，姚美丽扯着嗓子，给他们每人发了几个游戏币，将那些意犹未尽的全轰走。

锁好门之后，她骑上摩托车到菜市场吃了碗牛肉粿条，接着便往戏院赶过去。

戏院门口的水泥埕上，涌来了很多人，姚美丽认识他们中的许多，很多人也认识姚美丽。姚美丽锁好车，和他们打过招呼，她的大波浪卷用橡皮筋扎起来，就这样融进了人群中。戏院门口挂起两盏瓦数很高的灯，照得人脸上都是暖黄色的光。姚美丽看到瘸脚阿三扯着嗓子在卖票。往往到了临近开演的节点，票价就会降下来，这时等在门口的人一拥而上，迅速将剩余的票一抢而光。

姚美丽的目光四处逡巡，歌舞团的宣传车停在角落里，一根细长的塑料绳上晾着几件男人的衣服。姚美丽走过去，想看一看那个司机在哪里。她踮起脚尖朝驾驶室望进去，没见到一个人影，又绕到车屁股，还是没见到。姚美丽不免有些失落。她一直在想早上公路边撞见的那张脸，越想越是着急。

进场广播在催促，姚美丽在宣传车附近逗留了一阵子，心事重重地离开了。

福州歌舞团，姚美丽在福州时从来不曾见过。在福州的那段时间，她在百货商场上班，商场附近有一家电影院。姚美丽记得，她看的第一场电影是一部香港喜剧片。那天她在电影院跟着一群人傻笑，笑完了走出来，有个男人跟她搭讪。后来他们认识了，开始约会，一起吃过很多顿饭，也看过很多部电影。她一个月的那点工资，扣除房租，大部分都花在了约会上。那阵子姚美丽过得很开心，她心甘情愿为男人掏口袋，也心甘情愿为他献出身体。她没想到，有天他们会分手。分手后她去了厦门，在中山路，她傍晚下班，会去码头边走一走。路边的邮政局在夕照下有种说不出的好看。姚美丽望向对面的鼓浪屿，看着等待轮渡的游客，他们来自全国各地，轮渡将他们送过去再送回来。姚美丽想到鼓浪屿去看一看，但一次也没有成行。现在，她想起早上碰见的那群跳舞女郎，她们一个个，年轻得可以掐出水来。姚美丽不知她们是从哪里来的，又将到哪里去。她们意外地到镇上来演出，又意外地叫姚美丽碰上。姚美丽想，跳舞女郎靠年轻和身体在吃饭，而她自己，已经没有什么年轻可言了。她捏着门票走进戏院，立刻就淹没在声音的海洋中，震耳欲聋的广播和迪斯科舞曲，让原本燥热的夏夜显得更加燥热。

开场是首《热情的沙漠》，一个平头瘦高个手握话筒，手脚大开大合，边跳边唱，跳舞女郎还没登场。姚美丽坐在中间靠后的位子上，她身边都是些比她更年轻的男女。舞台像透明的巨型灯罩，罩得中间的歌者几乎要融在光晕里。姚美丽听到全场沸腾了，他们随歌者一起喊："我的热情——嘿！好像一把火，燃烧了整个沙漠——"那个"嘿"字尤其高亢。不知怎的，姚美丽的心情好了起来。她轻轻拍着木椅座位的铁把手，身子跟着轻轻扭动。这个场面似曾相识。姚美丽又想起了过去混歌厅的那些日子。有次喝多了酒，她冲上舞台抢了驻唱歌手的话筒，咿咿呀呀唱起了粤语歌。那次姚美丽是陪一个失恋的姐妹去的，后来她喝得意识不清醒，瘫在卡座上呼呼大睡。男朋友找到她，把她抬回了宿舍。姚美丽喝醉的样子像一尾虾蛄。她住的宿舍在老城区，周边都是低矮的楼房和潮湿的巷道。男朋友搂住她的腰，艰难地爬楼梯。姚美丽打着饱嗝，还不忘荒腔走板地哼几句。那间宿舍是单间，姚美丽一人住。半睡半醒间，男朋友替她脱了衣服，他们的嘴唇碰到一起，接着就开始疯狂地吻起对方。姚美丽咬住他的唇，咬得他哇哇大叫，邻居被吵到了，敲着墙壁破口大骂。姚美丽醉眼迷蒙地笑了起来。他们抱在一起，在吭哧作响的铁床上滚作一团。

现在姚美丽唱不了歌，也蹦不了迪斯科，但她身体里还有一头豹子在四处奔突，想要冲上灯光聚拢的舞台。第二个节目是歌舞表演，露大腿的女郎一亮相，底下轰动，掌声和口哨声齐齐响。姚美丽的耳膜一阵难受。她认不出来穿短裙的这些女人，和早上见到的是不是同一拨。姚美丽想，她们当中，肯定有人和歌舞团的团长睡过。一台巡回的舞台车，说不定就是一座移动的妓院。但姚美丽很快就把这个邪恶的念头打消了。

节目看到中间，姚美丽突然感觉到黑暗中有什么东西在盯着她。她猛地回过头，撞见后排位子上有双眼睛一闪而过。姚美丽猜那有可能是瘸脚阿三。她听人讲过，阿三喜欢偷歌舞团舞女的内衣裤。这个男人四十出头了还没娶老婆，镇上认识他的人都说，瘸脚阿三注定打一辈子的光棍，因为没有人会喜欢一个又矮又瘸脚的中年男人。姚美丽听到这些传言时并不相信，直到见了阿三本人，她才明白，大家说得不无道理。

有一年歌舞团来演出，镇上发生了一桩丑闻。一个舞女洗澡时差点遭人强奸，舞女惊叫着喊救命，那人吓得逃跑了，不见踪影。舞女冲出浴室时脚底打滑，撞成了脑震荡。后来镇上人都说，那是瘸脚阿三干的好事。这事过去没多久，阿三居然大刺刺地到戏院卖票了。姚美丽想起这桩事，心里好奇，她开始坐立不安，无心观看表演。眼前的喧闹似乎和她没有关联，她猫起腰从座位上离开，经过中间走道时，她瞥见桃花妹和她男友老虎。桃花妹依偎在老虎怀里，笑得胸前两坨肉一颤一颤的。

姚美丽站在座位最后一排的走道上，远远看着舞台上跳踢踏舞的女郎们。她们的大腿起起落落，整齐划一。底下，口哨声和欢呼声盖过了音乐。姚美丽心口有些堵，她寻思着该从哪里寻找售票房的门口。她的视线越过好几排，最后落在了戏院内厅的左侧。戏院里忽明忽暗，光线打过去又打过来，所有人都沉浸在狂欢中，释放着过剩的荷尔蒙。

姚美丽踩着满地垃圾朝售票房走去。门虚掩着，姚美丽推开，那里空无一人，一张旧桌子，一台披盖了灯芯绒布的沙发，此外，就是满地的空酒瓶、花生壳和烟头。墙上贴了好些女明星的海报。一只冒着热气的保温杯搁在桌子上。姚美丽想，瘸脚阿三大概吃住都在这里了。她受不了那些刺鼻的气味，于是关上门，在黑暗中继续朝前走。她沿着最外围的通道，走到了后台。后台杂乱不堪，演员的衣服和演出道具堆在地上，等待演出的男女演员坐在装东西的木箱上，有的在闲谈，有的在化妆，整个后台弥漫着一股潮湿的气味。姚美丽的头探进去，又缩回来。有个人发现她，指着她呵斥道："你干什么！"姚美丽慌不择言："没什么没什么，我，我找你们的司机。"那人说："司机不在。"姚美丽说了声抱歉，急忙退出来。

姚美丽有些气恼。司机怎么会出现在后台呢？她自责地想，也许看错了，算了，不找了。这么想着，姚美丽又走到了观众席的后排。靠近售票房时，姚美丽动了小心思。她忍不住想看看瘸脚阿三到底回来了没有。她刻意放慢脚步，做贼似的，一步步靠近去。她先是听见一阵若有若无的说话声。姚美丽吃了一惊，她侧着耳朵仔细辨认，是个女人。接着，又有男人的声音。姚美丽心跳飞快。透过门缝，模模糊糊的，她看见瘸脚阿三的后脑勺，在瘸脚阿三的对面，一个长头发的女人叉起双手，看起来像是歌舞团的人。

姚美丽终于看见站起来的瘸脚阿三了，他那样子像个未发育的小孩，身高只到女人的胸口。门房的灯光有些暗，那盏白炽灯悬在阿三头顶，摇摇晃晃的。姚美丽憋住了呼吸，她的手轻轻搭搭在门板上。瘸脚阿三的手在左侧裤兜里摸索，掏出了什么东西，姚美丽看到了，是几张钱。长发女人靠坐在桌子上，岔开双腿把瘸脚阿三的腰身勾住。身后的舞台爆发出一阵话筒的轰鸣声，直直刺进姚美丽的耳膜，她头脑中"嗡"的一声，像撞钟，响彻很久。等她镇定下来，售票房的灯忽闪一下，灭了。狭小的票房陷入了黑暗，姚美丽什么也看不到了。她觉得自己像是被什么给推了出来，身边的一切都离得很远，舞台的演出叫人乏味，瘸脚阿三在黑暗中的演出更甚。她叹了口气，为自己的好奇感到羞愧，又为好奇心得不到满足而沮丧。

姚美丽掏出老虎送给她的红双喜，捏出一支用嘴唇含住，打火机点了几次才点着。她缓缓吐出烟，想象瘸脚阿三和歌舞团的高挑女人，怎么看着都不和谐。抽了没几口，她把烟扔在地上，用力踩几脚，意兴阑珊地走出戏院。

身后的音乐声还在响。外面的空气比戏院中好闻多了，夜空中缀着几颗疏朗的星。

姚美丽心想，以后再也不来看演出了，没什么意思。她朝停摩托车的地方走过去，弯下腰开锁时，她感觉不远处有人在看她。她抬起头。果然，在宣传车停着的地方，站着一个男人。他穿一件白色背心和牛仔裤，头发盖住了耳郭。戏院门口的灯照过来，因为逆光，姚美丽看不清他的脸，只好站起身。这下她看得清楚了，那人正是早上她见过的那个司机。姚美丽迟疑了一下，用不太标准的普通话喊了句："你是开车的?"那人没回应，姚美丽大着胆子走过去，扔给他一支烟。他条件反射地伸手去接，烟差一点掉进地上的水坑里。姚美丽忍不住端详他的样貌：眉毛有些淡，嘴巴下方有颗黑痣，皮肤晒得黝黑，脚踩一双蓝色人字拖，一大串钥匙挂在腰带上，怎么看也不像一个开车的人。

姚美丽掏出火机给他点上，他深深吸了一口，朝姚美丽伸出大拇指。

姚美丽皱起眉，做了一个手势，指了指他的嘴巴。

那人张了张嘴，点点头。姚美丽看出来他在笑，却发不出任何声音。

原来是个哑巴。姚美丽心里的石头落了地。哑巴开车，还是头一回碰到。

姚美丽给自己点了支烟，两人靠在宣传车的海报上，靠在那些穿沙滩裤和三点式泳衣的男女身上吞云吐雾。周围寂静得很，戏院传出来的音乐像被什么给蒙住了。

哑巴司机从喉咙深处发出一阵叽里咕噜声。姚美丽看得出，他很想说些什么。

姚美丽看他着急的样子，觉得很好笑。她问道："你开了多久车？"

他想了想，伸出三根手指头。"三个月？"他摇摇头。"哦，三年，三年前我还在厦门。"接着，姚美丽问他："你是福建人吗？"哑巴司机点了头，又摇了摇头。姚美丽说："算了，这个不重要。"停了几秒钟，姚美丽又问："你喜欢这个工作吗？"哑巴司机有些困惑，他用食指敲了敲烟灰，眼睛望着戏院，无奈地笑了笑。姚美丽看着他，好像明白了什么。

过了一阵子，姚美丽神秘兮兮地对哑巴司机说，给你讲个秘密。

哑巴司机把头低下，姚美丽踮起脚趴到他耳边说："我刚才看见卖票的阿三和你们歌舞团的女人……那个了。"姚美丽说完，哑巴司机咧开嘴傻笑起来。

姚美丽调侃道："你也睡过？"哑巴司机撇撇嘴，摆摆手，意思像是在说，我没那个胆量。姚美丽想到那一幕，又想到哑巴司机说不了话，发不出声音，觉得很可惜。她笑着说："哎呀，你整日都载着她们四处去啊！"

哑巴司机低着头，把烟头扔掉了。这时，票房的灯亮了起来。

姚美丽摇了摇哑巴司机的手臂，两人一齐望过去。戏院静默着，窗口透出的光，照亮了一小块地方，也照亮了瘸脚阿三的秘密。他们朝那小块窗口望了很久。姚美丽想起刚刚从戏院离开的场景，她算了算时间，不过两支烟的工夫。"看来阿三不行了。"哑巴司机意会，笑得身体前后摆动，背后宣传车的海报发出沙沙的声响。

哑巴司机真是一个很好的谈话对象，说对了他高兴，说错了，他也不会反驳。姚美丽这么多年都没遇到这么好的聊天对象了，平日她混在嘈杂的游戏厅，回了家倒头就睡，朋友有几个，不是一起喝酒，就是打牌、耍麻将。姚美丽以前喜欢和姐妹说说心里话，但自从回到老家，她就和她们失了联系。桃花妹固然好相处，却也不是个可以交心的人。哑巴司机虽然开着车到处去，但此刻，他给人一种放心和安稳的感觉。姚美丽感慨道："我和你说，今天我看到你，觉得你很像我以前交往的男人。以前我在厦门，交了个男朋友，我挺喜欢他，再谈几年我就会跟他结婚的，真的，我要嫁给他，给他生孩子。可惜啊，我看错人，他说要出去做生意，留给我几千块钱，就不回来了。我到处找，找不到，就当他死了吧。后来我又谈了几个男人，没一个长久的，有一个跟洗头妹睡觉被我抓到了——男人真没一个好东西。"

哑巴司机饶有趣味地听着姚美丽讲自己的故事，姚美丽补充说："离开厦门以后，我就来这里开了家游戏厅，游戏厅就在大池塘边，你有空，欢迎来玩啊。"

明知道最后一句多余，姚美丽还是说了出来，就当给哑巴司机发出邀请。

哑巴司机的手指叩着身后的车厢，咔嗒咔嗒，很有节奏。从他的眼神中，姚美丽看到了来自陌生人的好意。她心想，可惜了，长得这么周正的一个人，一辈子不会说话，也不会唱歌，只能开车，载一车唱歌跳舞的从东到西，从南到北。别人演出，他休息，别人休息，他开车。不知这样的生活，他是否快乐。

不远处的天边，升起了几团烟火，黑黢黢的夜空被照亮了。

姚美丽不知道是什么人在放烟火，她指了指摩托车。"看到了吗？是我的。"

哑巴司机眼睛发亮，他走过去仔细端详。姚美丽把烟抽完，也走过去。她掏出车钥匙，戳了戳哑巴司机的后背："你会骑吧？"哑巴司机重重地点了点头。他摸一摸车把手，接过姚美丽手中的钥匙，跨坐上去。姚美丽把头发放下来，一伸脚，也坐了上去。

姚美丽好久没有坐过男人的摩托车了，这本该属于男人的车，她一骑就是好多年。她没想到，萍水相逢的两个人，会凭空生出来许多默契。她坐在摩托上，觉得自己也像那些跳舞女郎，哑巴司机就要载着她，到更远的地方去。他们沿着国道，从歌舞团来的方向往回走。公路车辆少，他们经过加油站，身边的建筑向后退，小镇陷入黑暗中。姚美丽对哑巴司机喊："我是在这里看到你的！"哑巴司机没有回应，也许他听到了，也许没有。

摩托车沿着国道开了很长一段路，对过的汽车车灯照过来，晃得姚美丽睁不开眼。

往后好多年，姚美丽已经不开游戏厅了，镇上开起了网吧，姚美丽把游戏厅卖了出去，当了网吧老板娘。偶尔，她会想起这一年。这一年香港回归，歌舞团在舞台上方挂了横幅，"热烈庆祝香港回归"，可是姚美丽什么也没看到。她搂着哑巴司机的腰身，说话的声音被风带走了。她想起好多年前，她和母亲坐长途夜车去漳州。一切就像随机的赌博，母亲受不了父亲的打骂，连离婚手续也没办，就带着姚美丽离开了。姚美丽没有什么不舍，她很爱母亲，母亲去哪里，她就跟着去哪里。她抱紧自己的行李，对未知的远方充满了期待。夜车开出的那瞬间，也像和哑巴司机相处的夜晚。万物倒退，而她朝前移动。

隔着长途汽车的玻璃窗，姚美丽看到小镇寂寥的灯火。母亲握住她的手，轻轻地闭上眼。车厢发出轰隆声，姚美丽只看到母亲一半的脸，另一半隐没在黑暗中。好多年后在别的地方，姚美丽坐在男人的摩托车上，也像现在这样，手搂着腰，胸贴紧背。风吹得人脸上凉凉的，姚美丽感觉到，哑巴司机的身体不由自主地绷紧了，又慢慢地松下来。

他杀死了鲤鱼

他从一片暗影中钻出来，灰白头发贴着头皮，稀落，像一小撮毛刷。公鸡鸣过几遍，他醒了过来，听见骨头咔嗒响的声音。口腔黏稠，他用力咳了口痰。肿胀的牙龈折磨了他一晚上，直到睡意盖过疼痛，再起身时，疼痛又如睡饱的蚊虫，再次啃咬他。

天井两侧琉璃壁上伏着的龙虎，玻璃珠缀成的眸子，从相对的两侧盯紧他。庙门打开了，沉重的木门吱呀一声，蛰伏在远处的光线猛地冲进来，撞在他的眼睑上，像针，扎得牙龈生疼。他眯起眼，一只手捂着下巴靠近脸颊的地方，吸了一口冷气。

他慢吞吞绕过庙前的水泥埕，蹩进后面小山丘的林檎地，到木板搭建的厕所里小解。尿液有气无力地冲刷着水泥沟。他的手指沾了尿液，发出一股骚味。几年前，不是这样的。几年前尿液唰唰流淌的声音，是旺盛精力的象征。他从未这样疲累，这样衰老，衰老得一只脚都踏进棺材了。

他蹭了蹭衣服下摆，回庙里刷牙洗脸，试图甩掉关于衰老的念头。

自来水是十来年前接上的，水电费由镇政府承担。他的生命迈入老年时，成了一个房客，住进一间免费的旅舍，不过，却是用半辈子的自由来换的。他明白这一点——住进去，等于交托时间和精力，等于用一根绳子把自己捆绑住。对他来说，倒也无所谓。他无依无靠，孑然一身，守起宫庙，和几尊神像共处一室，并不是什么坏事。

刷牙时，牙刷柄捅到了牙龈，他"咝"了一声，抽出牙刷一看，用旧了的毛刷上，牙膏泡沫沾着血。他张着嘴不敢合上，忍住痛，匆忙漱口。血流不住，他对着挂在小开间门边的镜子，用一根食指钩住腮帮的肉，往外扯，这才看到右边的牙龈被血染红，像一个溃烂的疮口。他胡乱扯下毛巾，用手指顶住一角，塞进嘴里，登时口腔里溢满一股毛巾的霉味，这让他更加难受欲呕。他只好再漱一次口。清水在口腔翻滚，喉咙里冒出一股鸽子叫的声音，不一会儿，他把水吐进水沟，喷溅的水花洒在长了青苔的墙壁上。

他的视线停留在虎壁下方，墙面用砖头围起来砌了个方槽，半米高，槽面内外抹了层石灰，经年累月地烟熏，石灰变黑，布满青苔。另一面琉璃壁下的方槽也一样。几尾鲤鱼，橙红，鲜艳，款款游弋在池水中。方槽是做放生池用的，原先养的是乌龟，在他入住宫庙不久后，乌龟死于一场事故。

十五年了，他耳朵里总会不时响起一阵轰鸣，眼前还会浮现出一张张模糊不清的脸。那些守在宫庙抵抗愤怒乡民的警察，被扔进庙里的巨型炮仗炸伤。执行任务前，他们绝对不会料到，原本以为很快就能被压制下去的游神赛会，竟会愈演愈烈，升级为一场暴力冲突。他们流血受伤，警车被砸。乡民群起攻之，有人骑到龙虎壁上方的天井墙头，朝里面扔炮仗。神像当天已被抬出庙，炮仗的爆炸声震得瓦片哐当作响，外面净是乡民山呼海啸般的喝彩。他没来得及逃出去，躲在小开间，抱起头，缩成一团，炮仗轰的一声，他的心脏往里缩，像被锤了一下。他瞥见一个年纪轻轻的警察因为害怕而流露出的恐惧眼神，那眼神他一辈子也忘不了，举头三尺有神明，神明为什么不阻止这些暴戾的人？

冲突持续到当天下午才缓和，警察撤走。他走出烟雾弥漫的宫庙，眼前的景象令他瞠目：散落一地的鞭炮纸屑，被人推倒的鞭炮竹架，水泥埕上有乌黑血迹，不远处一辆警车被掀翻，车玻璃碎了，袒胸露怀的年轻人肩头披着上衣，叼根烟，像凯旋的战士，从他眼前经过。他听说，人群跑去镇政府门口静坐示威了。他不关心这些，不关心什么静坐和示威。他嘴上骂骂咧咧，"文革"没斗完，现在还要斗？可惜没人听见他的抱怨，他返回宫庙，像牡蛎躲进壳中。这时他才注意到，放生池里的六只大乌龟全死了。死了的乌龟眼珠外凸，像一面聚光镜，吸纳天光云影和尘世的喧嚣。他心生恐惧：王爷公发怒了，他要惩戒清平镇了——乌龟的离奇死亡，就是先兆。

十五年了，放生池再没养过乌龟，六只象征长寿的神物，死于非命。

有一天，他去菜市场，看见卖鱼小贩的红色塑料桶里，红色的鲤鱼异常惹眼，他一时兴起，买下整桶鲤鱼。令他欣慰的是，好几年过去了，这几尾鲤鱼繁衍产卵，一代代存活下来了。

他抬起眼，天光已经照进来，照在几乎静止不动的鲤鱼身上，鳞片晶莹透亮，层层叠叠，像覆在鲤鱼身上的旗袍。他想，哪天自己走了，这几尾鲤鱼还会在的，即使不在了，还有后代，后代的后代，鲤鱼会代替他，继续守庙。他捂住肿胀的腮帮，看到梁上烟火熏黑的匾额，只有漆金大字是触目的。他不识字，但认得那三个字的轮廓，就像他认得三山国王和王公夫人一样，他们的妆容、冠帽、彩袍，座椅上的纹路，清清楚楚地印在脑中。

他忍着痛，往煤油灯中添了煤油，拨了火芯，火光摇晃起来，将神像的轮廓照得明朗。他点燃一捧香，跪下来祭拜，再把香分三簇，一簇插香炉，两簇插在花岗岩门柱上的圆筒里。他坚持上香，这么多年了，一如行走坐卧，成了一个习惯。他说，这是给王爷公和王公夫人"吃早饭"。他笃信，自己和这些正襟危坐在宫庙里的神祇是亲戚，风风雨雨，同住一个屋檐下，骨肉血缘也是相连的。他们沉默不语，但他每天都会和他们话家常，通常在别人看不见时，他喃喃自语，只有他们听得懂他在说什么。他说起天年不利，说起旱灾，说起清平镇的生老病死男婚女嫁，说到动情处，他发现他们微垂的双目中，有温润的东西在闪动。

他拉了把竹椅坐在水泥埕上，头顶的遮光网把日光滤了一遍，照在他衰老的皮肤上，像砂纸摩挲着粗粝的刀。他想以呆坐的形式来抵抗顽疾一般的牙疼，然而疼痛长了脚，顺着他的身体发肤爬行，不到一刻钟，他就按捺不住，站起来了。

竹椅被逐渐长高的日头烤热，他看着灰色影子水流般漫过去，决定找牙医看看。

半路上，他碰见驼背李。驼背李像一件挂在斜杠上的物体一样，姿势扭曲地骑着自行车——车座对他来说可有可无，他蹲在脚踏板上上下起伏，车轮子滚滚向前，撩起一阵细小的尘。他听乡里人说，驼背李骑车前要靠凳子垫脚，不过现在他相信，那只是以讹传讹的玩笑。驼背李骑车姿势虽滑稽，但又稳又快，若不是他伸手拦住，驼背李早就一溜烟过去了。他"哎"地叫了一声，迟疑着，把"驼背李"三个字努力咽了下去——他和驼背李并不熟，如果就这么喊对方绰号，未免太不礼貌。

驼背李手臂上青筋暴露，像猴子一样吊在车把上，刹住车，跳下来。

驼背李伸手遮住日头问他：顺伯，有事？

恍惚间他还以为驼背李叫的是别人，他愣了半晌，回过神，笑着问："大池边的牙科铺开了没？"在驼背李思考这个问题的片刻，他回味了一下驼背李喊他"顺伯"时的口吻，他多久没听人这样喊他了。驼背李那一嗓子，听着多舒服！凡进庙拜神、添灯的，没人叫他"顺伯"，最多以"阿伯"或"老伯"称呼。他就像一件杵在宫庙里的可有可无的摆设，那里光线不足，他的面容因此变得黯淡。他偶尔走动，手上捏紧一两张破旧的纸币，口中念念有词："添灯家门兴，孥仔大小后生平安如意大赚……"现在驼背李这样亲切的称呼，让他确信自己并不是一件可有可无的摆设。他的存在真实而可靠。

驼背李面露难色，片刻后，他搜肠刮肚，支支吾吾地说，今日星期二吧？周牙医应该在的。

清平镇的人都知道，这个周牙医，开了两家诊所，一家在清平镇，大池塘边上，地段极好；另一家据说在相邻镇上，那里更繁华，生意也更好。周牙医和家人住在邻镇，清平镇的这家诊所，他每周只有星期二来坐诊。开诊期间，人多，候诊都是要排队的。听驼背李一说，他脸上的表情舒展了，可惜牙龈上的肿块使得表情十分难看。他道了谢，耷拉着头，脚下的人字拖在布满石子和灰尘的水泥路上摩擦，发出咔嗒咔嗒的声响。

步入老年之后，身体的毛病就争先恐后，一个接一个来造访他了。

南方湿热，一到热月，下过几场暴雨，再猛然放晴，湿气从四面八方蹿出来，他的脚趾头、脚背就遭殃了，它们像海绵吸饱了水分，肿胀起来。有时肿得实在太厉害，连鞋也穿不下，只好脚后跟触地，一步步慢慢挪；还有眼睛的毛病，他很早就老花眼，双目时常干涩，眼角挂眼屎，手一揉，易感染，一旦感染，就是十天半月的事——滴再多的眼药水也不管用。他听收音机在广告"好视力眼贴"，据说可以防止白内障和青光眼，他想买几盒试试看，但都只停留在"想"的阶段。过几日，眼睛逐渐恢复正常，买眼贴的事也就忘到脑后了。

周牙医诊所的玻璃门反射着阳光，塑料纸刻制的"周氏牙科"四个字，整齐地贴在玻璃门上，硕大、惹眼，日晒风吹，依旧如女人的唇膏一样，鲜红饱满。

他把脸凑近去，透过玻璃，隔一道拉闸门，可以看见客厅的摆设，电视机、红木沙发、餐桌……规整置放。空无一人的客厅，这些静静伫立的物体沾染了屋外的明亮色调，散发着神秘的光。他的视线停留在客厅相邻的诊室上，因为关着门，他看不到里头的摆设，不知道有哪些医疗器械和瓶瓶罐罐。他记得年轻时候，乡下拔牙和补鞋、磨剪刀、剃头等，都是穿街走巷的行当，一样是养家糊口，但各自的服务对象不同：在这几样行当里，拔牙和剃头针对人的身体（一个是牙齿，一个是头发），不如补鞋和磨剪刀来得干净。不过他一直坚信，拔牙要高人一等。拔牙要下麻醉药，因而具有控制别人疼痛的权力，这是其他行当缺乏的。现在呢，补鞋、磨剪刀、剃头的行当生存越来越艰难了。他十几年没听见磨剪刀的吆喝了；补鞋的虽还常见，却窝在菜市场的角落，周边堆满了别人的脏鞋、破鞋；开剃头铺的，免去了穿街走巷的麻烦，守一片铺面，被镇上后来居上的时髦发廊抢了生意；唯独拔牙的，现在有了个文雅的名头——"牙医"，技术含量自是没的说，水涨船高，补一颗牙，据说要收好几百块，清平镇的人都说，周牙医钱多得可以买下半个镇的田了。

周牙医还没开门，极可能仍躺在床上，呼呼大睡。池塘边的这一条大道，直通菜市场，是清平镇人上早市的必经之路。他没有手表，不知具体时间，通过判断日头的高度，他知道还早，于是靠在墙根，蹲下来，从上衣口袋里摸出一支烟。烟是前几天攒下来的，到庙里拜神的人，习惯性地派烟给他，他也习惯性地将这些不同牌子的烟攒起来，存在一个铁盒里。他通过烟的牌子，来判断派烟的人是否富有，是贫困户还是开工厂的大老板。上衣口袋这支烟放皱了，闻起来有股潮湿的味道。他掏出打火机，点几下才点着。他想用抽烟来减轻牙龈的疼痛，然而无济于事，疼痛仍然像蚂蚁一样啃噬着他。

他就这么蹲坐在墙根边，路上行人逐渐多起来，穿着蓝白相间校服的初中生骑自行车经过，还有背书包、系红领巾的小学生，三三两两，啃着包子，就着豆浆，也都从他面前经过。没有人在意他这个衣着陈旧、面容惨淡的老人。离了庙，他不再是替人添灯的"阿伯"，也不是身兼多职的庙祝，他泯然于白昼的光线里，像随时会被风卷走的塑料袋。

拉闸门的声音惊动了他，他慢慢站起来，腿麻了，差一点跌倒。周牙医戴眼镜，平头，那张阔大的圆脸看起来很松弛。他和周牙医打了个照面，被周牙医身上那种富足人家才有的慵懒和闲适吸引住了，同时又感到距离和轻微的不适。他站在"周氏牙医"门口，嘴上咧开不咸不淡的表情。他上前一步，撇着嘴说，医生啊，我牙痛。

周牙医还没吃完早饭，餐桌上一锅白粥，一罐橄榄菜，半只剥好的鸡蛋，都还原封不动。

他眯起眼，嗅了嗅白粥的香味，这才意识到，从起床到现在，自己也颗粒未食。此时肚子咕咕叫，牙龈疼得更厉害了，这一次不像针，倒像有人揪着他的下巴，将一柄尖刀搅在口腔里，他干呕了一声，胃酸涌起来，积聚在喉头，他咽不下去，反而打了一个响亮的嗝。

周牙医让他稍等，自己则站在餐桌前，呼呼喝了一碗白粥，又把剩下半只鸡蛋塞进嘴里。他干瘪的屁股搁在客厅的红木沙发上，不敢乱动。他环视了诊所的装修和周牙医的餐桌，难以相信周牙医这样挣大钱的人，早餐会吃得这样简单。

他不知在哪里见过周牙医，也许周牙医到庙里上过香？周牙医符合他观念中的富人形象。他不知道周牙医抽不抽烟，又转念一想，抽烟的人牙都不好，黄黄的，一排生锈的铁，周牙医怎么可能抽烟？不可能的，他的牙齿那么白，白得跟瓷一样。

周牙医剔着牙，慢悠悠地打开电视。

周牙医抽了张纸巾擦嘴，一边调大电视音量，一边问："阿伯，哪里不舒服？"

他想都没想，张嘴"啊——"了一声，当意识到这不是在看喉咙，这才恍悟过来，支支吾吾地说，牙，牙龈肿了。

周牙医微皱眉头，问他："左边还是右边？"

他伸出食指，钩住右边腮帮肉，含糊地说："早上刷牙捅到，流血了。"

128

周牙医打开诊室的门，他躺到躺椅上，黑色的海绵垫托着他的背。周牙医打开头顶的探照灯，强烈的光线逼向他的脸，他赶紧闭上眼。周牙医察看了一阵儿，之后啪地关了灯，如占卜一样下了结论："牙周炎。"

他从躺椅上下来，右手托腮帮，满脸疑惑："牙周炎？什么是牙周炎？"

周牙医大概嫌解释太麻烦，便敷衍道："简单说，就是牙龈炎症，牙出血、牙龈肿都算。你看现在生了牙周袋了，有没有感觉牙槽骨往内缩了，牙龈和牙槽骨分开？

他下意识地托住腮帮，生怕一不小心，那里破开一个洞，牙齿穿过洞掉下来。

他束手束脚杵在那里，眉头拧着，问周牙医怎么办。周牙医说："牙槽骨松动了，最好拔掉，再补一个。"说着，周牙医手指着玻璃柜里展示的几口牙齿模具，直奔主题："你看要镶金的还是烤瓷的？"他额头冒汗，手心发潮，金牙和烤瓷牙从眼前冒出来，像急躁的鸟儿，疲于飞翔，就要飞进他口中筑好的巢。他想起别人的金牙，时日长久，金牙会发黑，掉漆一样，丑陋不堪。他努力思索，额头冒汗，过了片刻，终于提及周牙医最想听到的问题——"烤瓷的，多少钱？"

周牙医露出干巴巴的笑，比了手指头："拔牙加补，八百块。"

他感到脑袋被钝器敲了一下，嗡嗡嗡作响，他面露难色，问周牙医："一定要拔了吗？"

周牙医说："不拔也可以，吃点止痛药，不保证根除，复发的话会更严重。"

周牙医尽量不露出诱导和强迫的口气，脸上挂起一副"你看着办"的表情。

他掂量八百块钱和一颗牙齿之间是否具有等价关系，碍于脸面，他不敢和周牙医讲价。他站在诊室里，面对冰冷的器械和同样冰冷的周牙医，空气中似乎有一双无形的手，捂住嘴，禁止他发出声音。

他望了一眼周牙医，又看了看玻璃柜，金牙和烤瓷牙闪着神秘莫测的光。真的要拔了，再下种子一样种颗假牙？他耳畔有两把声音同时在嚷。拔吧，八百块实在太贵，不拔吧，不知这该死的牙疼何时好。他摇摆不定，诊室挂的墙钟嘀嗒嘀嗒催促他，要他赶快拿主意。他皱起眉，咬咬牙说："拔，拔了，补个烤瓷的。"

他一刻也耽搁不了了，对周牙医说："钱没带够，补了再给吧？"

周牙医眉目舒展，点头同意。一阵沉默中，他做了这辈子最重大的一个决定。

为了拔掉这颗坏牙，周牙医必须启用牙钻，牙钻钻得飞快，喷射的冰水刺啦刺啦响动。牙钻钻头靠近老人的牙齿，因为局部麻醉，老人根本不可能感到疼痛。他闭着眼，像个紧张不安的孩子一样，等候医生动手。周牙医从没在拔牙的事上栽过。当牙医十几年，他就和一台精准的机器一样，严丝合缝，从未出错。偏偏这天，倒了大霉。

这天他早餐吃得太迅猛，加上前夜没睡好，注射麻醉剂时，注意力怎么也集中不起来，扎了几下才扎对地方——行医这么多年，这样的情况太罕见了。麻醉针的针头发丝一样细，一针扎在肿起的牙龈上，就像针扎进气球里。他看到老人脸部的皮肤扭曲，皱成一张柿饼。按道理他不会搞错的，侧门牙和犬齿，他分得再清楚不过。也就是说，老人的牙齿大面积出血，并非拔错牙所致，而是牙颈和牙根的地方折断了。但周牙医不能这样和别人解释，别人问起，他就说，在他拔牙时，老人家突然身体痉挛，猛地揪住他的手。老人使出垂死挣扎的气力，紧紧箍住周牙医，以致周牙医手里的牙钳失控，老人的牙齿"啪嗒"，折断了。

谎言重复一千遍就成真的了。周牙医将这个虚构的情景说了一次又一次，最后连自己也确信无疑了。

周牙医明明知道，问题不出在拔错牙，也不是没打麻醉针。那么，有没有可能是一时迷糊，把麻醉剂和另一瓶消毒液混淆了？给老人注射的不是麻醉剂，而是"消毒针"？不过这个猜测很快就被排除了：麻醉剂和消毒液通常都是分开摆放的，再怎么糊涂也不可能犯这种低级错误。不管问题出在哪里，他都差一点害了老人的命。因为极度疼痛，老人双手摊开，晕死过去。一阵短促的喊叫过后，拔牙器械哐当摔下来，手忙脚乱的周牙医这才意识到，出事了。他跌坐在地，脸色惨白；老人瘫倒在一旁，眼白外翻，身体抽搐不止，鲜血从咧开的嘴角，汩汩流出。

周牙医惊魂未定，深呼吸，把老人抱起来，在邻居的协助下，将他送去清平镇卫生院。

老人清醒之后，第一反应是摸嘴，牙根残留在牙床上，他伸出舌头去舔。那里空空的。

在他昏迷时，医生给他止血、输液。周牙医一直守在病房里。他醒来，周牙医歉疚地说："老人家你没事了吧？"老人说："没事了，我老了，吓坏了。"事故发生后，周牙医也不敢离开，只得待在清平镇。老人住院期间，他提一篮水果去慰问，替老人出了医疗费和住院费。老人躺在病床上，卫生院的床单，盖在身上如同裹尸布。周牙医态度谦卑，生怕老人闹起来，敲他一顿，毁了名声。庆幸的是，老人言谈之间并无追究下去的意思，周牙医问老人："你家人呢？"老人笑笑，自嘲道："我一个看庙的，哪有家人啊？赤身来，赤身走，这次没死，算我命大哩！"老人的自嘲并没有让周牙医如释重负，他望着老人家满脸的皱纹，一脸忧虑。闲聊一阵之后，周牙医见他双目微闭，无暇言谈，便起身告辞，走出卫生院。

周牙医走后，老人家躺着，卫生院和阴暗的宫庙多么不同啊，墙是白的，被单是白的，窗外艳阳高照，树影摇曳。他闭上眼，仔细想，那天为何会突然浑身抽搐不止，害得周牙医吓破了胆？迷迷糊糊地，他又回到了十五年前清平镇的那场骚乱，炮仗在耳边炸响，那个年轻警察的眼神，贴在眼前。说不定那些乌龟就是这样被吓死的。从那以后，尖厉的声音让他有一种莫名的恐惧：夜里摩托车的刹车声，公路上救护车呼啸而过的鸣笛，包括小孩子的惊声尖叫，像剪子，划裂他的神经，令他害怕。一定是那时被吓破了胆，身体埋下"害怕"的根，根没除，拔牙时，钻动的牙钻把恐惧给激出来了。他想，自己晕倒在地的样子，是不是像庙里那几尾鲤鱼，鼓着眼，大张嘴巴？只不过，鲤鱼吐的是泡，而他流的是血。

昏迷的那阵子，自己是不是死了？或者说，接近死亡状态？他被这个可怖的念头吓了一跳。

想到悲戚处，他止不住泪水涟涟。他这辈子没哭过几次，大饥荒时父母活活饿死了，他也没哭。现在，恐惧就像鹰隼一样，伸出利爪，将他抓到半空，离陆地愈来愈远——他从来没有这样害怕过死亡。他死的时候，一定孤零零地躺在庙里的木板床上，如一床遭遗弃的破棉被。

老人在卫生院休养了几天，检查结果出来，并无大碍，他提着一篮没吃完的水果，独自出院了。

活到这么大岁数，他从未认真考虑过死是怎样一回事。从前他认为，死了就是没了，死了就是入土为安，或者烧成灰；死了就是被抹去，尘归尘，土归土。在清平镇，他见过太多太多的死了：病死、老死、猝死、醉死、车祸死、吊颈死、喝药死……年轻的，年老的，男的，女的，丧事一件接一件，就如吃喝拉撒，并不稀罕。他孤身一人：清明不扫墓，不祭祖，平日在宫庙里上上香，祈祈福，无牵无挂，不承想，半截身子即将入土，竟会念起这样沉重的事情来！

出院后，他回到庙里。才几日，神像蒙了尘，无人替他烧香，蜡烛也熄了。他站在阳光普照的门口，对着窄仄的宫庙，忽然感到陌生。朱红色的门洞开，屋顶的琉璃瓦片黯淡了，他迟疑了一下，迈开步子，身子隐没到幽暗中。

往后大半年，他像是裹在糨糊里，日子过得患得患失：坐在竹椅上晒太阳，嫌太热；去大树底下看人下棋，嫌无聊。他嫌夜太长，昼太短，梦太多，睡眠太少。他常在半夜惊醒，冒虚汗，听见骨头裂开的声音。他比先前又老了一截，摸摸头顶仅剩的一小圈毛发，像是越来越少。那颗缺一半的牙，在吃到烫的东西时，总是痛得他倒抽冷气。

这天傍晚，他像往日一样，捧只鸡公碗蹲在庙门口喝粥，不远处有一群学生在嬉闹。他边吃边看他们。这时，人群中走来一个小姑娘，十五六岁的样子，背双肩包，戴眼镜，头发披肩。她朝他走来，近了，他才看清，小姑娘的脸上挂泪，双眼哭得红肿。他看了一眼，低下头继续吃。小姑娘抹了抹哭红的眼，抽泣着问："阿伯，可以求签吗？"他从碗里抬起头，咂摸着嘴说："这里不求签的。"小姑娘还想开口，他抢在前头说："妹仔啊，烧香吧，王爷公会保佑你的。"小姑娘于是走进去，跪在蒲团上，双手合十，虔敬地祈祷。他站在门口，看着小姑娘弓起的背。过了一会儿，她立起身，迎着他走来。

小姑娘现在的表情平静了些。他看着小姑娘，似乎想起了什么。他像在哪里见过她，也许她从小就被亲生父母送到别人家寄养，长大了，没有自己的户口。他听乡里人说过，清平镇很多这样的"黑户"：父母大概是双职工，生了一个男的，不敢再生一个，怕丢饭碗，好不容易瞒着外人生下，都先送到别人家里养着，等以后再接回来。

也许眼前这个小姑娘也是一个"黑户"。

他看到她哭红的双眼。从她的目光中，他认出了自己，他感到裹在身上的笋片，在小姑娘审视的目光中，一层层剥开，露出芯来。

他想喊住小姑娘，对她说句什么，但他开不了口。他们在沉默中对望，又在沉默中分开。在这一瞬间，他意识到，自己对小姑娘身世的"假想"如此沉重。他本可以搬出一套说教，讲给她听，和她讲讲人生的大道理。可是，他也知道，什么"大道理"都是虚的。他自己都猜不透生死，又有什么资格去点拨别人？

不远处，小姑娘的一帮同学在喊她，声音那么亲切。小姑娘耷拉下头，一言不发地走回去了。

老人望着小姑娘的背影发呆，搁下碗筷，才想起，他吃饱了，可是鲤鱼还没吃。饲料刚撒进去，池里饿疯了的鲤鱼便争先恐后张大嘴，将浮在水面上的彩色饲料吸进去。

老人站在放生池边上，双臂垂下，静默地盯着鲤鱼争食。鲤鱼的嘴巴，一张一合，黑得像洞。他从未这样仔细观察过它们，从这个角度望下去，两边池子的鲤鱼全都一样，肥硕的身体畸形而丑陋。它们不再因为生养在宫庙里而变得神圣。不，它们只是普通的生物，一样会生老病死。

这一次，老人久久伫立。庙里的神像盯着他，烛光照着他，他处在明暗交织的空间里，无处可逃。他紧闭上眼。水流声、鲤鱼吞吐饲料的声音，在耳郭里无限放大。他感到一阵耳鸣——那种心脏往里缩的恐怖又来了。他捂住耳，想要避开一切杂音。吞吐不停的鲤鱼，张合不停的嘴巴，将他变成细小的饲料，吸进去，吸到底。他惊恐不安地睁开眼，蹲下来，摸到堵住放生池出水口的木塞，使劲扭动，将木塞拧出来，拧开一个，再走到对面，拧下另一个。两边方槽里的水，顺着出水口哗哗涌出来，流进水沟。夕照暗下去，夜色漫过来，鲤鱼终于失去依附，沉下去了。在逐渐干涸的池子里，它们扭曲、跳跃，鳞片沾水。

最后一次『普度』

清平街是条老街了。街呈南北走向，像根直直的扁担，一头挑起老厝区，另一头挑起郊外。跨过一道石桥，底下是混浊的水利渠。清平街铺了花岗岩石板，石板很厚，凿成方形，一块又一块衔嵌着，铺排起来。石板上被磨得光滑如镜的部分泛着光，远远望去，好似密密匝匝的鱼鳞。

清平街住的，都是老街坊，他们一代又一代在这街上生活，繁衍，养家糊口，谁也数不清街上住了多少户人家。街北原本是个大池塘，池水常年发绿，一到热天，水质变化，花花绿绿的垃圾浮上来，水浮莲疯长，偌大一个池塘被盖了大半。后来镇政府出钱，将池塘填了大半，起了间崭新的敬老院，余下的地卖给镇上的人，只留下一道狭窄的水塘。街北于是成了新厝区，与老厝区虽一步之遥，却是天壤之别：老厝区那一排一排又低又旧的老屋，屋顶盖的是青瓦，因为年月久了，青瓦上爬满了青苔，看起来乌黑一片；新厝区建起的这些房子，新的格局，新的外观，白天日头一照，贴在外墙的马赛克瓷砖闪闪发亮。余下延伸到水利渠的那些人家，掰着手指就能数过来：开凉茶铺的，修车的，开铺仔卖烟酒兼日用品的，卖农药的，开碾米坊的，还有卖煤气的……这些店铺一家和一家拉开距离，间隔其间的，都是些普通住户。

一条臭水沟狭长狭长的，纵贯清平街，各家各户流出来的污水通过它，注入尽头的水利渠。

在这些拥挤不堪却又错落有致的房子中，有一栋特别显眼。之所以显眼，是因为它和别家不一样，别家都是水泥屋顶，它家的却是铁皮屋顶。远远看去，银色的铁皮屋顶就像一层发亮的石灰。屋主是个四十几岁的中年男人，一张白皙的脸，眼眶凹进去，两颊没肉，细长的手臂上见不着一根汗毛，整个人高瘦高瘦的，好像田地里弱不禁风的一秆葱。清平街的人因相生名，都喊他高裁缝，但他本人并不姓高。

高裁缝是从潮州城里迁来清平街住的，来时挑了一个担子，一头是红漆木箱，另一头是个大箩筐，箩筐里蹲着他那睁着一双大眼睛的儿子。高裁缝的儿子那年五岁，是个机灵鬼，剃了个小光头。他缩在箩筐里，像只猴子，双手攀附在箩筐边沿，脑袋不时探出来看看外面。清平街的陌生环境令他兴奋不已。高裁缝的老婆张翠霞，手挽一只竹篮，亦步亦趋跟在高裁缝身后。

高裁缝一家来清平街，正是台风频发的时节。清平街离海不远，一到台风天，整条街上的房子就要做好防风措施。年久失修的房子，天井还要用遮阳布密密实实盖好，用绳子勒住，镇上沉甸甸的石块，以防大风刮走遮阳布，雨水灌进来。高裁缝花钱买下的这栋老房子，住不到三天，就遭台风肆虐了。台风撼倒了高裁缝家屋顶上加盖的楼梯间，石棉瓦被狂风掀起，不知吹去了什么地方。雨水如注，哗啦啦直灌进屋里。高裁缝一家人措手不及，高裁缝的老婆把儿子抱在怀里，儿子对外面肆虐的疾风骤雨没有概念，不知道怕，躲在怀里还不安分。

高裁缝嘱咐老婆说："别乱走，我出去看看。"说着，他穿上雨衣，蹚着从楼梯间流下来的雨水，出门搬救兵。

一时间，家里漫大水。挨着高裁缝家的那根电线杆被狂风吹得摇摇晃晃，一阵呼啸的风暴过去，电线扯断了，水泥筑成的电线杆呼啦一声，斜斜地砸向高裁缝家。屋顶原本就年久失修，这一砸可不得了，水泥板被砸出一个大洞，砖块轰隆一声，掉入家里。高裁缝一家人吓得不轻。

这次台风清平街损失惨重，伤得最厉害的要数高裁缝家。清平街的人都说，高裁缝这回吃大亏了，买了间"漏风"的房子，不值啊。高裁缝听了不以为意，他知道街坊在取笑他，便说："大难不死，必有后福。"这话说得文绉绉的，把清平街的人唬住了。大家都说，没想到高裁缝是个肚里有墨汁的人。

台风过境之后，下了一天的雨。雨停了，高裁缝雇人将六十平方米左右的屋顶给掀了。清平街的人看这架势，料定他是要亡羊补牢。然而，高裁缝既没有重用水泥"浇板"盖屋顶，也没有做其他加固措施，而是请人用杉木做了一个结实的三角形屋架，顶上是一层厚厚的铁皮板，稳稳当当固定在房子上。如此一来，他们家就比毗邻的房子要高。铁皮屋顶严严实实盖了上去，看起来像戴了顶高帽。

清平街的老街坊没见过这么盖屋顶的，都说高裁缝一定是被台风吓坏脑子了，铁皮还不如水泥坚固呢，下次台风来，说不定又会被掀走，得不偿失哩！高裁缝信誓旦旦地说，这个屋顶是讲究科学的，古人造房子大多尖顶飞檐，他也是照这个原理来盖的，保证安全。后来十几年过去，高裁缝家的屋顶再也没被台风刮走，清平街的人都暗自感叹，高裁缝有远见。这时高裁缝的老婆张翠霞就会泼冷水，她说："他哪里懂什么科学，脑子里都是糨糊。"

高裁缝的儿子鹦鹉学舌，也学他妈妈的口气说："脑子里都是糨糊。"

张翠霞一瞪眼睛，儿子扮了鬼脸，一溜烟跑开了。

高裁缝给儿子取名常润。高裁缝在家的时候，他服服帖帖，不敢乱跑，也不乱说话。高裁缝一出门，他就蠢蠢欲动。因为初来乍到，常润对这里的人和事都非常好奇。他想快点结交几个朋友，一个人太孤单了。街坊邻里的孩子在巷口扔弹珠玩，他就静静站在那里看，时不时点评几句。常润身上穿着一件洗得发白的背心，脚上的人字拖脏兮兮的。那几个孩子玩得很入神，常润一插嘴，他们不耐烦，打着主意要捉弄常润。一个矮胖矮胖的小子吸着鼻涕，挑衅说："借你五颗珠，打得赢我们就和你玩，打不赢你就脱裤子！"其他几个都附和说："对对，输了脱裤子！"常润只有五岁，脾气倒很犟，他拍拍胸脯说："赌就赌，不怕你！"于是矮胖子用粉笔在地上画了条线，以此为界，又在一米开外画一个小圆圈，将八颗玻璃珠子放进去。两个人轮流站在线上，看谁先用手里的珠子将圆圈里的砸出来，谁先砸出来五颗，谁就赢。常润先来。他个子小，手伸直还差一大截才够得到圆圈。只见他闭上右眼，皱眉头，瞄准。他左手持珠子，"啪"的一声，砸中了，那颗半透明的玻璃弹珠一下子就滚出圆圈了。矮胖子不屑一顾，走上来，瞄准，也砸中一颗。伙伴们为他鼓掌欢呼。常润两撇短促漆黑的眉毛拧紧了，轮到他，又砸中了一颗，两人四个来回，不分伯仲，就剩最后一颗了。常润占了先机，笑嘻嘻看着矮胖子，心想这次赢定了。谁知道他刚瞄准准备扔珠子，矮胖子就使起了诈，从背后狠狠推

142

了他一把。常润失手，珠子非但没砸进圆圈，反而滚啊滚，掉进了臭水沟。常润气急败坏，对着矮胖子喝道："你欺负人！"矮胖子用手背擦擦鼻涕，哈哈笑起来："欺负你怎么啦？有本事打我啊！"矮胖子仗着人多，一副嚣张跋扈的模样。

常润心里害怕，嘴上却控制不住，骂了句："×你姨！"

这句骂人的话捅了马蜂窝。矮胖子一声令下，其他三个家伙围上来，一起按住常润。常润力气小，被他们推在地上动弹不得。矮胖子抽出手来，使出吃奶的气力，硬是把常润的短裤衩扯下来。常润的小弟弟皱巴巴的，垂头丧气地挂着。矮胖子一看，哈哈笑起来，其他几个人就盯着常润看，一边看一边大笑。矮胖子说："阿弟没鸟仔哇！"其他三个人跟着起哄："阿弟没鸟仔！阿弟没鸟仔！"常润挣扎着从他们手中逃脱，一把拉上裤子，眼泪不争气地流下来，哭丧着脸，狠狠骂道："欺负人，死全家！"

对方一众四人，谁也不是好惹的角色。常润话音刚落，矮胖子就从地上捡起一块油麻石，使着扔弹珠的技巧和力气，狠狠砸过去。常润来不及躲闪，尖尖的油麻石擦着头皮飞过去，耳朵上方的皮削了一块。常润叫一声，手一抹，上面沾血，他吓得哇哇哭起来。其他几个孩子见状，心里怕，伺机拔腿跑了。剩下矮胖子站在那里不知所措，他看着常润流血，脸也吓青了。这下闯大祸了。常润又气又疼，他拼了小命，也不顾痛了，跑过来，使尽力气把矮胖子撞倒，朝他肚子狠踹一脚。两人扭打成一团，满头大汗，衣服都被地上的沙土弄脏了。

如果不是路过巷口的修车工阿彬把他们分开，两个人不知要打到何时。

常润头皮破了，血和头发混在一起，又沾了沙土，看起来灰头土脸的；矮胖子的衣服被常润扯烂了，一只袖子裂开，脸被石子刮了几道疤。被修车工阿彬拉开后，两个人还愤愤的，像小狗一样，恨不得咬在一起。

阿彬喝道："谁家的孩子啊，打得这个架势！"阿彬问常润，常润气喘吁吁的，话都不说，阿彬又问矮胖子，矮胖子说："都怪他，我们不和他玩，他就骂人。"常润没想到矮胖子恶人先告状，气得抬起脚，又踢过去，无奈人小，腿也短，踢不到。

常润的妈妈张翠霞听闻风声，地拖到一半，放下湿淋淋的拖把跑出来。矮胖子他妈也来了，这个高大的女人满身赘肉，看到儿子鼻青脸肿的，一上来就气势压人。张翠霞一手护住常润，努力抑住怒气劝告对方："有话好好说，好好说。"两个女人各执一词。阿彬摆摆长满老茧的手说："你们吵下去也没用，把孩子领回家，打一顿，他们以后就不敢了。"

围观的街坊指责阿彬，孩子打架，怎么能这么教育？

阿彬撇撇嘴，嘿嘿一笑，没有作答。

两家人吵吵嚷嚷，最后不欢而散。

张翠霞拉着常润，气急败坏往家里走，一边走一边厉声数落道："丢死人了，丢死人了！"

矮胖子他妈朝地上"呸"的一声，吐了口痰。"外来人，不知死活。"

这话实实在在传到了张翠霞耳朵里，她气得脸色发白，头也不回，揪着常润的耳朵，气冲冲回家了。张翠霞个子不高，瘦瘦的背影在清平街白昼的日光下，摇摇晃晃的。

常润到了家门口，还不忘回过头来盯着巷子看。矮胖子的身影已经不见了，只有白晃晃的日头照着清平街。常润的头皮被汗水浸湿，刺肉般疼起来。张翠霞给儿子上红药水消毒，他龇牙咧嘴，倒吸一口冷气。张翠霞心疼，又气不过，骂道："看你以后还敢不敢打架！"

常润嘴硬，顶了一句："是他先欺负我的！"

高裁缝拎起藤条，命令儿子脱下裤子，趴在长凳上，接着，高裁缝手起藤落，将他狠狠地抽了一顿。高裁缝打起孩子来又狠又凶，愣是把常润的屁股抽出道道赤黑的瘀痕来。张翠霞劝他，他不听，一边打一边说："脸给他丢光了，不打他打谁？这孩子这么野，下次还不造反了？"常润哭得嗓子哑，却一句求饶的话也不说，只是一直重复："是他先欺负我的！"常润的哭声尖尖的，像剪刀撕裂了布匹。清平街上上下下，都听得见他那凄厉的哭声。

那时临近黄昏，别人家已经摆好饭桌开始吃饭了。有的孩子捧着碗筷，跑到高裁缝家门口，听他教训儿子。常润喊一声，他们就扒一口饭，好像常润的哭声可以当菜送饭。如果不是张翠霞拉住高裁缝，常润不知还要挨多少藤条。他哭得岔气了，胸口起起伏伏，眼睛红红的，趴在长凳上，软成一摊泥。

到了晚上，常润疼得只能趴着睡。

张翠霞坐在床边，给他屁股上抹膏药。常润屁股上的肉破皮了，一抹膏药，就疼得冒汗。一股刺鼻的膏药味弥漫在房间里，常润撇着嘴，闷头不说话。

张翠霞轻轻拍着常润的肩膀，轻声说："你爸也是为你好，以后别跟那帮'歹仔'耍了，知道吗？"

常润眼睛红红的，听他妈这么说，心里委屈，眼泪又掉下来了。

漆黑的屋子里，只亮了一颗昏暗的灯泡。飞虫蚊蝇冲着暗淡的灯光飞来飞去。高裁缝拉一把竹藤椅子坐在门口，借着巷口的路灯，边抽烟，边听广播。台风过后，新立的电线杆上，架起一只高音喇叭。播音员清凉高亢的嗓音在清平街上回响着："下面播送一项通知……"

高裁缝闭目养神，瘦削的脸映着昏黄的光，看不出表情是悲是喜。

之后好几天，高裁缝把儿子关在屋子里，不让他出门。他吓唬常润说："别乱跑，小心被拐走，捉住了打断手脚，要当一辈子乞丐的！"常润头上的伤口没好，贴着白色胶布，头发被胶布贴住，看起来像缺了一角。常润将信将疑地看着他爸，蹙着眉头，一句话不说。

张翠霞嫌恶地瞪高裁缝一眼："别乱说，就知道编些有的没的吓孩子！"

高裁缝笑笑，不理会老婆的话。

之前和常润闹翻的几个孩子，故意来到常润家门口，趁他不注意，往他身上扔沙子。好几次，张翠霞举着扫把冲出家门来。那几个孩子腿脚伶俐，早就跑得无影无踪。张翠霞站在清平街上，也不顾什么形象，扯开嗓子骂："下次抓到不阉了你们才怪！"

张翠霞骂起人来底气十足，尖尖的嗓子像一阵风，吹开盘桓在清平街上的闷热空气。

高裁缝其实心疼常润，只是不表现出来。俗话说"慈母多败儿"，他一天到晚看着老婆那么疼溺孩子，就知道，如果他不扮演"严父"的角色，对孩子一点好处也没有。孩子被他打重了，他心疼，但拉不

146

下脸，也不去哄。再说，刚从潮州迁来清平街，人生地不熟，裁缝生意没着落，他心里愁得很，哪有时间管孩子？

如果不是因为拆迁，说什么高裁缝也不搬家。住了几代人的祖屋虽旧，好歹也是祖上留下的宅业。片区里一些不肯搬走的老街坊，铁了心要当钉子户。周边的邻居大多签了拆迁协议，领了钱，老早就搬到其他地方去了。施工队在片区周边搭建起工地，一块巨大的楼盘广告牌高高竖起，煞是碍眼。翠霞劝他："要不签了搬走吧？"高裁缝不听。"阿爹生前讲，我们祖上三代都住这里，房子没了，我们到哪里落脚？"

高裁缝一身的手艺是他爹手把手教的。"文革"后恢复高考，他没参加考试，铁了心要继承祖业。有了这门手艺，高裁缝在老城里吃得开。他们家紧邻的几条街，过年裁西装的、婚嫁做嫁衣的，都会找高裁缝量身定做。高裁缝手巧，做工讲究，一针一线不马虎，深受街坊邻里称赞。夫妻二人，一个当裁缝，一个在抽纱厂上班，在那个年月，一家人的日子过得还不错。

近些年，裁缝铺渐渐衰落了。新城区一带建起商业街，新式服装店开了一间又一间，大大冲击了高裁缝的生意。老顾客还偶尔来帮衬，但实在是杯水车薪，高裁缝十天半个月也接不到一件活计。那时老区尚未拆迁，高裁缝戴着发黄的袖套，倚在门口，一副老花镜吊在胸前，眯眼睛看街上人来人往。因为常年待在店里，很少晒到太阳，高裁缝的皮肤要比常人白一些。他的头发逐年稀疏，比实际年龄看起来要老。街坊邻居都晓得这位高高瘦瘦的裁缝，都说他人好、实在。他守着一方小小的店面，以为人生就应该在这里终老了，没想到人未老，这一带就被房地产商盯上。一纸拆迁通知下来，苦了他们这些老街坊。不肯搬走的街坊写了联名信抗议，又到镇政府门口静坐示威，最后都不了了之。

搬家让高裁缝头疼不已。对他来说，最大的打击就是一家人的生计问题。

张翠霞还在抽纱厂上班，一旦搬走，工作也不得不辞掉。到了城里其他地方，想重起炉灶并非易事。儿子常润在那段时间表现得有些异常。他从幼儿园放学回来，看到邻居们都在忙着搬东西，伙伴们不和他玩，他问爸爸："他们要去哪里？"高裁缝摸摸他的头："他们要去住新厝了。"常润又问："我们也能住新厝吗？"高裁缝说："能，我们明天就能住新厝。"常润一听，乐得手舞足蹈，在巷子里跑得飞快，恨不得告诉所有邻居的孩子，他也要搬家了。

看着儿子蹦蹦跳跳的背影，高裁缝一点也高兴不起来。黄昏的余晖落在他的额头和眼睛上。他的表情，罩上了一重阴影。

高裁缝以前是不信命的，但现在他不得不相信。

他们好不容易才寻到了清平街的这间旧屋。屋主一家几年前去泰国"过番"，留下这间屋子。因为长久无人住，留下来的家具都蒙灰了。高裁缝以极低的价钱将它买下。家具勉强还能用，搬进来后，高裁缝又托人把临时寄放在朋友家的其他东西一并运过来。

一搬家，高裁缝才知道原来家中有这么多琐屑的、必不可少的物什：大到竹床、衣柜，小到雨靴、铜锁。家当不少，但大部分都是零碎的物什，最惹人注目的，无疑是那台八十年代末买的缝纫机了，潮汕话叫作"针车"。这是他维持生计的机器，高裁缝靠它缝制衣物，修补杂碎。金黄色的合板上印有木纹，机头点了油，脚踏板一踩动，针车就呼啦啦运转起来，尖尖的缝纫针上下抽动。

高裁缝用针车缝了一只书包给常润，用的布料是穿旧了的牛仔裤。两个裤兜，被高裁缝巧妙地用作书包两侧的袋子。书包看起来粗糙，但每一处细节考究得很。作为一个裁缝的儿子，有这样心灵手巧的爸爸，常润理应感到自豪，但背着它去上学的第一天，常润就撇下它不用了。班上同学背的是从文具店里买的书包，上面印有机器猫或奥特曼，只有他和大家不一样。同学笑他说，常润背的是个垃圾袋，他气得脸都绿了，趴在课桌上抽泣。

常润回家后，扔下书包，气嘟嘟的，一句话也不说。张翠霞问他，他吞吞吐吐地说："我……不要这个书包！"

高裁缝捡起书包，拍了拍说："辛辛苦苦做的，由不了你！"

他生气，倒不是因为常润不懂事，而是因为他的手艺受到了嘲笑。

那台针车现在又出现在家里了，针车用的年月虽久，但仍旧熠熠发光。针车的出现，预示着新生活的开始。常润并不知晓针车对这个家的重要性，他恨这台轰隆隆的机器，看到它，他就想起之前受到的屈辱。有一天高裁缝不在家，常润站在针车前面，越看越气，想把它的几个零部件拆掉。针车像个沉默的灵魂。他在脑海里无数遍地想象将针车砸个稀巴烂的场景，但是他站了那么久，却连动一下也不敢。针车发出声音了，那声音附在常润身上。他听见"咔嗒咔嗒"的声音，一阵接一阵，搅动着他。他不敢动弹，眼睛瞪得大大的，拳头紧握，喉咙吞咽一下，将那股恨意也咽下了。

来到清平街，高裁缝做的头等大事，还是张罗着怎么做回老本行。

为了搞好邻里关系，方便揽生意，他茶余饭后便四处溜达，背着手，身体微微弓着，在清平街上走来走去。他最常去的地方，是阿彬的修车铺。阿彬是个壮黑的汉子，双目凸出，一对金鱼眼，他修车的技术在清平街是一流的。清平街上老老少少，闲了喜欢待在修车铺。大家在修车铺闲聊，喝茶，下棋，很是热闹。

阿彬的修车铺不过十来平方米，空间小，但地理位置好，挨着街口，进出清平街的人来来回回都能见到；更重要的是，修车铺门口栽了棵高大的榕树，枝叶繁茂，根须低垂，热天一到，自然是乘凉的好去处。

修车铺的墙面乌漆漆的，地上摆满了自行车的零部件，铁钉、螺丝、橡皮圈、扳手和钳子等散落一地。有一个后窗，光线透进来，铺头还算亮堂，大小不一的几只轮胎挂在后窗下面。常润喜欢去修车铺，他的目的只有一个，就是收集螺丝钉和铅线，用来捣鼓自行设计的"机器人"。常润看到那几只黑黢黢的轮胎，发现它们变成了方向盘，这间修车铺是一辆可以变形的汽车，它夜里隐形遁迹，白天再变回原形。阿彬的修车铺，是一只巨大的变形金刚。

高裁缝在潮州时，平日除了开门做生意，对下象棋也情有独钟。他会看棋谱，下起棋来，常把对手杀得措手不及。高裁缝背着手，看看这看看那，逛到修车铺，看见阿彬和一位老人家在下棋。他看得入迷，眼见阿彬还差几步就被将死，他突然大喊起来："走马走马！"

这一喊，把修车铺里的人都吓着了，大家看他的目光中满是嫌恶。高裁缝一脸窘相，很知趣地走开了。走几步，不甘心，又踱回来，继续观战。高裁缝站在一旁，手痒，又不好意思向别人开口。直到天色向晚，他站得脚麻了，铺头的人散去，他才恋恋不舍地走开。

隔天吃过午饭，高裁缝穿上一双人字拖，又朝修车铺走去了。

阿彬认得他。高裁缝站在门口，打过照面，笑着自我介绍说："我叫老胡，刚搬来的，多关照啊。"一边说着，就给阿彬递一支红塔山。阿彬在补胎，满手油污，他在牛仔裤上拍拍手，接过烟，四处翻找，不见打火机。

高裁缝利索地掏出自带的打火机，给阿彬点烟。

阿彬吸了一大口，缓缓吐出来，赞道："好烟，好烟！"

阿彬咧咧嘴说："我叫阿彬，大家都是邻居，你没事过来就喝茶。"高裁缝的烟总算起到了预想中的作用，他也抽出一根，点着了，抽起来。高裁缝称赞阿彬为人豪爽，人缘好。他向阿彬打听，清平街人事风俗如何，街上人家都做什么营生。阿彬被高裁缝一称赞，心情大好，就把自己的所听所闻给高裁缝说起来。高裁缝连连点头，说起了自家的事。末了，他感叹道："如今日子不好过了，想当初我在潮州，唉，不提也罢……"阿彬关切地问道："老兄遇到什么困难了？"高裁缝说："我这双手生来摸惯针线，其他事，真的做不来。"阿彬疑惑："你不是裁缝嘛，怎么不干老本行？"这一问正中高裁缝下怀，高裁缝面露难色："我刚来这里，人没认识几个，就怕开了店，没人帮衬。"

阿彬一听，弹掉烟头说："这个你放心，有我阿彬在，我给你宣传宣传。"

高裁缝喜出望外，又抽出一支红塔山，递给阿彬。

高裁缝现在知道了，清平街哪户人家阔绰，哪户人家抠门，哪些人心地好，哪些人黑心肝。那些经由阿彬之口说出来的人物，他们的脸、形象，甚至说话的方式和表情，全都跃然眼前。

修车铺陆陆续续来了人，昨天下棋的老人家把棋局摆开。这下高裁缝抓住时机，不但过了把棋瘾，还借着下棋的机会，和他们打起交道。

常润自从被高裁缝训了一顿，身上的野性似乎给抽光了，整日低着头，也不爱搭理人。人家骂他他不应，人家扔他沙子，他也只是慢吞吞地躲开。那几个孩子三番四次来挑衅，都不见常润反抗，他们于是到处说，高裁缝的儿子傻啦，是个憨仔。

张翠霞担心儿子真的落下什么毛病。她赶一趟市集回来，买了几颗水润饱满的蜜桃，削好皮，洗干净，递给常润吃。常润爱吃水蜜桃，他接过来，轻轻咬一口，就"哇"的一声吐出来。不甜，不好吃。张翠霞满脸疑惑，以为常润是故意的。怎么会不甜呢？张翠霞拿过常润手里的水蜜桃，咬了一大口。果肉一入口是香甜的，但嚼几口之后，竟然一阵发苦。她皱着眉头，"呸"的一声，把吃进嘴里的都吐了出来。张翠霞觉得奇怪，又咬了几口。这一次确凿无疑，那水蜜桃果真如常润所说的一点都不甜。

张翠霞叫常润不要乱跑。她拎起一袋水蜜桃，去找卖水果的算账。

路过阿彬的修车铺时，张翠霞听见里面吵吵嚷嚷。张翠霞没在意，迈开步子朝前走。这时，她听见修车铺里吵了起来，有人恶声恶气地骂道："不想下就别下，别浪费时间！"张翠霞起初并没在意，清平街天天有人吵架，并不稀罕，她现在满脑子只有那几颗发苦的水蜜桃。

她没想到，买水果也会给人骗。

直到看见丈夫被人从修车铺里推出来，她才停住脚步。

原来高裁缝下棋有个坏毛病，喜欢长时间思考，迟迟不落子，仿佛不拖延一下，就会增加输棋的风险。以前在潮州城里，他闲着没事就和别人下棋。他下棋不在乎输赢，只是为了消磨时间。他曾痴痴地想，如果这时间可以拿来兑钱，他也不至于落魄至此。没想到这次，他下棋的坏习惯犯了众怒。和他对弈的那个老头是个火暴脾性，碰上高裁缝这种软磨硬泡的性格，自然受不了，脱口道："不想下就别下，别浪费时间！"

这句话传到了张翠霞耳中，她痴愣愣地站着，像被施了定身术。

高裁缝一抬眼撞见张翠霞，他掩饰不住脸上的尴尬和无奈，对她苦笑起来。这个在阳光下苍白无力的笑，让张翠霞觉得他很陌生。那感觉，和吃到发苦的水蜜桃一样，胀得她喉咙刺痛。她站在原地，面露难色。高裁缝和她隔了几步远，她没有走过去，也没有叫他。

片刻后，她恍悟过来，攥紧一袋水蜜桃，快步走开了。

修车铺的人撞见这微妙而戏剧性的一幕，以为有好戏看，一个个伸长了脖子，朝大街上看。然而他们并没看到期待中的对峙和谩骂，没有打架，没有吵闹，什么都没有。

张翠霞和高裁缝，就像两个完全不相干的人。

高裁缝站在街上目送妻子走远。大榕树投下铜钱大小的光斑，一晃一晃跳动着，刺得高裁缝睁不开眼。他反复想着张翠霞的神情，想从中揣摩出一点意来。他觉得妻子刚才的表现，像一个沉默的谜。他忽然觉得，这个和他朝夕相处的女人，也变得陌生了。

张翠霞找了水果摊主。摊主说："水蜜桃没坏，新鲜得很。是人都知道，水蜜桃是甜的，怎么会苦呢？"张翠霞反驳："不信你尝尝？明明是苦的！"水果摊主是个三十来岁的女人，她不服气，拿过水蜜桃，狠狠咬了一口，嚼一下，再大口咽下去。吃完，她鄙夷地看了张翠霞一眼："我就说了，水蜜桃不会苦，你是嘴巴有问题还是脑子有问题？"

张翠霞气不打一处来，大声道："明明是苦的！不信让别人来尝！"

水果摊主不耐烦："走开走开，别再影响我生意！"

两人争执起来。张翠霞气急败坏，将手里一袋水蜜桃狠狠扔到水果摊上。盖在箩筐上的筛子被张翠霞一砸，满满的龙眼、荔枝和芭乐全都滚落到地上。水果摊主也不是省油的灯，她看到掉下的水果在腌臜的污水中滚动，心都在滴血。她一个箭步冲出来，对着张翠霞骂出了一连串难听的话。

张翠霞也不甘示弱，她回骂一句："黑心肠，没心肝的东西！"

围着水果摊的人等着看热闹。

水果摊主揪住张翠霞的衣领，用力推，张翠霞脚下一软，一个趔趄，跌坐在污水中。水果摊主厌恶地瞪了张翠霞一眼，接着挑起担子，另寻一处摆摊。

张翠霞瘫坐在地上起不来。

这时，她多想丈夫能走过来，替她出口气，哪怕什么都不说，拉她一把。可是，她什么都没有看到，菜市场里没人理她，她心里一阵难受，鼻子发酸，眼泪就止不住地流下来。她想起这些日子的奔波和窘迫，想起搬到清平街后所受的种种艰难，想起自己被人欺负，心里就像被人剖开了一个洞。她听见生活穿透脊梁发出的哗剥声，一下，又一下，混着人们的脚步踏过污水的声音，撞击她的心。很快，张翠霞就明白了她现在孤立无援，这才用力撑住地面，努力站起来。

裤子和衣服又脏又臭，散着一股鱼腥和腐烂水果混合的味道。张翠霞加快脚步走回家，一路上，她都低着头，生怕被邻居撞见她的窘迫。

高裁缝看到张翠霞阴沉着脸，身上还滴答着脏水。他慌慌张张地问："出了什么事？"

张翠霞看到他那张脸，更来气了。"和你无关，我死了都和你无关。"

常润被妈妈的样子吓着了，上前问："妈妈，你怎么了？"

张翠霞咧咧嘴，挤不出笑来。常润的关心让她稍感欣慰。她脸上挂着哭笑不得的表情说："走路滑了，没事的，我去洗个澡。"

高裁缝从妻子脸上看到了深深的失落，这让他很是难受。

这是张翠霞人生中极为难堪的一天。在儿子面前她还可以强颜欢笑，但在丈夫面前，她无法装作若无其事。她一直以为他们一家人的日子可以安安稳稳，但现在，她觉得这一切都变了，就像一件破洞的没法缝补的衣裳。她希望丈夫能够重操旧业，即使不能缝补这破碎的日子，起码能安抚她的心——可是她什么也指望不了。发苦的水蜜桃换不回来，而她从中嗅出了生活的无望。

张翠霞烧开一壶水，兑上井水，提着桶进了浴室，狠狠地搓洗身子。她注视身上的每一部分，从脚趾，到胸口，从手臂，到臀部，每一部分都变得松软，像日晒雨淋失去了弹性的海绵。为了去掉身上难闻的味道，她取了一块硫黄香皂，用力涂满身体，再舀起一瓢水，从头顶淋下来。清水混合着香皂的味道，暂时缓解了她紧绷的神经。她哭了，眼泪混着兜头浇下的水。她每天起早贪黑，精打细算，可日子还是过得紧巴巴。她突然不明白，这样的日子到底还有什么意思，她为了什么而活？为了孩子，还是为了自己？

这件事过后，他们夫妻之间，有了些隔膜。张翠霞对清平街这个地方，谈不上喜欢，也谈不上厌恶。这些日子的遭遇让她长了心眼，她开始仔细地留意起周边的人和事，对常润的管教也更加严格了。

高裁缝的店，张罗着开起来了。

当街那面墙，装了一扇可以上下推拉的店门，一米见方，白天开，晚上关。他用一块白色塑料板做招牌，上书"专业制衣"四个红漆字。招牌很惹眼，站在清平街上，人们远远就能看见。高裁缝带着破釜沉舟的勇气重新干起老本行。清平街从此多了一种声音，那是针车转动发出的呼呼声。这声音悠长、亲切，夹带了轻重缓急的韵律感，在清平街的空气中徘徊。

高裁缝坐在店里干活，面对着大街，日子好像又回到了以前，他还是那个手艺精湛的裁缝。开头那几日，店里门可罗雀，高裁缝不辞辛苦，在街上来回走动，见到人就上前自我推销。渐渐地，开始有人上门光顾了。谁家的裤子破了，袖口开线了，也都跑来找高裁缝。高裁缝有一双白皙的巧手，针线活做得比女人还精到，经他缝过的衣服，针脚细密，看起来就像新的。对于量体裁衣，他有一套独门技艺，因此做出来的衣服贴身，做工考究，价格也公道。他裁制的衣服，一点也不比市面上买的差。

那段时间，阿彬没事常到高裁缝铺里坐，喝喝茶，抽支烟，再聊上几句。

高裁缝说："我一忙起来，没时间下棋了。"

阿彬咧嘴一笑："那是那是，发达了不能忘了我呀。"

高裁缝说："都是小本生意，发不了财。"

忙碌一天，晚上好不容易歇下，高裁缝躺在床上和妻子说话。"你看，我们这样算不算熬过来了？"张翠霞说："别高兴得太早，现在孩子小，开销还不大，等他上初中高中，光靠这间铺头，要怎么办呢？"高裁缝搂住妻子的肩膀，他的鼻息热热地喷在妻子耳边："别想太多，日子会好起来的。"

盛夏还未过去，空气仍旧燥热。张翠霞挨着丈夫，她的皮肤泛了一层薄汗。

裁缝铺的生意见好，他们手头有了点收入，对儿子的态度也日渐缓和起来。高裁缝现在知道，孩子只是玩心重，过了这段时间，等他长大一些就会好的。他给常润买了一顶警察帽，配上一把塑料枪。常润见了，眼睛发亮。他喜欢黑猫警长，黑猫警长也有一顶威风凛凛的警察帽。常润想象自己是黑猫警长，腰里别一把手枪，逮捕坏人，别提多神气了。清平街上的孩子见常润手里有了新玩具，而他们没有，几个脸皮厚的便主动过来示好。

常润很快就和他们打成一片了。

那阵子，清平镇上常有拐卖小孩的事发生。清平街的治安算是好的，还没发生类似的案件。大人们担心小孩的安全，常给他们讲人贩子如何穷凶极恶惨无人道，孩子们听多了，心里怕，尽管如此，有时玩兴起了，他们还会模仿起人贩子。他们在清平街上玩"警察捉坏人"的游戏，坏人由大一点的孩子当，"拐走"较小的孩子。手里持枪的常润，理所当然扮演起破案神速的警察。清平街才多大呢，横竖不过几条巷子，常润每次都能很快地揪出"人贩子"，成功解救"被拐"的孩子。这样的游戏他们玩了一遍又一遍，乐在其中。

张翠霞见常润恢复了以往的活泼好动，心情也跟着慢慢好起来。

日子水一般流淌，张翠霞每天柴米油盐，把这个家料理得井井有条。她喜欢和厝边头尾的女人们待在一起，钩花、喝茶、谈天。除了修车铺之外，清平街要数高裁缝的铺头最热闹了。他购置了一套大茶具，供上门闲坐的人享用。张翠霞看他每个月花在茶叶上的钱太多，也没少说他，不过高裁缝有他的理由，他说："善结人缘，正好办事嘛。"张翠霞觉得有道理，也就任他去了。每逢有外地来的茶贩子走街串巷卖茶，张翠霞都会赶在丈夫跟前先把茶买好，她买茶不挑贵的，专门挑便宜的买。她有她的理由：别人不见得请我们喝茶，犯不着浪费钱。

到裁缝铺的人都是些茶鬼，他们的嘴巴刁得很。一旦喝到嘴里的茶不对味，他们就旁敲侧击说，今天的茶有点涩。高裁缝听得出话里的意思，搪塞说，可能是水质不好。他丝毫不敢提张翠霞买茶的事，心想下一次，一定不能卖这种劣质茶叶。

一晃眼临近农历七月半。这天天未亮，大街上窸窸窣窣有了响动，"嘎嘎"的鸭叫声在寂静的清平街上回响着，一阵一阵，听起来像某种嘶哑的曲调。鸭子们不知死之将至，难怪潮汕有句俗语叫"七月半鸭，毋知死活"。这天在街角和巷口，有人用砖搭砌灶台，上头搁一口浑圆黑亮的大鼎，做起卤鹅鸭的营生。寻常人家没有这么齐整的装备，逢年过节，刣[1]鹅刣鸭，都有专门的人来揽活。百来米长的清平街，这时已被几个卤鹅工占了。他们都是外地人，哪个地方过节，他们摸得清清楚楚，尤其是"七月半"这种大节，卤鹅卤鸭的，更是闻风赶来，在清平街扎堆。

靠近高裁缝的屋子，蹲着一个四十来岁的精瘦男人。天色微亮，他的表情半隐在黑暗中，嘴里的烟，亮着红点。靠墙的地方，停一辆老式的自行车。他起了个大早赶到清平街，占了一个还不算差的位置。木炭、柴火、松香，以及卤鹅鸭要用到的胡椒、豉油、八角等调料一应俱全。

中元节有个俗称叫"七月半"，也有叫"普度"或"施孤"的。传说七月初地狱门大开，在阴间饱受水深火热的孤魂野鬼全都会游上人间寻求施舍。"普度"的习俗也大同小异，有些地方办得隆重的，会搭"施孤棚"，摆上三牲、酒饭、水果、纸钱等，还请来和尚或道士念经超度，好不热闹。清平街这样的小地方则去繁就简，各家各户只在这天午后于巷口摆上桌子，列好祭品，点上香火蜡烛，一来施孤，二来也有祈求丰收的意思。热热闹闹一个"普度"，谈魂说鬼也不是什么忌讳。

常润不知道什么是"七月半"，也不知道为什么要祭拜。

他问高裁缝，高裁缝于是给他细细说了"施孤"的来由。

1　刣：潮汕方言，本义为刮削物，引申做动词，同杀、宰。

高裁缝说，这一天，满大街都有饿死鬼，男女老少，一哄而上抢食，和旧社会领救济粮的穷苦人差不多。所以俗语还有"放掉面桃去抢饼"一说，形容这种你争我夺的场面。最可怜的是那些"无头鬼"，抢来的面桃、水果、饭酒等，未经嚼咽，全从脖子眼儿塞进去。

常润听完，吓得脸色铁青。

高裁缝安慰他说："白天不用怕，我们都看不见他们。"

这天天未亮，张翠霞早早起来。前几日，她在市场买了只大肥鹅，关在竹筐里养着。大肥鹅蜷缩在竹筐里，不知道再过不久，它就要被人刮掉了。

张翠霞掀掉盖在上头的筛子，动作利索，一把将鹅抱出来。

卤鹅工看到张翠霞从朦胧天色中走来，对着她殷勤地喊道："姐啊，刮鹅哩！"

张翠霞左看看右看看，问了问价钱，觉得合适，就将自家的鹅交给卤鹅工。她怕天一亮卤鹅的人太多，容易乱，返身回家拿了一只红色薄膜袋，系在大肥鹅一只脚上以做标记。卤鹅工收了钱，开始了这天的第一桩生意。只见他起大鼎，烧开了水，蒸汽腾腾，直往上冒。他手持一把锋利的刀，手起刀落，一下子就把鹅的脖颈割开。卤鹅工拎着鹅脖，对准事先备好的大碗，一股黏稠赤红的血汩汩往下淌。稍后，鹅血放在一边凝固，他又将鹅放入烧融的滚烫松香中，滚一遍，拎起，三下五除二，鹅身上的毛羽就全褪掉了。卤鹅工忙上忙下，又是掏内脏，又是抹配料，刮鹅的过程程序繁多，但他做起来干净利落，一气呵成。

张翠霞见不得这么血腥的场面，站着观望一下，便转身回家了。

160

天蒙蒙亮，整条街上已经能闻到一股混合松香和卤鹅的香味。

清平街的女人们起早赶集，街尾的菜市场很快就热闹起来了。张翠霞料定过节这天市场人多，物价也会攀升，所以提前一天将拜祭要用到的干果、纸钱和香烛买好了。她为自己有这种先见之明感到欣慰。接下来只要将莲子羹、甜芋头和其他熟食准备好，就能上供了。

这天燥热异常，日头高悬，照得清平街的花岗岩石板泛起白光。

张翠霞摇醒高裁缝，让他起来帮忙收拾屋子。常润坐在门槛上，望着满大街来来往往的人发呆。张翠霞盛了一碗刚煮的莲子羹给他吃。莲子羹太过甜腻，常润嚼了一口就不吃了。他把碗搁在门槛上，立马有苍蝇嗡嗡飞过来，粘在碗的边沿上，远远看过去，碗里像是沾着无数颗黑豆。

常润背着手，像个小老头，慢慢地踱到门口，站定了，眼睛直愣愣盯着满地的鸭血鹅血。卤鹅工把火升起来了，浇上火油的木柴烧得更旺，浓烟将他黝黑的脸遮住大半。常润没见过这阵仗，地上奄奄一息的鹅呀鸭呀，无助地躺在那里，常润听着它们的叫声，觉得很好玩。他蹲下来，拿手戳它们。

卤鹅工故作恐吓状说："别乱动！"

常润嘟嘟嘴，后退了几步，继续观察。

卤鹅工没见过好奇心这么重的孩子，看着常润笑，逗他说："再看就把你也刮了！"

常润"哼"了一声，没搭理卤鹅工，卤鹅工低下头继续干活。

松香的味道很刺鼻，常润捂住鼻子。一鼎黑黑的松香沸腾着，大大小小的黑泡凸起，又落下——这场景他看着害怕，觉得自己也仿佛被人放进大鼎中熬熟了。放了血的鹅被浸到里面，很快就裹上一层黑色松香。待松香冷却下来，用力一掰，鹅毛就剔除干净了。这个过程，惊心动魄，又充满趣味。对常润来说，实实在在是引人入胜的奇景。

午后的"普度"，在灼灼的日光下进行。清平街从头至尾，摆满了祭品的桌子高低方圆，各不相同。香火燃起，烛泪低垂，插了百日红的卤鸭卤鹅盛在铁盘里，远远望去，气势非凡。这极盛的人气，和"普度"原有的阴森气息混到一起，成了一场祈福和施舍的盛会。

张翠霞入乡随俗，在她潮州老家的龙湖古镇，"普度"照例是要放河灯的。河灯在暗夜里，一盏一盏漂在水面上，摇曳着，烛光微弱，但所有微弱的烛光聚到一起，就给幽暗的河流镀上一层温煦。清平街没有这个例俗，各家各户摆上祭桌，沿街两边一字排开，看起来也颇有气势。

常润嘴馋，一直盯紧桌子上的葡萄和苹果，等拜祭完毕，他就可以大饱口福了。路面的空气被呛鼻的香火笼罩。拜祭持续了几个钟头，一炷又一炷香火过后，纸钱烧起来了，浓烟扑鼻。纸钱烧透，余烬被风扬起，像是黑色的蝴蝶，颤巍巍的，振翅飞起。常润盯着那些飘上半空的蝴蝶出神。风很大，蝴蝶被吹得簌簌乱舞，他的视线紧紧跟随它们。在他的想象里，这些蝴蝶会飞到一个很高很高的地方，那地方邈远虚幻，看不见也触不着。

"普度"时有一个仪式，潮汕话叫"布田"，"插秧"的意思。拜祭接近尾声，街上一家老小，拿着香支插在路边，谁家插得多，意味着来年神明就会保佑这家人丰收。张翠霞让常润也去凑热闹，常润于是捧着一把燃着的香，蹲在地上，瞄着青石板中间的裂缝，一支一支插进去。

远远望去，一簇一簇的香支，还真像秧苗。香支笔直伫立，袅袅白烟混在空气中，那些"插秧者"的身影起起伏伏，将清平街变作一片劳作的水田。有些孩子竟然跑去别人家的地盘拔起别人的"秧苗"。

常润捧着一簇香，像只猴子四处钻，很快就跑到街尾的池塘边上了。原先这里有一个大池塘，填了土之后，还留有一方狭长的水洼。对清平街的孩子来讲，这里自然成了"布田"的最佳场所。有水滋养，"秧苗"一定长势喜人。

张翠霞难得看到儿子这么开心，便由着他去了。

拜祭结束后，张翠霞收拾东西，高裁缝把桌子抬进屋里，热得满额头都是汗。街坊邻居开始张罗晚饭了，张翠霞忙得晕头转向，待到吃饭时，才想起常润还没回来。她问高裁缝："常润呢？怎么还没回来？"

高裁缝紧张地看了张翠霞一眼："我出去找找。"

这天清平街除了比往常热闹许多，并没有什么特别之处。街坊邻居趁着拜祭的空隙，站在阴凉处闲聊，孩子们则到处乱窜，大街上一派祥和景象。

张翠霞走遍整条清平街，问了很多街坊，谁也没有注意到常润去了哪里。

有一个孩子跑来告诉张翠霞，她刚才看到常润和一群孩子在池塘边"布田"。

张翠霞拉住那孩子问："你知道他现在在哪里吗？"张翠霞紧张兮兮的样子吓着那孩子了，她摇摇头说："我不知道。"说完掉头跑开了。

张翠霞心急火燎，逮着人就问："看到我儿子没有？看到我儿子没有？"

天气很热，张翠霞走得口干舌燥。她一路小跑着回家，拉上高裁缝一起找。

张翠霞从清平街这一头走到另一头。最后，她坐在街边哭起来。张翠霞的哭声嘤嘤的，有人问她发生了什么事，她哭哭啼啼地说儿子找不到了。

街坊邻居听闻消息，也都放下手里的活，出来帮忙寻人。

高裁缝觉得儿子不会走丢的，他一定是贪玩，和他们玩起了"警察捉坏人"的游戏。但很快这个念头就被打消了，高裁缝开始意识到问题的严重。常润平时很听话，不至于天黑了还不回家。想到这，他的耳边"嗡"的一声，响个不停。

邻居组成的搜寻队搜遍整条清平街，包括常润经常去的地方，全都找遍了。他们从日落找到天黑，半个影子也没见着。常润像是人间蒸发了一样。

张翠霞哭得眼睛快瞎了。她气急败坏地指着高裁缝骂："都怪你，不看顾好他！"

高裁缝压着怒火，耷拉着头不说话。

张翠霞边哭边喊道："儿子要是找不到了，我……我跟你拼命——"

几个热心的邻居聚在高裁缝家，为他们出谋划策。看到他们夫妻两个吵架，都上前劝他们，说不定常润刚好逛到谁家里，留在别人家吃饭，很快就会回来的。

张翠霞听了邻居的话，将信将疑："常润会回来的，对不对？"

邻居连连点头，笃定地安慰她："会的，会的，他会回来的。"

但张翠霞还是不相信，她找到常润几个玩伴的家，没有人见过他。

一个更坏的念头蔓延开来了，这年头的人贩子手段很高明，总是神出鬼没的，远近镇上已经发生了好几起案例了。知道这事的人，不敢说实话，都沉默着，他们怕说出这个担忧，会让张翠霞的精神彻底垮掉。

就在大家茫然无措时，一个阿伯寻到高裁缝家，说他在路上看到一个中年人骑车载着个小孩，从公路那边走了。高裁缝忙问阿伯："孩子长什么样？"阿伯说："我眼睛不好，看不清楚。"阿伯只记得孩子穿件背心，看起来像是睡着了，坐在自行车一侧的篮筐里。

从阿伯的描述中，高裁缝认定那个孩子就是常润。

片刻之后，一股前所未有的恐惧从背后往上蹿，高裁缝吓得脸色发白，额头渗出大颗大颗的汗珠。

有个邻居说，现在应该报警。有人建议高裁缝借辆摩托车出去追，说不定还能找回孩子。

大家七嘴八舌，高裁缝一时乱了手脚，不知应该怎么办。

这时张翠霞像是被人拍了后脑勺，大喊道："是那个刨鹅的！"阿伯说的那个男人，和今早在家门口的卤鹅工很像。她激动地握住阿伯的手："阿伯，那个男的是不是很瘦，还戴一顶草帽？"阿伯说他看得不是很清楚，不过他记得车后座挂着一只大鼎。

张翠霞一听，两眼发白，差点晕了过去。

她万万没有想到，那个卤鹅工竟然把儿子拐走了。她喊着常润的名字，号啕大哭起来。

邻居家的女人递纸巾给她擦眼泪，安慰的话说了一箩筐，张翠霞还是无法平复下来，一度哭得晕了过去。

高裁缝面如蜡色，脑袋"嗡嗡嗡"响个不停。他坐在沙发上，浑身发抖，嚷着要宰了那个刽鹅的。大家面面相觑，他们从未见过高裁缝这般暴怒。

屋里笼罩着一股肃杀凝重的气氛。

高裁缝马不停蹄地去了一趟派出所。天已经黑了。办案民警做了登记，把高裁缝说的情况一一记录下来。民警告诉他，案件会尽快侦查，一有消息就马上通知他。高裁缝机械地点了点头，眼眶红红的："警察同志，你们一定要帮我，我只有这个儿子。"

民警说："我们会尽力的，你先回去吧。"

从派出所走出来时，高裁缝望着茫茫夜色，忍不住掉眼泪。"七月半"的夜，一轮明月高悬夜空，孤魂野鬼们此时一定在四处游荡吧。这一刻的高裁缝，面色苍白，看起来也像一具游魂。

高裁缝回到家，看到妻子一脸失神的样子，强忍住心头的难过。

张翠霞瘫坐在沙发上，脸色铁青，嘴里絮絮叨叨的。

"报案了吗？"

"报了。"

"怎么说？"

"他们叫我再等等。"

"再等？还有时间再等吗？"

邻居们走后，张翠霞哭得累了，靠在高裁缝身上，不断地念着常润的名字。她怀里抱着常润的衣服，现在她的心就像被人剜掉了一块肉。到了半夜，房子空荡荡的，周遭越发显得阴森吓人。高裁缝夫妻二人守着这间空寂的屋子，听着街上传来寥落的犬吠声。

"我们的常润被鬼捉去了，一定是这样的，"张翠霞说，"常润不在了，我死了算了……"

她的嗓子哭哑了，高裁缝听得心酸不已。两人躺在床上，抱头痛哭起来。

隔天一大早，高裁缝和妻子又跑到派出所。高裁缝认出了昨晚其中的一个民警，像见了救星，就差跪下磕头了。民警也犯难，高裁缝提供的线索完全没有任何头绪。张翠霞描述那个人贩子的外貌特征，办案人员问她："听得出什么口音吗？"张翠霞想了想说："饶平，听口音应该是饶平的。"办案民警说："饶平县这么大，我们不可能一个地方一个地方排查的。"

张翠霞实在想不起来了，她红着眼睛对民警说："你们一定要找到我儿子啊，儿子没了，我也不想活了……"

警察说："你这样也不是办法，我们会和饶平警方联系，你们也可以到电视台，登个寻人启事，发动人民群众帮你们找。"

在如何寻人这件事上，夫妻二人一点办法也没有。他们心灰意冷地走出派出所。

张翠霞饿了一整天，走起路来腿脚发软。高裁缝扶着她，她才不至于瘫软下去。

高裁缝找了一张常润的照片，跑到电视台要登寻人启事。

寻人启事很快就登出来了。张翠霞看到儿子的照片出现在电视上，那张照片，是过年时在照相馆拍的，背景是一棵木棉树，上面挂着火红的木棉花。常润立在幕布前面，双眼炯炯有神。张翠霞一想到现在常润不在身边，心口就一阵痛。她不知道常润现在在哪里，有没有吃饱饭，他会不会被人弄断了手脚，拐去当了乞丐……张翠霞越想越伤心，眼泪像是开了闸，扑簌簌地落下来。

过了几天，依然没有任何消息。派出所那边，案情也没有任何进展。高裁缝到派出所询问了好几次，每一次都失望而归。

一夜之间，这个家没了生气。高裁缝病倒了，张翠霞整日神经兮兮的，见了人就问："我儿子呢，看到我儿子了吗？"街上一些邻居，见他们夫妻俩可怜，轮流上门来照顾他们。别人越是关心，张翠霞就越是无法控制自己。最后，她竟然怀疑身边的邻居都是人贩子，都有可能拐走她的宝贝儿子。如此一来，大家都躲着她，渐渐大家各忙各的，没人上门了。

高裁缝无心经营裁缝铺。他油印了厚厚一沓寻人启事，跑了周边几个乡镇，在人流密集的地方，把启事贴上去。他贴了一张又一张，手上黏满了糨糊。

有一天出门回来，他发现张翠霞不见了，吓得赶紧出去找她。最后，他在祠堂门口找到张翠霞。她愣愣地站在那里，仰着头，看着贴在墙上的一张寻人启事。那是前几天高裁缝才贴上去的，下过一阵雨，油印纸上的照片和字迹已经模糊了。高裁缝没敢喊张翠霞，他默默地站在她身后，陪着她。

那天以后，高裁缝再也不敢独自出门了。他觉察到妻子精神出现了异常。往后她出门，他就跟在身后走，张翠霞走一路，他跟一路。遇到熟人，高裁缝求他们帮忙，帮他劝劝张翠霞回家。为了防止张翠霞单独跑出去寻儿子，高裁缝想尽了一切办法。最后，他不得不用一根绳子将妻子绑起来。绳子的一端系在张翠霞腰上，另一端系在他身上。张翠霞被绑得疼了，又喊又叫的，张嘴咬了高裁缝一口。

她日夜都在想着儿子，饭也吃不下，觉也睡不了。连续几天没有洗澡，她的身上发出一股难闻的酸臭味。

高裁缝解开绳子，将张翠霞弄进浴室。她看着高裁缝，一会儿哭一会儿笑。高裁缝喊她，她没有答应，好像面对的是个陌生人。高裁缝被她吓着了，只见她脸颊坍了，嘴巴一张一合，流着口水，头发散乱下来，将半张脸遮住。

以往每到热月，张翠霞一天要洗两次澡，现在，她连基本的自理都不会了。吃喝拉撒，都要高裁缝服侍。高裁缝和她结婚这么多年来相敬如宾，即使偶尔闹矛盾了，也是床头吵了床尾和。他怎么也不会想到，他们的生活会变得这样不堪。帮张翠霞洗澡时，他看到了她裸露的身体，她比刚嫁过来的时候衰老了，瘦得皮包骨头，脸上也起了皱纹。高裁缝想起她年轻的时候，扎着两根麻花辫子，还是那个年代颇为流行的发式。这些年来，他们夫妻俩共同维持一个家，没想到日子刚开始有了起色，就活生生给掐断了——常润没了，生活还有什么盼头？他听到一个声音在说话：你为什么不好好对待儿子，给他吃好的穿好的，好好疼他？高裁缝对那个声音说：这能怪我吗？谁也没有想到会发生这种事。

高裁缝越想越不是滋味，他忍住巨大的悲恸，用肥皂给妻子搓洗身子。高裁缝用水桶盛水，拿起水瓢，一瓢又一瓢往下淋。水的清凉让张翠霞的神志暂时冷静下来，她开始变得像一头小鹿那样温驯。水从她头顶浇下来，又流下去。高裁缝看到她的眼神空空的，那里什么也没有。

高裁缝丢下水瓢，搂住张翠霞的身子，"哇哇"哭了起来。

日子越往后越难。高裁缝卖了一些值钱的家当，只有那辆针车他不舍得卖。那是他最后的救命稻草。他用自行车驮着张翠霞，四处探听儿子的下落。很快，身上的积蓄花得差不多了，他不得不中断寻子的任务，先回到乡里。现在他只能靠给别人打短工勉强维持生计，等手头攒够了钱，再带上妻子，外出寻人。

张翠霞想儿子想出一身病，只有见到儿子，她的病才能好起来。

高裁缝老了不少，他的双颊掉了肉，两鬓冒出了白发，背也佝偻了起来。一年过去，妻子的病不见好。为了治病，他带着她四处求医。县城医院心理科的医生看过几回，给张翠霞注射了镇静剂，开了一些抗抑郁的药。张翠霞把吃进去的药都吐了出来，她坚持说自己没病，但是一发起疯来，谁也制止不了她。从白天到晚上，她不停念叨常润的名字。

高裁缝不敢擅自离开一步，守着她，生怕生出事端。

修车铺的阿彬过来看望高裁缝，现在，高裁缝没有心思下棋了，对于他们家遭遇的变故，阿彬说不上什么安慰的话。他一直很喜欢常润。他告诉高裁缝："不要放弃，一定能找到孩子的。"高裁缝看了他一眼，有气无力地点了点头。

清平街的人看着他们这个家一天天地颓下去，无不唏嘘感慨，但是他们都帮不了什么忙。第二年"普度"这一天，高裁缝用家里那台针车给常润缝了一件衣服。他取了以往做衣服剩下的布料，缝得仔仔细细的。他凭着对常润的印象，比画着衣服的尺寸。今年的衣服要比去年的大一些，袖子应该改一改，领口也要松一松。高裁缝踩着针车，看到常润一双黑黑的大眼睛，骨碌骨碌地转起来。常润对着他笑，可他只能在这种虚无的想象中看到儿子。他闭上眼，抚摸常润的脸，抚摸常润的手。这个小鬼仔从看不见的地方冒出来，站着和他对视一眼，又悄无声息地不见了。

衣服缝制好，高裁缝抱着衣服，紧紧地贴在脸上，自言自语起来："常润啊，你又大一岁了，爸妈想你了，你快回来吧……"

到了第三年的"七月半"，高裁缝又做了一件衣服。这天，他窝在家里没有出门。外头已经热闹起来了，清平街上走动的人一多，空气中便弥散着燥热的气息。高裁缝对"七月半"深恶痛绝。常润是在这一天走失的，对他和张翠霞来说，这一天是个受难日。

常润没了，剩他们夫妻俩留守在这里，过着苦不堪言的生活。

这天午后，张翠霞趁高裁缝睡着了，挣脱了绳子，溜出家门。张翠霞没穿鞋，她光着脚板踩在发烫的花岗岩石板上，走一步，喊一声"常润"，再走一步，再喊一声。她的声音在清平街上回响着。路人撞见她，纷纷停下来，但无人敢上前与她说话。这时候的张翠霞，已经是远近闻名的疯女人了。她不知从哪里弄来一件大红色的毛衣。大热天的，她套着这件毛衣，里面什么也没有穿。她抱着高裁缝给常润做的衣服，脸上带着似笑非笑的表情，像在履行一个神圣庄严的仪式。

石板烫得冒烟，她丝毫感觉不到痛，就这么慢吞吞地走着。

这是街上人们记忆犹新的一次"普度"。忙着"施孤"的男女老少，看着张翠霞从这个巷口走到那个巷口，看着她身着一身红色从眼前飘过。大街上，烧红的纸钱飞舞起来，烛火和香支散着光和热。张翠霞漫无目的地走着，那些烛火和香支，像在祭奠她，又像在祭奠她失去的儿子。有个孩子告诉大人，说看见一个男孩走在张翠霞前面，他穿着一件簇新衣服，衣服湿漉漉的，他走过的地方，路面上留下一摊又一摊水渍。男孩脸上带着笑，一点也不像个鬼魂。张翠霞跟在男孩身后，脸上沐着祥和的光。她步伐沉稳，目光笃定。日光灼灼，一大一小两只影子，在清平街上慢慢地走着，走着……

清平街的人都说，他们终于在白天也见到活着的鬼了。

拐
脚
喜

1

清平街有个习俗：哪户人家死了人，死者生前穿的鞋就会挂到门前。当然，只能挂一双，过了头七才能取下。清平街一直都是这样，活着的人相信，鞋子与死亡有关，人的魂走了，还会寻着鞋找回来。

那天母亲将一只玻璃樽丢给我，塞了两块钱，要我去揭阳佬的铺头打酱油。揭阳佬的铺头开在街的北端。张寡妇坐在铺门口听收音机，微闭着眼，脸上一副不咸不淡的表情。在没有成为寡妇之前，她的丈夫揭阳佬在莲花山当矿工，人长得很粗壮，热月喜欢打赤膊，豁着口大牙吃西瓜。揭阳佬当矿工，早出晚归，经常住在矿区临时搭建的沥青棚里。他是清平街第一个去当矿工的，农忙时种地，农闲时挖矿，领了工钱老婆管，不抽烟不喝酒，是清平街有目共睹的好男人。揭阳佬挣了钱，夫妻俩合计着开了这家铺头，卖香烟、蚊香、柴米油盐和其他日杂。张寡妇没有成为寡妇之前，她带孩子，看店，干家务活，日子过得有滋有味。清平街上的人在她这里买烟、买油盐酱醋，偶尔也停下来话话家常，揭阳佬的铺头于是便成了清平街一景，人人都说，揭阳佬好福气，娶了个会持家的老婆。

然而，好景不长，某一年热月，连续下了几天暴雨，山洪暴发，矿洞塌陷，埋了人，揭阳佬没能逃出来，死在了矿井里。

当时张寡妇坐在家门口奶孩子，眼睛锥子一般盯着过往的路人。街上扑起灰尘，在她面前形成一圈白色的薄雾。消息传到张寡妇这里，她嘴一撇，眉一拧，泪珠就止不住啪嗒啪嗒落下来。她抱着孩子的身体像筛子一样不停抖，不敢相信这是真的，唯一支持她不要晕过去的念头就是：不能摔了孩子，孩子是她的命，孩子摔了，命就没了。

揭阳佬走后，她一直未改嫁，靠着这间铺头，独自拉扯一双儿女长大成人。

我害怕张寡妇，因为她喜欢摸我的脸，捏一下，摸几下，嘴里说："打多少啊，一樽还是半樽？"她的手指有一股咸咸的酱油味，混合了蒜头、猪油、汗液和葱末的味道，靠近鼻子时，让人想要呕吐。她笑的时候，鱼尾纹麇集眉角，露出一颗金门牙。我一直以为，上了年纪的老人才会镶牙，没想到张寡妇也镶金牙。金牙看起来脏兮兮的，不会闪眼，一咧嘴，就像眼睛一样睁开，要跳出来。我想起老师教的：是金子总会闪光的。可是，张寡妇的金牙不会闪光。张寡妇大概是觉得镶金牙好看。母亲说，她当年要不是把牙磕了，现在还是个大美人呢。母亲话里满是怜惜，但我认为，和清平街其他女人一样，母亲其实打心底瞧不起张寡妇。

张寡妇的手指粗糙，像砂纸一样滑过我的脸颊。她半吊手腕，捏紧竹提勺，伸进蓝色圆桶，往外提酱油，一勺，再一勺，直到把玻璃樽装满。收了钱，她会顺势塞一颗猪油糖给我。猪油糖包在半透明的蜡纸里，香甜，黏牙，嚼起来带劲，清平街的小孩都喜欢，不过很少人能吃到。那时候父母不随便给孩子零花钱，没有零花钱，就吃不到猪油糖。张寡妇手上的怪味让我难以忍受，不过再难以忍受的怪味，也会在吃到猪油糖之后忘得一干二净。猪油糖甜得我喉咙里津液滋生，一颗当然不够，只能慢慢嚼，用牙齿咬住不动，吸一点，在嘴里、喉头溜一圈，再咽下。

离开时，我瞥见铺头的沥青雨棚下吊了一双鞋子，是一双黑胶鞋，开裂了，用一根脏兮兮的塑料绳串起来，像两条瘪瘪的咸鱼干。

我问张寡妇说："阿婶，那是什么？"张寡妇踱出门槛，顺着我指的方向抬眼，脸色很快沉下来。她一句话不说，折回屋里提了把扫帚，试图把两条"咸鱼干"弄下来，嘴里叨念不停，作孽了！作孽了！我在一边看着她愤怒而惊恐的表情。手里的酱油樽很重，我把它搂在怀里，呆站在原地，不知道她为什么这么张皇。雨棚比屋顶低一些，张寡妇个子不高，像摘不到蟠桃的猴子一样，急得直蹬脚。她手中的扫帚变不了金箍棒，倒腾了一会儿，她喘着粗气，把扫帚扔在地上，再次折回屋里。这次，她搬了张高脚凳出来。她站上凳子，凳子的四只脚吃进脚下的灰土。她的身子撑直了，扫帚一勾，一扯，终于把两条"咸鱼干"成功弄下来。

张寡妇用扫帚挑着黑色胶鞋，像扔垃圾一样，将它们甩入街对面的臭水沟里。她眉毛拧紧，抿嘴，支着扫帚像支着一柄长枪。我看到她将"长枪"往一个方向刺去，刺去的地方，阳光照在光溜溜的石头上，那里有残余的黛色青苔，它们被一股看不见的蛮力刺中，一瞬间，塌了下去。张寡妇如同泄了气的皮球，坐回铺前的竹椅上，面如死灰。她的眼神被挖空了，久久一语不发，终于捂住脸，哭了起来。她的肩膀在颤，眼泪顺着指缝流下来。她这样无端端地哭，不在乎是否有人在看她。我从未见过大人哭，吓蒙了，往后退两步，跳着脚跑开。我跑得越来越快，怀里死死抱住酱油樽，生怕一不小心，魂就被那双黑胶鞋勾走。

2

"跑那么快，要投胎啦！"

母亲的声音穿透我，像阵风掠过。我惦记着刚才那一幕，没把她的话放心上。我的心扑通扑通跳得厉害，仿佛只要把嘴张大点，心就会跳出来，"咚"的一声掉进酱油瓶。

母亲接过酱油樽，掂了掂，看我一眼，搁在灶台上了。

我没告诉母亲我看到了什么。我琢磨着张寡妇的样子，她的眼神像被火烧了，她的牙齿咬着，像要咬碎什么。她看起来对那双破烂的黑胶鞋恨之入骨。

吃晚饭时，我捧着碗坐在门槛上。门槛是花岗岩做的，我坐在上面，呼呼喝起了白粥。母亲往我碗里放了一块咸鱼，咸鱼煎得焦黑，嚼一块，又咸又韧，我眼前浮现起张寡妇家门口那双黑胶鞋，它们变成咸鱼，在嘴里翻腾，把我呛到了。我呜哇一声，将吃下的白粥和咸鱼一起吐了出来。母亲吓一跳，搁下碗筷，拍拍我的背，忙问我怎么了。父亲坐着不动，黑着脸说："饭也不好好吃！"

母亲白了他一眼："少说一句会死啊？"说完，她抬起手，抹掉我呛出来的鼻涕和眼泪。

母亲问我："是不是乱吃东西了？"我摇摇头。母亲眉头紧蹙，往我身上摸，手伸进我的裤兜，掏出一张猪油糖的包装纸来。那张薄薄的纸片揉皱了，渗了油，看起来几近透明。母亲一只手捏着糖纸，另一只手拧我耳朵："是不是她给你的？"我低下头，不说话，母亲气得直瞪眼："耳朵没钻孔对不对？说多少遍了，不能随便吃别人家东西！"我慌了，牛头不对马嘴地说了句："阿婶家铺头挂了双胶鞋。"母亲一听，脸色大变："你说什么？"我说："有对鞋挂在雨棚上，阿婶拿扫帚弄下来，扔掉了。"母亲倒抽一口气，拍拍胸脯，嘴里念叨，童言无忌，童言无忌！

刚才那一阵吐，我的嘴巴又酸又苦。母亲命令我站好，不要乱跑。她从门口踅出去，不见了。回来时，手里多了一捧榕树枝，还有一把"红花仙草"（石榴花）。

父亲喝了酒，满嘴酒气，他打了个饱嗝，训斥我说："下回再这样，神仙都救不了你！"

母亲烧了一炷香，插在灶王爷前的香炉上。父亲话音一落，我就知道，她要给我驱邪了。

母亲把不知从哪里找出来的符纸烧成灰，放进一只碗里，又神神道道地念起什么。她手持榕树枝和"红花仙草"，沾了碗里的水，往我身上扫，洒出来的水珠掠过我的脸颊、肩膀以及后背，凉凉的——她以这样的方式为我压惊。水洒到我身上，扑着脸颊，似有什么看不见的性灵滑过。奇怪的是，过一会儿，我的胃就舒服了，人也慢慢精神起来。

我问母亲为什么张寡妇家会挂鞋子，母亲皱眉，她想了一下，淡淡说了句："挂鞋子，就是咒人要死了。"我追问："为什么？"母亲不耐烦："世上哪有那么多为什么，管好你自己，再乱吃东西看我怎么收拾你！"母亲下了最后通牒，把警告钉在我心上。我学乖了，不顶嘴，不敢问了，可"为什么"三个字就像条蛇那样在我的血管里来回钻，滋溜滋溜，吐起芯子。

母亲和张寡妇吵了一架。在我们清平街，吵架是件再寻常不过的事，谁的嗓门大，谁就占上风，也不用顾忌什么脸面。张寡妇的儿子女儿都不在家，张寡妇因此势单力薄，抵不住我母亲的指责和谩骂。母亲骂道："黑心肝，谁知道你拿猪油糖是不是要毒死他？你死儿子不要紧，要是我死了儿子，你不得好死！"母亲骂起人来一串"死"字，张寡妇脸红得像猪肝，浑身气得发抖："你别乱喷人！你也不是什么好东西！"

两人你一句我一句，骂得正酣。街坊邻里出来看热闹，有人劝架，都被母亲一一挡回去——她不是省油的灯，她想争一口气，给张寡妇一个下马威。张寡妇气不过，干脆返回家，把门关了。她将铺头的木板嵌进凹槽，一块块排好，把争吵隔在门外。

母亲带着一副得胜者的表情对围观的人说："看见了吧，做贼心虚！怪不得有人在她家门前挂鞋！"母亲说漏嘴，把这个难堪的事实抖露出来，街坊邻里吓了一跳。有人提出质疑，有人脸上挂笑，还有的蹙着眉，目光钉在张寡妇铺头，试图揪出一点蛛丝马迹。

母亲和张寡妇吵架的时候，我就躲在人群后面，听她们对骂。她们骂一句，我的心就颤一下。我从未见过母亲用这样刻薄的话骂人，当母亲说张寡妇家门前给人挂了鞋时，我恨不得立即消失。我惭愧极了，如果我不贪吃张寡妇的猪油糖，她们就不会站在街上对骂了，也就没人知道，张寡妇家被人挂了鞋子。挂鞋子，可是要死人的啊！

这件事过去后，我再也没去张寡妇的铺头买东西了，也不奢望能从她那里吃到猪油糖。父母不给我零花钱，放了学，我只好绕道回家，我的心里像是压了一块大石头，不敢经过张寡妇的铺头。要是张寡妇突然拦住我，质问我为什么要说出去，我该怎么办呢？好几次，我瞥见张寡妇薄薄的影子投在路边沙土上，阳光斜斜照下来，歪歪扭扭，像只坠落的黑蝴蝶。那双黑胶鞋的影子晃荡开来，幻成两尾真正的鱼，在白昼与黑夜交替的混沌中缓缓游弋着。

我心头一紧，张寡妇要变成蝴蝶飞走了。

3

张寡妇并没有变成蝴蝶飞走，她活得好好的，面色红润，走起路来脚下生风。我仔细留意她，没发现半点她即将离开人世的迹象，这才松了口气。

那件事过去不久，有一天，一辆摩托车停在张寡妇铺头前，下来一个穿牛仔裤、牛仔衫的青年人。我放学路过，觉得来人眼熟，就放慢脚步，细心打量。他和我印象中的庆喜不一样：黑了许多，头发留长了，刘海遮住一对硕大的蛤蟆镜，嘴里叼根烟，手里提着的编织袋圆鼓鼓的，装了不少东西。

庆喜认出我，摘下蛤蟆镜，向我招手。我感觉背后的书包突然沉了下来，拉住我的脚步，阻止我前行。庆喜喊我："过来呀！"我便硬着头皮走过去。

庆喜摸摸我的头说："彦生长高了，不记得我啦？"

我怯怯地和他打招呼，小声叫他："庆喜哥。"我甚至都不敢抬眼看他，就连张寡妇从屋里出来，我也没有留意到。张寡妇拉住儿子的手，被儿子挣脱了。趁这个时候，我迈开步子，朝前走。走了几步，张寡妇追上来喊我："彦生，别走这么快啊！"我第一次听见张寡妇喊我名字，以往她都是以"哎"或者"阿弟"来代替。我很意外，因为除了学校的老师和同学，没人喊我学名，连父母也只是喊我"阿弟"。我转过头，看见张寡妇朝我露出一张皱纹明显的脸——她早就把那天的事忘得一干二净了。她塞了一把糖给我——几乎将我的手指一根根掰开，笑着说：庆喜送你的，收下！

我站在街上，像被判了刑又突然无罪释放的人，低下头，盯着一捧有白色包装纸的糖，上面印着"大白兔奶糖"，还有一只小小的兔子。

我把大白兔奶糖装进书包带回家，掏出一颗，躲进房间偷偷吃起来。怕母亲发现，我把剥下的包装纸藏在裤兜，出门丢掉。大白兔糖比猪油糖好吃多了，裹在上面的那层粉粉的、半透明的糖衣粘牙即化，糖心实实的，又甜又香，比猪油糖还耐嚼，呲溜一声，喉咙里的唾液裹着糖，溢满上颚和舌头。我数了数，加上已经吃掉的一颗，张寡妇一共给了我七颗，剩下的六颗，被我当成宝贝，一颗颗排好。我数了三遍，将它们放进枕头底下藏好。走出房间，隐约不安，又走回去，一颗颗捡起来，仔细地装进书包。母亲平时不会翻我书包，大白兔奶糖藏在里面，再安全不过了。

庆喜从外面回来的消息很快传遍了清平街。他那些从小玩到大的朋友得了消息，都去看他。他们围着庆喜的摩托车指指点点，想骑上一骑，耍耍威风。这辆"双排"是清平街最摩登最惹眼的时兴物，银灰色，阳光一照，表面的金属熠熠发光。清平街的人都说，庆喜赚大钱了，不然怎么能开这么威风的摩托？我们清平街的人，还骑着自行车改装的电动车呢！

我喊大我十几岁的庆喜叫哥。我家有一张黑白照片，是庆喜和几个半大孩子打扑克牌时拍的。那时我大概四五岁，躲在一边，看他们打牌，咧嘴笑得很开心。照片不知是谁拍的。这是我和庆喜唯一的一张合照，也是我和他之间关系仅存的见证。照片里的人年龄都比我大，现在他们大部分辍学，出来打工了。我那时什么都不懂，又什么都好奇，庆喜在我看来，已经活脱脱是个大人了。他每天都要刮胡子，上衣兜里放着香烟和打火机，他像大人一样震天价响地咳痰，到大排档喝酒。

当年庆喜打算离开清平街外出务工，张寡妇抱住他哭成了泪人。丈夫死了，要是连儿子也走了，家就真的散了。庆喜厌恶张寡妇像只秤砣垂着他，他蹲下来，按住张寡妇的肩膀，向她发火："我又不是不回来！"这一吼，就把张寡妇喝住了。庆喜的妹妹庆欢扶起张寡妇，恶狠狠瞪了庆喜一眼。这样一来，庆喜便解脱了。他早厌透了这个家，厌透了清平街，厌透了三天两头就被学校教务处主任劈头盖脸痛骂。他离开清平街到外面闯荡去了。后来，他隔几个月汇一次钱回家，起先只是一两百，再不久，汇的钱越来越多。张寡妇收到邮差递过来的汇款单，上面的数字，清清楚楚地印在浅绿色纹路的纸上。张寡妇不识字，不会签字，她去邮局领钱，先让庆欢把名字写在纸条上，到邮局掏出小纸条，依样画葫芦，刻碑一样在单子背面签上自己的名字。取了钱，手指沾了沾口水，来回数几遍，收好。

张寡妇把钱存起来，一部分自己用，一部分供女儿读书，剩下的，备着给庆喜讨老婆。丈夫死后，家中的顶梁柱倒了。这些年张寡妇经营铺头卖杂货挣不了几个钱，只好把算盘打得更紧。

我喜欢跑到街上的修车铺听大人讲古聊八卦，张寡妇的家事厝边头尾无人不知。修车铺的阿强叔独身，四十几岁了没讨老婆。我在修车铺里找车辘辘里掉出来的钢珠，收音机里陈四文在讲古，讲到潘金莲和西门庆，就有人喊：阿强，看，潘金莲！张寡妇提着编织袋去市场买菜，听见笑声，却不知道别人在笑什么。修车铺一屋子的男人，龇牙咧嘴，抽烟的抽烟，喝茶的喝茶，张寡妇看一眼，就把目光移开了。揭阳佬以前也喜欢到修车铺闲坐。修车铺是男人的天下，他们在这里打牌、讲荤话、下象棋、打发时间。揭阳佬是个老实人，街上其他男人经常拿他寻开心，他们说揭阳佬怕老婆，晚上老婆撒尿，还要起来给老婆端尿桶。揭阳佬也不恼，别人笑，他也跟着笑。张寡妇听见笑声，一时还以为揭阳佬就在修车铺里。她恍惚间看见揭阳佬伸出头，朝她看，他眉角的鱼尾纹随着笑容皱了起来。

张寡妇一走，就有人摇头，叹息道，可惜了武大郎，说没了就没了。

张寡妇走后，庆喜推着他心爱的摩托车去修车铺。阿强叔叼一根烟，正给一辆电动车换火塞。庆喜喊了声："强叔。"阿强叔抬起头看了一眼。庆喜说："车坏了，帮我看看。"说着，丢一根烟给阿强叔，阿强叔用那双沾了机油的手接住烟，别在耳郭上，露出熏黄的牙齿笑道："修车载妹仔啊？"庆喜说："强叔你说笑了，有妹仔就没时间修车啦，你介绍一个哩！

阿强叔自嘲道："你叔自己都讨不到老婆，帮不了你啊。"

当时摩托车在清平街还是稀罕物，阿强叔买不起，不过电动车和摩托车的原理是相通的，他扭几下油门，摩托车突突地响过几声后就停了。阿强叔前后看看，像只嗅觉敏锐的狗，一下子就嗅出了问题所在：没电了，充一充就好。庆喜比出大拇指，对阿强叔说："还是你厉害！"阿强叔于是从修车铺里拖出来一只沉甸甸的蓄电池，扯了根长长的电线，把线两头的电夹夹在摩托车的电池上，正负两极通了电。庆喜叉着双手，站在遮阳棚下看阿强叔修车。很快，摩托车再次发动，发动机传出来的响声，像野牛的咆哮。

4

不过庆喜才是那头真正的野牛。他回来没几天，就钓到了一个妹仔。妹仔叫刘晴，高中辍学，家里人托了关系，送她进编织袋厂。在厂里，刘晴一天的流水线也没进过，没多久就当上了厂长的秘书。刘晴生得唇红齿白，为了显成熟，她戴了银灿灿的大耳环，头发烫起了大波浪。

那天庆喜骑着修好的摩托车，停到了工厂门口等刘晴下班。刘晴那天穿了高跟鞋，走路不稳，一路扭扭捏捏随下班的工人出来。庆喜把烟蒂弹落，将刘晴挡在路口。刘晴认出他，皱起眉，上上下下扫视他。几年不见，庆喜长成了个男人，而她，也不是十五六岁的姿娘仔了：身材拔高了，像颗竹笋，剥开外面一层皮，就能瞥见里头嫩嫩的芯。

两人见面，话都在沉默中说。庆喜扭扭头，用眼神示意刘晴坐他的车兜风。庆喜高三时，给还在读初中的刘晴写了封情书，通篇错别字，看得刘晴哭笑不得。庆喜还附了一盒张国荣的卡带。刘晴将情书揉成一团丢到废纸篓，卡带倒是大大方方地收下了。刘晴家里没有收音机，庆喜便偷拿了家里的钱，买了一台送给她。事情败露后，张寡妇把庆喜吊在横梁上，用皮带将他抽了个半死。不过庆喜死活也不愿供出钱究竟花在了哪里。这事在清平中学一时传为笑谈。庆喜原以为，用这一招可以把刘晴追到手，但事情并没有按他想象的那样发展下去。清平中学人多话杂，刘晴走到哪儿，都被人指指点点的，很快，她就把收音机和卡带悉数退还给了庆喜。庆喜羞得恨不得钻进地缝。

这件事过后没多久，庆喜收拾行李，离开了清平街。

几年过去了，庆喜重新回到了清平街，这一回，他挺直了腰杆，像个成熟的男人那样向刘晴发出邀请。不料刘晴并不吃他这一套。两人对视一眼，刘晴将一掠刘海说："我没空。"转身骑上自行车，留给庆喜一个长发飘飘的背影。

庆喜当然不罢休，改天又杵在工厂门口等。这一次，他送了刘晴一台 BP 机，报了号码给她，扔下一句"有事 call 我"，就骑着摩托离开了。

那时呼机还是稀罕物，庆喜想，刘晴应该会喜欢。焦躁地等了一下午，刘晴还真的 call 过来了。庆喜喜出望外，骑上摩托去载刘晴，两人到中学隔壁的桌球室打球。那天刘晴穿了件 V 字领的白色短袖，牛仔裤，打球时一低腰，胸前两坨雪白的肉若隐若现。庆喜瞪大了眼，喉结上下滑动，不敢直接看，瞥一眼，便飞快地把视线转开。桌球室里一屋子的男人都被刘晴迷住了，看到她身边的庆喜，一个个都羡慕不已。

我们班的男生去打桌球，看到刘晴，如同发现了新大陆。隔天回到学校，几个人聚起来，悄声细语地讨论刘晴，说个没完。他们比我早发育，已经有喉结了，嘴唇边长出稀稀拉拉几根茸茸的胡须。他们学香港黑帮片里的做派，将发育与否作为标志来划分同类与非同类。自然，我这个还没变声的毛孩子被划归到了圈子外，与此同时，也就失去了共享秘密的权利。

尽管如此，我还是从他们脸上那种诡谲、秘而不宣的表情中猜到了，他们讨论的话题跟男女之事有关。有一天他们说庆喜和刘晴"做了"。"做了"这个词，针一样顶着我的裤裆，顶得那里硬邦邦的。这个词包含太多让人想入非非的意味——他们在哪里"做"？怎么"做"？一个个秘密都令人好奇，其余的部分，当然要靠外人有限的臆想来弥补了。

庆喜和刘晴肩并肩走在清平街上，他们脸上挂笑，像一对真正的情侣。

张寡妇从菜市场回来，撞见儿子和刘晴，脸色很快沉下来。张寡妇的目光像把剃刀搁在刘晴身上，恨不得将她里里外外剃个干净。

刘晴把头扭转开去。庆喜朝张寡妇赔了个笑脸，表情干巴巴的。

张寡妇瞧见刘晴那双眉眼往上吊着，薄薄两片唇，这种女的，一看就不是好货色，庆喜跟她，怕是连骨头带肉都要被蛀光。

庆喜和张寡妇之间的斗争持续了几个月。有一天，我看到庆喜气冲冲地被张寡妇举着扫帚赶出来，张寡妇嘴里喊着："去啊，去找那个小贱货啊！"张寡妇大概也听说了刘晴在厂里的那些事。那么大一朵花，栽在太阳底下，谁不想摘啊？偏偏庆喜中了蛊，对她百依百顺：她要化妆品，他就进城给她买；她要看电影，他就屁颠屁颠陪她去。

那段时间的庆喜，就像一道服服帖帖的影子，黏在刘晴的脚下。

庆喜离家的那几年，张寡妇日思夜想，像挂念汇款单那样挂念他。好不容易盼到儿子回来了，没料到儿子却一心扑到了刘晴身上。有人说，张寡妇其实并不是真的心疼儿子，而是心疼他辛苦挣的钱。总之，钱花掉一分，她心头的肉就被剜下来一大块。

张寡妇下决心要拆散这对没谱的鸳鸯。她给庆喜介绍了邻乡养猪场老板的女儿。女孩人长得窈窕，就是眉角长了一颗痣，模样普普通通。张寡妇看中她，皆因养猪场老板是她外家远房亲戚，家里有钱。为了说动庆喜相亲，张寡妇使出了浑身解数。

相亲那天，庆喜骑着摩托载张寡妇到邻乡去，车在公路上飞驰而过，张寡妇害怕得浑身发抖。

进了养猪场老板家门，落座不久，茶还来不及喝，庆喜就凑上前，贴近相亲对象的脸，仔仔细细嗅了一通，脸上堆着谄笑。

张寡妇拉住庆喜，按到椅子上，要他坐好。女孩和她的父母都异常尴尬，气氛瞬时僵着。庆喜突然摇摇头，捏紧鼻子道："哎呀，味道好大。"一句话把张寡妇噎住了，也将女方呛得脸色铁青。女孩的母亲拉起她的手，母女俩面面相觑；女孩的父亲面无表情地看了庆喜一眼。庆喜一脸得胜的神情，嘴角漾起轻蔑的弧线。张寡妇见情况不妙，赶紧打圆场，赔了几句不是，拉着庆喜快快地离去了。

相亲就这样泡汤了。张寡妇回到家，脱下鞋子往庆喜身上打。她咬着牙，"啪——啪——啪"，力道十足，疼得庆喜呜哇大叫。庆喜妹妹不在家，无人劝架，张寡妇积郁已久的不满一下子全爆发出来了。她边打，边训斥道："上辈子造孽才生了你，滚出去！滚出去！"

庆喜当然没有滚出去。这是他的家，他乐意待就待，就算不乐意待，张寡妇也没权赶他走。他在外闯荡了几年，既然回来了，就没打算离开。

清平街是一块巨大的海绵，把庆喜的欲望和野心吸进去，又一股脑吐出来。

相亲的事毁了，张寡妇当然没那么容易罢休，她把怒气全撒到刘晴身上。如果不是因为她，庆喜的好事怎么会泡汤呢？张寡妇痛定思痛，竟然跑去刘晴上班的厂里闹将起来。

我母亲（当时她正在厂里打短工）目睹了这场闹剧。在饭桌上，母亲向我们描述了当时的情形：刘晴坐在办公室，哼着小调。张寡妇闯进了厂里，无声无息地推开门，一见刘晴，二话不说，上去揪住她的头发就往外扯。张寡妇力气大，刘晴挣不脱，被拉扯疼了，只好喊"救命"。两人很快就来到了厂子的大院里。张寡妇的大嗓门此刻发挥了作用。广播一开，好几个工人搁下手头的工作，跑出去看热闹。

母亲说，张寡妇真有能耐！母亲虽然与她交恶，但看到她在这件事上这么有魄力，还是暗自佩服。张寡妇收拾起刘晴来半点不含糊，骂她狐狸精，骂她勾引他们家庆喜，骂她不要脸……难听的话骂过一轮，不解气，又变着法子继续骂。母亲在一边看着，觉得刘晴可怜。她想上前劝张寡妇，不过碍于脸面，没有行动。看热闹的人大概和张寡妇一样，都对刘晴有意见，见她遭人收拾，心里都十分痛快。刘晴哭得梨花带雨的，厂长闻讯赶来时，张寡妇正龇着牙，不知从哪里掏出事先备好的剪刀，咔嚓咔嚓，一把铰掉了刘晴的一头秀发。大波浪卷一转眼就没了，剩几缕刘海，清汤挂面似的垂下来。

张寡妇解了恨，朝地上吐了口痰，头也不回，在众人注目之下，离开了。

5

自从剪了刘晴的头发，时不时地，张寡妇的手就会控制不住地抖起来。母亲说，一定是积恶了，不然好好一双手怎么会这样？张寡妇的手就像抽筋，一抖，脸上的肉也随之颤起来。她提溜起竹提勺舀酱油时，晃一晃，酱油就洒在了桶沿上。立在铺头等着打酱油的人，都注意到了张寡妇的异常。张寡妇提酱油的娴熟和优雅在我们街上是有目共睹的，但现在呢，打了半天，也才勉强打满一樽酱油。邻居问她到底怎么了，她回答说是搬东西扭伤了。起初清平街的人还将信将疑，不过很快大家就都知道了。张寡妇的手害了病，可能这辈子都好不了了。

庆喜和张寡妇吵过几次架，吵得最凶那次，他竟然动手打了张寡妇。张寡妇从没被儿子打过，揭阳佬生前也未打过她。庆喜质问张寡妇为什么要剪掉刘晴的头发。张寡妇没想到儿子会帮着外人来欺负自己，越想越难过，哭了起来。哭声打破了清平街沉闷的空气。刘晴的家人很快就上门来讨公道了。张寡妇欺负刘晴时的那股狠劲，在她家人面前一下子蔫了。她势单力薄，儿子又没有护着她，只好买了"金花红绸"登门道歉。这件事闹得沸沸扬扬。母亲摇头叹气："这是何苦呢？再怎么样也不能剪人家头发啊！"

父亲反驳道："有嘴说别人，无嘴说自己，那是别人的家事。"

母亲说："家事归家事，可是厝边头尾谁不知道他们家困难？早年死了丈夫，又一手带大两个孩子，本来就够苦的了。这次庆喜和她翻

190

脸，女儿虽然亲，但在家里没多少发言权……"

恋爱的事告吹了，刘晴的脸变得比天还快。前几日还和庆喜你侬我侬，现在呢，她把庆喜给甩了。不管庆喜怎么缠她求她，她都不好不心软，决意要断了这段关系。像几年前一样，她把庆喜送她的呼机退了回去，让他有多远滚多远。

庆喜知道刘晴的性格，她喜欢新鲜事物，对她而言，庆喜即便镀了层金箔，还是乡下穷小子一个。

从此，庆喜恨透了母亲，如果不是她插手，事情怎么会走到这一步呢？

庆喜的摩托车又坏了。这一次怎么也修不好。阿强叔说："机器和人一样，用久了会生病。"

庆喜不相信，这车新买没多久，怎么会坏呢？他身强体壮，觉得摩托车也和他一样。可坏了就是坏了啊，阿强叔让他到别处去修。庆喜苦恼不已，心情如同这辆坏了的摩托车，眼看着大路坦荡，却无法伸展，腿脚被缚住了，走一步都难。

那天半夜里，庆喜准备出门去喝酒。刚踏出家门，就被人拖到一边。他还来不及看清对方是谁，就劈头遭了一拳。那一拳真够狠啊，庆喜的头像铜锣那样嗡嗡响。后来张寡妇告诉别人，听口音，那三个打人的是外地人，下手重，一人一拳，很快就把庆喜打趴在地。打完拳头，他们又出脚。庆喜被打晕了，一点反抗的力量也没有，像只皮球瘫软在地上。他的头流血了，伤口粘到了地上的沙砾，疼得他呻吟不止。

张寡妇闻声冲出来，想要保护庆喜，但在三个强悍的对手面前，根本使不上劲。母子二人半跪着，嘴巴被堵住了，受刑似的，在清平街寂寥的夜色中瑟瑟发抖。庆喜的嘴角和脸都流血了，三个外地人对了一眼，其中两个压住庆喜的手，将他的头按下去，庆喜不屈不挠地咒天骂地。第三个人扒掉庆喜的鞋子，先是左脚，再是右脚。接着，那人把随身带的刀亮出来，用的是宰鸡杀鹅的手法，手起刀落，庆喜左脚的后脚筋像家禽的脖子，一下就断了。血涌出来，惨叫声把清平街的人从睡梦中惊醒了。

张寡妇见此惨状，一下子晕了过去。

打人者趁着夜色逃走了，整个过程持续不到五分钟。事后，听闻这场暴力事件的人追忆起来，都说那次行刑就像电影那么久。他们细致地描述每个过程，夸大其词，连打人者的表情和动作也丝毫不放过。可是那天夜里，没有一个人见义勇为。

张寡妇报了警，庆喜还在卫生院养伤时，清平镇派出所的民警过来调查。

他们问庆喜："你仔细回忆，和谁有过节？"庆喜回答："我老实人一个，和谁也没有过节。"民警反问道："没过节，那他们为什么打你？"

庆喜摇摇头说："不知道，一群疯子，疯子。"

就是这几个疯子，打完人，就消失得无影无踪了。他们是有预谋而来的，要给庆喜一个教训，如同蝗虫，飞来啄了庄稼，食得颗粒不剩，飞走了，不知什么时候饿了，还会飞回来。

张寡妇情绪激动地对民警说了一堆，他们问："打人的长什么样，记得吗？描述一下。"张寡妇犯晕了，当时只顾害怕，都忘了看他们的长相。民警做了笔录，没多久就回去了。这件事在他们看来，就是寻仇滋事，打架斗殴。由于没有可靠的目击者和证据，根本抓不到人。

庆喜一只脚跛了，落下残疾。他苦于寻不着仇人，又气又恼。自此以后，他整天窝在家里不出门，心情不好，就喝酒，喝了酒就骂人。他的那些朋友都躲得远远的。

张寡妇给他买来拐杖，他不用，举起来，把铺头的东西全砸了。

对于这件事，清平街的人有两种猜测，第一是刘晴一家为了报复，雇打手干的。如果是这样的话，那也应该冲着张寡妇来才对，是张寡妇剪了刘晴头发。不过事情早就过去了，张寡妇也向他们赔礼道歉了，再苦大仇深，也用不着把人弄残废啊。第二种猜测是，庆喜在外面得罪了人（也许是骗了别人的钱，不然怎么有钱买摩托）躲回家，仇家寻来，才遭了罪。母亲摇头叹气，告诫我说："做人一定要老实，吃点亏不怕，千万不能得罪人。"

后来，清平街的人一谈起庆喜，都改称他为"拐脚喜"了。庆喜被人教训了一顿，脚残了，再也跑不远了。庆喜变了个人，他每天浑浑噩噩地过日子，很快就吃胖了，脸上的肉一坨一坨的。他就像一颗肉瘤，一走路，整个人鼓鼓的。渐渐接受了"拐脚喜"这个外号之后，庆喜就不再闹了，他安心做个残疾人，衣来伸手，饭来张口，不干活，也不挣钱，心情苦闷时就埋头喝酒。那时候我很少见到他，偶尔看他出来走动，也是胡子拉碴的，目光浑浊。白天，他经常一瘸一拐地走到修车铺，坐下看别人下棋、打牌、讲古，往往一坐就是一天。张寡妇喊他回家吃饭，他也不理睬。

庆喜的妹妹庆欢转眼就高中毕业了，她成绩并不好，考不上大学。张寡妇说，你别读了，她就不读了，出来找了个厂进去上班。家里出了这样的事，她早就没心思读下去了。张寡妇没了往日的精气神。日子像条河往回流，一直流到张寡妇年轻的时候，年轻时她长得多好看啊，身材好，人傲气，走在街上就像一朵花。我母亲说，如果不是揭阳佬死在矿上，张寡妇也许会是清平街最幸福的女人。但是如今，张寡妇彻底枯萎了。有一年清明，张寡妇上山给揭阳佬烧纸，下雨天脚底打滑，不小心磕掉了门牙。她去镶了个金的，从此一露牙，满嘴金光闪。

清平街的人说，庆喜这样依赖张寡妇也不是办法，还是要讨个老婆过生活。张寡妇也不是没有动过这个念头，但现在庆喜这样子，谁敢嫁给他呢？没多久，有好心人上门来说亲。他们想，庆喜不完全是废人一个，腿脚不便，可以娶一个四肢健全的，只是脑袋没那么灵活。没想到，这次张寡妇不领情，几句话把来人打发走了。庆喜对张寡妇和上门说亲的人都不理不睬，喝起闷酒了。张寡妇夺过他手里的酒瓶，骂道："喝喝喝，喝死算了！"

庆喜死皮赖脸地求她："还给我，不给我酒，要我喝酱油吗？"

这年的冬至，庆喜死了。他一头扎在了水利渠里，吃了满嘴泥，淹死了。

有人说，庆喜那天夜里喝多了酒，一瘸一拐走在街上，走到水利桥边拉尿，拉着拉着，没站稳，一头栽了下去。

父母不让我出门，我还是偷偷地跑去了水利渠那边。我站在很远的地方，带着恐惧和好奇，默默地看着。庆喜的尸体泡得发白，头发、衣服、裤子上全是烂泥，又脏又臭，隔着那么远，都能闻见一股怪味。我看不清他的脸，不知道死人的脸和活人的有什么区别。那是我第一次见到死人。庆喜不再是庆喜了，也不是"拐脚喜"，他横躺在堤坝上，身体僵硬，肚皮敞开。张寡妇抱着他，哭声凄厉，像是把半辈子的苦都哭了出来，嘴上喊什么，听不清楚。赶来帮忙的邻里扶住张寡妇，张寡妇的身子扭成一个歪歪的姿势，挨在庆喜身上。

他们母子，一个横躺，一个瘫坐，日光将他们的身形压扁了，远远望去，就像之前铺头挂着的黑胶鞋。

秋
声
赋

乌云麇集在半空，后山飘起一阵烟。阿秋从窗口望出去，嗅到一股湿味。和这个季节一样，这股湿味浸透了空气，钻进墙壁中。阿秋的鼻头翕动了一下，又一下，他还闻到了更远处山林起火的焦味。白色浓烟与雾气混在一起。没有风，天色渐暗。顷刻，阿秋听见雨沙沙地下起来。雨势骤时变大，后山的烟晃一下，熄灭了，这让他感到兴奋。他的手扣在窗沿上，窄窄一道窗沿，灰尘印在他手上。

　　阿秋双脚立在茶几上，茶几靠着客厅的北墙，客厅很小，他听不到电视上在播什么。他习惯了这样，只要窝在家里就让电视开着。阿秋的注意力始终在远处，他看不见近处的事物，对他来说，远的比近的好，新的比旧的好。这是他多年来一直相信的，就像他相信只要开着电视，就能重见自己的脸一样。屏幕上的他穿着背心，板寸头，眉毛稀疏黯淡，说话时眼睛红肿。主持人的声音飘出来，飘进他心里。他记得屏幕下方打出的对白："读书对你（来说）意味着什么？"他一边流泪，啜泣道："我想（走）出去。"

　　那是阿秋第一次上电视，也是最后一次。这个"第一次"令他蒙羞，也令他无限眷念。那次之后，阿秋看不见自己的脸了，准确来说，是他无法在电视上看见自己的脸了。电视台的人到来那天，邻居们探

199

头探脑。他们看到主持人手持话筒向阿秋一家提问。阿秋的父亲不敢直视摄像机，这个长着一张黝黑脸的男人，下巴瘦削，两颊塌陷，眼神躲闪着，对镜头始终保持着高度的警惕。阿秋自述身世，声音微微颤抖。他从未如此谈论过自己。他遵照主持人的吩咐，说慢一点，说透一点。阿秋说："我自小就有一个梦想，要走出去。"至于走出去做什么，阿秋没说，但所有人都能感受到，他那愿望覆灭后流露出的悲伤。

阿秋的母亲流泪痛哭，她的话加重了画面的沉重感。镜头拉近，清晰呈现出她塌陷的眼窝和粗短的手指，所有指甲都是黑的。她用浓重的乡音说："我们做父母的无用，无能供伊读书。"

节目播出后，阿秋家重新热闹了起来。多年不曾走动的亲友，已故祖父母的旧交，都来了，行动不便的，托后辈人送来"慰问金"。但这些都救不了阿秋。"杯水车薪"，在阿秋尚能清醒思考时，他记起这个成语，他觉得，眼下的情况就是这样，杯水车薪。

那天他就躲在楼上，听着楼下客人的寒暄，听着父母重复了无数遍的"感谢"，觉得这句稀松平常的话已经长出了爪子，绕紧他的脖颈，令他窒息。屋瓦中间有一扇方形玻璃窗，他抬起头瞥见一小块透亮的天。这时，父母的叫声打断了他。他从狭仄的楼梯往下走，一步步，通往一个由目光和言语交织而成的空间。

每走一步，阿秋都在将自己抛掷到一个温情脉脉的陷阱中。阿秋脸上无甚表情，他强忍着泪，向大家说感谢，请他们喝茶。热心人走后，房子里似乎还回响着众人的说话声和脚步声。阿秋望着空荡荡的屋子，不敢相信，前一刻这里还挤满了人，他们都来"关心"他，慰问他，带来微薄的希望。他暗中祈祷，别人的关心和慰问或许能改变父母的决心。他甚至幻想，过完暑假就能和其他人一样，拖着行李箱到另一座城市读大学了。他这么想着，忽然听见父亲压低声音说："结婚收得钱也没有这么多啊！"他以为自己没听见，以为自己听错了，父亲的话令他浑身骨肉骤时缩紧并僵硬起来。一阵苦涩从喉咙深处翻涌着。他迅速冲向厕所，对准黑洞洞的便池口，吐了出来。

这是他第一次对父母感到厌恶，这种厌恶引起了生理上的反应。他望着漂浮在便池上的秽物，忽然生出想逃的念头——可是，逃到哪里？

阿秋大概记得，那夜海堤的风很大，咸咸的海风刮来，刮在脸上像把刀。天色乌暗，海上不见一星光亮，只有头顶一弯新月，像盏即将熄灭的孤灯。阿秋的自行车横放在堤坝上。一个多小时以前，趁父母熟睡，他打开家门骑车出来。在通往郊外的土路上，他踩得如此用力，呼吸间似要将空气吞吐吃净。这条路他多年没走了，年少时他常和同伴骑车穿过这里，往更远处的海边骑去。那时的他对未来有无限的向往，而这一刻，所有的希冀和念想都被敲碎了，他像个颓丧的影子贴紧黑夜潜行。右侧是水利渠，水杉沿着渠岸生长，浓稠夜色勾勒出成排水杉高耸的影子。阿秋的自行车轧过土石路，发出咔嗒咔嗒的脆响。田间的虫鸣高高低低，忽远忽近。

也不知过去多久了，阿秋骑过了田野，终于抵达路的尽头。堤坝像道关卡横亘在前。无路可走了。阿秋扔下车，走到堤坝边上。堤坝底下布满礁石，黑黢黢的，潮水哗啦啦响着，黑暗中的礁石好似也在动。

阿秋坐了下来，手里攥着那张录取通知书，通知书上印着的大学名字看起来如此陌生，对阿秋来说，这个名字意味着高昂的学费，也意味着父母的固执与偏见。所有一切都在提醒他，他是这场战争中可怜的失败者。在这条漫长的路上，他尚未启程就远离了目的地。他还太年轻了，无法承受生活压在头顶的重量。他想起父亲的话："我没钱，你要读大学，不如要了我的命！"阿秋不知道多少次半夜惊醒，醒来之后再也无法睡去。他睁开眼，觉得屋子太空、太暗，压得人喘不过气来。而父亲撂下的狠话，还在一次次地袭向他。

夜半惊醒的次数越多，阿秋对周遭的一切越是绝望。

阿秋痛恨这种无路可走的空茫。他不知道，为什么出了屋子还是空，就像有人举着一把凿子，将他的五脏六腑挖空了。他对折手中那张纸，从中间撕起，再转个方向，继续撕，撕得手指发酸，心口发痛。接着他松开手指，让风吹走碎纸片。碎纸片在风中呜呜凄诉，很快消失于无形。整个过程，阿秋都是静默的。那些碎纸并没消失，它们完整的形状印刻在阿秋的视网膜上，一次次提醒阿秋，他的生命应该像它们一样化整为零。

远处亮起了渔火，星星点点的火光在海面浮动。阿秋听见有人对他讲话，有人朝他招手，接着，渔火被狂风掐灭了，天空和海面重陷于黑暗。阿秋站起身来，风吹得他身体摇晃。他闭上眼，冰冷的泪滚烫地落下来，有个声音告诉他，只要再迈一步，就能跃入另一个世界了，他的生命将归附大海，以肉体而非骨灰的形式。

海风吹得阿秋双目酸涩，忽然间像是有人从背后推了他一把，他枯木一般地倒了下去。

此刻雨声渐喧，天雷炸过几响，阿秋蓦地从茶几上跳下来，哭嚷道："落雨，落雨，打雷，打雷！"声音短促有力。这已经不是阿秋第一次被雷雨吓着了。几年过去了，阿秋始终没有好起来。他不但没有好起来，反而愈活愈小，愈来愈像一个"憨仔"。

　　阿秋出走那次，父母寻了他一天。他们怎么也料不到，阿秋会独自跑到海边，那里离家二十多公里啊。阿秋被人发现时，身上的衣物早已湿透。他的头撞到了礁石，流出的血凝固了，和头发黏结在一起。幸而那夜没涨潮，阿秋在滩涂上昏睡了一夜，浑身裹满泥水，像尾搁浅在岸上的死鱼。

　　阿秋被送回来时发着高烧，浑身热得烫手。父母替他擦身体，换好了衣服，载他去卫生院看医生。医生查看伤情，除了后脑勺流血和几处擦伤，身体其他地方并无大碍。医生给阿秋清理伤口，消毒，缠好绷带，又开了退烧药。过后医生关切地问他问题，他一概不答。阿秋父母焦急地问："他怎么不说话？"医生沉着脸说："可能吓坏了吧。"

　　从卫生院回来后，阿秋依旧不说话。他的脑袋缠了一圈绷带，眼睛失焦似的，看谁都是乜斜着双目。邻居妇人见状，都叹阿秋命苦。

　　阿秋母亲抱着儿子痛哭，边哭边指责阿秋父亲："都是你，不让他读书！"

　　阿秋父亲脸色阴沉，他抬眼看了看，反问道："都这样了，还读个鬼书？"

　　阿秋母亲去庙里烧香拜神，拿了些香灰，回家冲水给阿秋喝下压惊。阿秋喝一口，立马吐出来。阿秋母亲劝道："挛啊，快喝，喝了才会好。"阿秋不言不语，任由香灰水从嘴边淌下来。

摔下堤坝之后发生了什么事，阿秋全然不知。父母问阿秋到底是怎么摔下去的，他只是沉默，过了许久才张开嘴，缓缓吐出一个字：死……

后来阿秋虚弱得失去了抵抗力，躺在床上，四肢抻直，脸色发白。母亲喂他喝姜糖水，吃退烧药，给他盖上一床厚厚的被子。

昏睡中的阿秋如同被抽空了魂魄的纸人，脸色惨白，念经般絮絮叨叨。

阿秋的大姐得知消息，当天从市区赶回家来。她见阿秋这般严重，放心不下，打电话叫来朋友，开车送弟弟到市里的医院做检查。在医院里，阿秋任凭大姐领着他，穿梭在晃着白炽灯光的走廊，他看到护士一身白，又看见墙壁上刷的白，恍惚间觉得身在另一个世界。CT结果出来，脑部并无瘀血。阿秋大姐这才放心下来，打电话回家，告诉父母阿秋没事。大姐离开后，阿秋坐她朋友的车回家，他的脸贴着车玻璃，看陌生的街景快速后退，属于他的世界，也在迅疾撤退。

十八岁的阿秋怎么也想不到，他的贸然出走，最后会落得个被人"囚禁"的下场。他的伤好了之后，父母都长了记性。阿秋父亲早年操劳过度，身体落下病根，不能干重活。白天阿秋母亲下田，他就在家中看阿秋。

阿秋现在更瘦了，成天阴着脸，有时会对着墙壁傻笑。有一天起床，阿秋忽然指着父亲说："我不是狗，你看我做什么？"父亲一听，兴奋地喊道："孥啊，你说话了，说话了！"但阿秋像是聋了，没有回应。他沉浸在自己的世界里，将用过的教科书和试卷搬出来，装进书包。书包装满，一本也塞不下去了，他又把东西倒出来，将其他的放

204

进去，反反复复，放了又倒，倒了又放。阿秋父亲站在门槛边，眼前这一幕把他吓坏了。他盯着阿秋蓬乱的头发和瘦削的身影，禁不住湿了眼眶。

关于读书这件事，阿秋父母一直不当回事。阿秋人老实，脑子不活，但读书极为用功。因为字写得工整，时常受老师夸赞。在镇上读完了小学和初中，考上高中后，阿秋越发勤奋了。对他而言，高考是他唯一的救命稻草。放学回家，他吃完饭便抱着课本认认真真地啃。上了高三，越到冲刺阶段，他越是拼命，时常挑灯夜读，一天只睡四五个钟头。可是不知为何，他的成绩总是时好时坏。

阿秋的父母认为，儿子不需要读那么多书。"读书没用，不如早点出去打工"，这是父亲的观点。他拿阿秋大姐举例，说她才初中毕业，现在一个月赚几千块，还能帮补家用。旧年阿秋父亲生病住院，医药钱也是她付的。相形之下，阿秋就像天平上毫无重量的那一端。每次父母在饭桌上旧调重弹，阿秋都会愤愤说："不读书，没出路。"阿秋父亲说："辛辛苦苦供你读书，考不上就出来，读那么多书做什么？"阿秋憋了一肚子气，最后憋出一句："谁说我考不上？"这时，阿秋父亲就会狠狠地补一句："考上了，家里也没钱！"

这样的拉锯战重复了又重复，每次阿秋都觉得自己活在一道夹缝中。他暗自想，只要考好了，一切都可以想办法，实在不行就去打工，去贷款，去借钱。这样微茫的信念支撑着他，直到高考放榜。

从小到大，阿秋总是跟在别人后面，别人做什么，他就做什么。读书也是如此，别人买什么教辅书，他就买什么。别人一天做多少题，他也做多少题。他相信勤能补拙，相信笨鸟先飞，而熬夜读书，成了他超越别人的秘密武器。不管隔天多疲累，他都不会在同学面前表露出来。他认定，只有将所有能用的时间都榨干，成绩才能上来。父亲在饭桌上的那番话，兜头浇了他一盆冷水。然而越是这样，他越要证明自己的能力。他要到大城市去，在大城市上班，挣工资，不能像父母一样，一辈子当个农民。

那段日子，他天天复习到深夜，夜间躺下，眼前全是苍蝇一样绕着飞的符号、公式和概念。后来，他的梦越做越长，越做越奇怪。有一天，阿秋梦见自己穿上镇上那家编织袋厂的绿色厂服，骑摩托车穿行在公路上。他的身后，坐着三个小孩，他们一个比一个小，抓着他的衣服，哭嚷着要回家吃饭。家中还有嗷嗷待哺的婴儿，他张大嘴呜哇哭着，似要将阿秋吞下去。阿秋骑着摩托穿过村道，家门口就在跟前，可他怎么也靠近不了。他的身体悬空了，孩子掉在地上，摔得头破血流，吓得阿秋惊叫不迭。醒来时胸口汗涔涔，阿秋意识到是在做梦之后，松了口气。他伸手去摸裤裆，那里黏黏地湿了一块。

乡里对疯傻人有各式称呼，有的是"妻疯"（想老婆想疯了），有的是"书疯"（读书读傻了），像阿秋这样时好时坏的，既不是妻疯，又只能勉强和书疯搭上边，乡里人一时找不到贴切的名字来叫他。好在阿秋还没有落到精神失常的地步。精神好些时，他会去老同学家串门。阿秋穿着拖鞋，到了同学家门口，打声招呼，径直走进去。阿秋的同学大多知道他的事，对他的到来，总是很警惕，不好赶他走，又怕他发作，吓到人。

有一天，阿秋去同一条街上的小学班长家。国庆假期，在广州读书的班长正好回家了。见到阿秋，他一脸的不自在，但是碍于情面，只好硬着头皮将阿秋迎进门。

落座之后，阿秋语重心长地说："读大学真好，出来以后就是国家栋梁。"阿秋的话令班长一阵尴尬，一时不知道怎么接话。幸而班长的母亲在家，她解围说："只要努力，读不读书都一样。"阿秋看着她，嘻嘻笑起来。他喝着茶，言语间不忘自嗟自叹，又是谈国家大事，又是扯街头传闻，声音很大。谈到兴起，他盘起腿来，俨然他才是家里的主人。

熬到中午时分，班长示意他该回家吃饭了。

阿秋抬眼看一下墙上的时钟说："早哩，还早哩，再喝一杯。"饭桌上安排停当，准备开饭了，班长只好试探着说："要不就在我家吃吧？"阿秋一听，笑嘻嘻说："好哇好哇，我不客气了。"

那顿饭阿秋吃得满嘴流油。他一边吃饭，一边发表对饭菜的褒贬，丝毫没有在乎别人面露难色。

吃完后，阿秋用手抹嘴，打了个响亮的饱嗝，站起来说："我吃饱了，我先走了。"

见他终于离开，班长一家人松了口气。

这件事成了阿秋遭受别人排挤的肇始。不消几天，阿秋串门吃饭的事就传开了，凡是和他有过交往的人，从此都长了心眼。阿秋三番四次去串门，都被人以各种借口请了出去。本来阿秋还是众人可怜和照拂的对象，但眼下情况变了，他屡次的莽撞行径开始引起别人的厌烦。大家都说阿秋脑子坏掉了。一个脑子坏掉的人，是不能随便进人家门的。

转眼过了半年，阿秋母亲说："送伊去做厂工吧，好过终日四散走。"阿秋父亲沉思一下，点了点头。但选择去哪家厂做工，还是颇费了一番踌躇。乡里大部分厂建在公路对面。阿秋父母怕阿秋过公路会出事，因此所有公路对面的厂——包括编织袋厂、玻璃厂、塑料加工厂、泡沫厂等等——都被排除在外。这样一来，阿秋的选择就一下子减少了。或者说，阿秋父母的选择范围就一下缩小了。有一天，阿秋父亲说："去纸板箱厂吧。"他的理由是，阿秋去了可以装卸货物。纸板箱不重，不是技术活，重复劳作，不容易出差错。

父母和阿秋说这事，阿秋捧着碗盯着电视看。

母亲说："秋啊，你去上班，勿终日无事做。"

阿秋嚼着饭菜，腮帮鼓鼓说："我不去。"

母亲劝了几句，阿秋不听。这时父亲灵机一动说："孥啊，去上班，存了工资可以买手机。"手机引起了阿秋的兴趣。他身边好多人都用上了手机，有的用诺基亚，有的用索爱，翻盖的，直板的，黑白的，彩屏的都有。阿秋也想有一台。父亲的话点中了阿秋的穴。他意识到必须赚钱，赚了钱才能买手机。这个再简单不过的逻辑驱动了他。

当天，父亲领着阿秋去纸板箱厂找工作。

厂里管工的，是阿秋父亲一位老相识的儿子。阿秋父亲提了两罐凤凰单丛茶，带着阿秋去找他。听明来意后，这个理平头、长一颗蒜头鼻的中年人面露难色："老兄啊，厂内有厂内规矩，阿秋要是做不好，不能怪我啊。"厂里机器呼呼在响，阿秋站在父亲身边，他对周遭的一切都不好奇，半低头，眼神迟滞，最后目光落在不远处的墙上，那里有风扇在转。

阿秋父亲听见管工话里有话，生怕这事不成，便央求道："老弟，我也没办法，你就做好事收留阿秋吧！"说着，他将茶递过去，顺手将一包五叶神塞到管工手里，推搡着阿秋向他道谢。阿秋怯怯趋前，磕磕巴巴说："谢，谢！"管工收了礼物，脸上笑嘻嘻说："反正多个人手也无关系。"转身和老板打过招呼，阿秋就算正式进厂了。

在纸板箱厂做工的头一天，同事们都看出了阿秋的呆。他们叫阿秋用推车推成捆的纸箱装货，指明了大门口的货车，阿秋却将推车推到了隔壁玩具厂；午间吃饭，别人都是先夹菜再舀饭，阿秋倒过来，再去添菜时，桌上只剩汤汤水水了，最后他不得不吃了顿"白饭"。这样的例子越多，阿秋在厂里的地位就越低下。老老少少，但凡有点杂务，都交予阿秋做。阿秋别的不行，做事倒勤快，跑来跑去，从无怨言。

阿秋做了将近一个月，领工资交给父母一半，他们欣喜过望，觉得这样很好。

有一天，厂里一个叫黑猪的年轻人，休息时递了根烟给阿秋："秋啊，哥麻烦你件事。"阿秋把烟点上，呛了一口。黑猪问他："厂里哪个姿娘仔最好看？"阿秋抬眼巡了一周，指着刚走出办公室的一个背影。黑猪嘿嘿笑两声，拍拍阿秋肩膀说："兄弟有眼光！"接着他掏出一只手机在阿秋跟前晃一晃，把阿秋双目晃花了，笑呵呵就要伸手去抓。黑猪缩回手说："慢，你去摸伊屁股，手机就归你。"阿秋一听，呆滞的眼雾时亮了。

往后很多年，乡里人一说起阿秋，想到的第一件事不是他的痴傻，而是他的"流氓"。"流氓"这顶帽子一扣上，无异于将阿秋打入了地狱。当时被他摸了屁股的姿娘仔高叫一声，黑猪头一个冲出来，将阿秋掀翻在地，抡起拳头，捶得阿秋眼窝乌青，躺在地上嗷嗷打滚。厂里看热闹的人多起来了，一听原委，有好事者也加入了这场"围殴色狼"的行动。他们踹阿秋，扇他耳光。更有甚者，不顾阿秋哭号求饶，将他裤子扒下，用封纸箱的胶带在他裤裆处封了个严严实实。头顶是打人者乌泱泱的脸，阿秋抱头哭得涕泪四下，直喊"勿打我勿打我"。黑猪哈哈大笑，甩手将"手机"拍在阿秋脸上。众人一看，原来是只手机模型。

　　阿秋从茶几上跳下来，震得茶几晃一晃。雷雨声响彻耳畔，阿秋捂着耳朵，缩在墙角发抖。母亲听见他的喊叫，惊得跑进来，搂住阿秋，像哄小孩一样安抚他。这样的情形不是第一次了。严重时他会吓得小便失禁。父母带阿秋看过很多医生，大小医院跑了好几家，精神科和心理医生也咨询过。病没治好，中药西药倒吃了不少，吃得面黄黄，瘦[1]骨落肉，活脱脱成了药品回收站。

　　乡下人迷信，阿秋母亲佛寺道观拜过了，请了巫婆落神，还请了风水先生来家里看。风水先生说阿秋家中灶上司命公正对着厕所的镜子，不吉利，要改。怎么改？一则灶台拓宽，给司命公移位，二则徙开厕所门。一趟下来就花了家里两千多块钱。阿秋父亲心疼这笔钱，改造一事，少不得又让阿秋大姐掏腰包。家中风水改也改了，该使的方法都使了，阿秋的病还是不见好转。阿秋父亲骂骂咧咧，抱怨说花出去的钱打了水漂，不如存进银行，日后家中盖楼装修还得上。阿

1　瘦：潮汕方言，瘦。

秋母亲哭红了眼，直骂阿秋父亲："都是你，老思想！不让他读书，你看他现在憨憨傻傻，终日要人服侍吃喝……唉，我好命苦啊——"

这番话揭开了阿秋父亲的旧伤疤。他想起阿秋被打那天，厂里一众人咬定，是阿秋起色心摸人屁股在先。至于黑猪和阿秋私底下的"交易"，黑猪没透露，也就没人知道。

阿秋那时顾着痛，不懂为自己辩护，捂着头缩得似尾虾蛄。阿秋父亲急红了眼，四处找人问，没有人肯站出来为阿秋说话。后来，厂里怕这件事闹大，赔了阿秋医药费，打算就此私了。别人劝阿秋父亲说，拿了钱就作罢吧，不要给人看笑话。

自那以后，阿秋再也没去打工了，工厂也不愿意招他。他回家疗养了一个多月，渐能下床走动。入冬之后，父亲去玩具厂领了几袋玩具车零件回来组装。阿秋自幼就喜欢做手工，看父亲佝着身子在装轮胎，他觉得好玩，竟帮手做起来了。这件事让家人的心宽慰了些。毕竟不出门，在家挣点小钱，强过无事可做。

几年过去了，阿秋大部分时候都窝在家里，藏得皮白肉嫩，比先前胖了不少。他以前的同学，打工的打工，读书的读书，有的成家立业生小孩了，在外做生意的，也有赚得盆满钵满的，买了房，开上了豪车。所有人都在拼命地朝前狂奔，独独阿秋的病不见好，成了一块被人丢弃在河底的石头。阿秋父母一开始还替他寻医问药，后来不见成效，也就过一天算一天了。加上阿秋大姐嫁人，家里少了经济来源，生活更为拮据了。

阿秋母亲一直是家中主要的劳动力。她种地，管一个香蕉园。收购香蕉的人见她家的香蕉皮相好，后来得知她家里情况，每次收购都会多买一些。余下没人收的香蕉，阿秋母亲就挑到市场低价卖掉。母亲出门卖香蕉，阿秋便搬张矮凳跟在她身后。母亲做生意，他就坐在旁边，无聊时拿根香蕉在手里把玩，也不剥来吃，抛来抛去，咧嘴傻笑。

那阵子下雨，市场里污水横流，阿秋坐在喧杂的摊贩中间，抬头观雨，低头看人。

市场的人都知道，这个白白净净的后生仔人有点呆，看人看物总是睁大眼，口中念来念去，也不知念些什么。有一天，阿秋跟母亲去市场摆摊卖香蕉，快收摊时，斜对过卖青枣的老姨忽然朝阿秋母亲招手。阿秋母亲站起身，老姨疾步走过来，将阿秋母亲拉过一边："阿姐啊，跟你参详件事。"阿秋母亲一脸疑惑。老姨说："后生仔今年几岁？"阿秋母亲答："廿三了。"老姨又问："还没娶老婆吧？"阿秋母亲一听，尴尬笑道："老姨你明知故问，伊还没喏。"老姨就说："有人托我帮伊女儿说亲……"

话未说完，阿秋母亲已晓得大半。这两年她不是没有帮阿秋找过老婆，只是阿秋这样子，正常的姿娘仔都不会嫁给他。她厚着脸皮寻了几家，都被人婉拒了。老姨的话令她死灰般的心又重新燃了起来。老姨握紧她手说："姐啊，我们明人不说暗话，你孥仔这样，找老婆难，这个姿娘仔阿琴……脚腿不灵活，但是人勤快，会做事！"母亲和老姨说话时，阿秋提了竹筐，催促母亲回家。母亲和老姨说完话，转过身，见阿秋站在夕照下，下巴生出青色胡茬，咧着嘴笑，露出一口参差不齐的牙。这个形象定格在阿秋母亲眼中。她忽然意识到，阿秋老大不小了，该做的事不能再拖了。想到这些，她鼻头一酸，差些落泪。

雷雨天过去后，阿秋恢复了"正常"。老姨领阿琴来的那天，阿秋父母让阿秋去理发，又给阿秋换上新买的衬衣，叮嘱他千万别乱说话。阿秋呆归呆，但对娶老婆这件事，多多少少还是心存渴望。这几年，街坊邻居爱拿阿秋开玩笑。他们问阿秋，娶老婆没？阿秋就傻笑，摇摇头。他们问，看中哪一个了？阿秋突然变脸，骂骂咧咧道，看、看中你老母！惹得众人哄然大笑。这天听了父母的话，阿秋乖乖地坐在家里等。到中午，左等右等不见阿琴来。阿秋急了，不停催问："怎么不来怎么不来？"阿秋母亲也着急，怕女方打起退堂鼓，正想出门探个究竟，就撞见老姨和阿琴了。

老姨一脸歉意："莫意思莫意思，有事耽误了。"

阿秋母亲摆摆手："无关系，进来喝茶。"

阿秋坐在客厅，看见人来，腾地站起身，被父亲按下了。

母亲看到阿琴，骤时明白过来，那天老姨说的"脚腿不灵活"原来是小儿麻痹。阿琴一脚高一脚低走来，脚上的帆布鞋，有一只向外歪着。阿秋母亲领她们进门。坐下之后，彼此点头致意，算是打过招呼。阿琴看样子也有二十好几了，短头发，阔脸盘，长着一对粗黑眉毛，身材敦实，着一件灰色的针织衫和牛仔裤，左脚搁在右脚下面，不自觉往里缩。

阿秋父亲泡茶，母亲问话，大部分时间都是老姨代为作答。阿秋母亲问："阿琴在哪里上班？"阿琴答："服装厂。"阿秋母亲又问："你爸妈呢？"阿琴刚要开口，就被老姨抢白了。阿琴她爸旧年出车祸过世了，妈妈在东莞当保姆，还有个小妹嫁在了揭阳。

老姨的话令阿琴脸色不太好，好像将家庭底牌亮出来，会跌了她身价一样。

他们说话时，阿秋直愣愣地看着阿琴。阿琴与他对视一眼，很快将目光挪开了。

阿琴朝客厅环视一周，忽然指着自己的太阳穴问："伊头脑没问题？"

阿琴唐突的提问，令谈话气氛骤时尴尬起来。

幸好老姨出来替她圆场。老姨说："姻缘天注定，要不就先合一合时日？时日合了谈婚娶，时日不合，交个朋友也好嘛。"

阿秋附和道："对对，合时日合时日！"

阿秋母亲拍了拍阿秋的手，示意他安静些。她对阿琴说："阿秋的情况你也知道，你写个八字给我，我去找人问一问。"

阿琴点头。母亲找出一本阿秋以前的作业本，让阿琴在空白页写上生辰八字，又吩咐阿秋写上自己的。阿秋脑子虽不灵光，但写字倒没忘，只不过太久没动笔，字不像以前那般工整了。阿秋母亲念一个字，阿秋写一个。写好了，阿秋母亲撕下纸说："我这两日先去把这件事办好。"

阿琴和老姨不愿意留下来吃午饭。阿秋和父母送他们到门口，阿秋满口热情地跟阿琴说拜拜，阿琴半蹲在地上绑鞋带，头也不抬地应了一声。站起身后，她挽起老姨的手，一老一少，一个佝着背，一个跛着足，一搭一搭走远了。

父母没想到的是，阿琴走后，阿秋竟然会日夜念着她。

阿秋像中了蛊，满脑满眼都是阿琴的影子。父母也不知道，阿琴究竟是哪一点打动了阿秋。阿秋对这个未来的老婆很是满意，终日阿琴来阿琴去。吃饭时问，阿琴在哪里，喝茶时也问，阿琴在哪里。有时他自言自语，仿佛阿琴就在眼前。他和阿琴说话，左手和右手握在一起，脸上痴呆呆，眼底笑嘻嘻的。父母看在眼里，既高兴又担心。他们问阿秋："你喜欢阿琴吗？"阿秋重重点头。阿秋母亲心下明白了，便找算命先生合八字，没想到两人互补。算命先生说："天作之合天作之合！"阿秋母亲听后更确信了，阿琴和阿秋是天生的一对。她急不可耐想促成这段姻缘，邻居听闻这事，都劝她早日把婚事定了，免得煮熟的鸭子飞走。他们的担忧也是阿秋父母的担忧。

这天，阿秋母亲去市场等卖青枣的老姨来。遇见老姨，阿秋母亲把合八字的结果说了一遍，老姨脸上露出为难说："现在后生人思想开放，这件事还看阿琴的意见。"

阿秋母亲听了，便问老姨阿琴家在哪里，她要带着阿秋上门拜访。

她回家和阿秋父亲商量，当下决定，趁家里还存有钱，可以把提亲和下聘礼的事一并办了。阿秋父亲拿存折去邮政取钱，阿秋母亲置办了些礼品，两人带上阿秋，一起坐车去阿琴家。

这次见面不同上次，这次只有阿琴一个人在家。阿琴家单间屋，两层楼，虽是水泥墙面红砖地板，但收拾得窗明几净。阿秋一家的到来令阿琴慌了阵脚，她泡了茶，把削好皮的苹果切成小块，装在盘子里摆上茶几。阿秋坐在椅子上，目不转睛地盯着阿琴，一边看一边咧嘴笑。阿琴被他看得不好意思，只好不停地请他们喝茶。

阿秋父母表明来意后，阿琴明显一脸的不自在，沉寂片刻后，阿琴说："过几天中秋我妈回来，我和伊商量。"

阿秋母亲听完，便把预先备好的红包拿出来。

阿琴看到鼓鼓一只红包，脸色诧异，连说"不不不"，推托起来。

两人推来推去，阿秋母亲一把将红包塞进阿琴手中，又握紧她的手："你先收下，我们一切从简。我替你们算过了，八字吻合，实在难得！"

阿秋于是附和道："难得，难得！"

阿秋父母的这一番热情，弄得阿琴不知所措，她坐在椅子上，手里握着鼓鼓的红包，身子扭捏，脸上一阵红一阵白。阿秋母亲于是趁热打铁，她问阿秋："你喜欢阿琴吗？"阿秋捣蒜一般地点头。母亲又问："娶伊回家做老婆好吗？"阿秋听了嘻嘻笑，亲昵地叫起来："老婆老婆！"被他这么一喊，阿琴的脸色登时煞白。

阿秋母亲继续给阿琴做思想工作："你看你双脚这样，要嫁人也不容易，阿秋虽然头脑不灵活，但人老实，不会对你不好。你们两个结婚，生个胖孥仔，多好啊！"

阿秋父亲也极力说服："你放心嫁给阿秋，我们可以保证，一定不会让你受苦！"

阿琴腿脚不灵便，嘴巴更木讷，听了阿秋父母的话，接受也不是，拒绝也不是，只好沉默了。阿秋父母见阿琴不说话，心底当她答应了，当下拉了阿琴的手和阿秋的手握在一起。阿琴局促不安地把手缩回来，反倒是阿秋，拉了手之后，嘴里含糊地念着："老婆老婆。"

离开前，阿秋父亲留了阿琴的手机号码，说好等中秋阿琴母亲回来，再登门拜访。

阿秋一家欢欢喜喜地告辞了。回家路上阿秋兴奋得手舞足蹈，阿秋父母从未见他这般高兴过，答应回去做一顿好吃的，一家人庆祝一下。

这样又过了几天，南方的天气阴晴不定，处暑过去了好久，又下过几场雨。

眼看临近中秋，阿秋父母掰着指头数日子，盼着阿琴母亲回来，早日促成这桩婚事。阿秋父亲给阿秋买了台诺基亚手机。这天，母亲敦促阿秋给阿琴打电话，联络联络感情。阿秋打了几次，可是无人接听。母亲说："会不会阿琴手机没带身上？"阿秋撇撇嘴说不知道，母亲让他再打。阿秋又打了一通，谁知这次手机关机，打不通了。阿秋还没反应过来是怎么回事，阿秋母亲一拍大腿："不好了！"

当下，阿秋母亲叫上阿秋父子，急匆匆到公路边拦了一辆黑的，火急火燎往阿琴家赶去。

到了阿琴家门口，只见大门紧锁，拍门无人应，喊了几声，连个回音也没有。阿秋父亲预感到大事不好，狠狠地啐了一口。这时，隔壁的阿婶听到响动，走出来劝道："别找了别找了，搬走了。"阿秋父亲一听，跳着脚大骂不停。母亲知道出事了，她又急又气，瘫坐在阿琴家门口，呜哇哇哭起来，边哭边咒骂："欠人操欠人骑的贱货，吃了钱不得好死！"

阿秋母亲怎么也不会想到这一招，阿琴看似老实，原来是个骗子。她把那一万块聘金分文不剩地卷走了，那可都是他们的血汗钱！想到这里，她如同被人剜了块肉，哭得更厉害了。

隔壁阿婶看了看，觉得无趣，转身关了门。阿秋父亲在门口来回踱步。片刻后，他怒气冲冲地捡起巷口的一块砖头，用力砸到阿琴家窗户上。玻璃"哐啷"一声，裂开了，吓得街头巷尾的人都跑出来。围观的人多了，阿秋母亲逮着机会开始哭诉，把他们上阿琴家说亲，如何下了聘金，钱如何被阿琴卷走等事，边哭边讲出来。众人看热闹的多，出计谋的少。大家围观着，都劝慰阿秋母亲先起来，有事慢慢说，不行也可以报警嘛！

阿秋父亲红了眼，恨不得当场就把阿琴揪出来弄死。

这个混乱不堪的过程中，阿秋的反应慢了半拍，他要花上比常人长几倍的时间，才能厘清整件事的利害关系，才能意识到这是一场骗局——阿琴骗了他家的钱，然后跑路了。他心心念念的"老婆"，把他的家底抄走了，将他的感情撕裂了。这个迟来的"意识"，像一根针插进阿秋的脑子。他的耳边是乱哄哄的说话声，众人的声音像一层又一层的薄膜，覆在阿秋头顶，令他呼吸困难。已经习惯了失去的阿秋，想起过去种种，此刻令他无法忍受。他拼命地揪着头发，蹲下的身体瑟瑟发抖。在所有人都来不及注意时，阿秋像头发狂的公牛，猛地撞在阿琴家门上，撞得头破血流，躺在地上抽搐着，口吐白沫。

阿秋的路被封死了，或者说，阿秋从来就没有路可以走。

第二次从医院回来后，乡里人都说，阿秋的脑子彻底坏掉了。这个从前想"走出去"的后生仔如今变了个人，他彻夜嘶喊着：杀杀杀！曾经温顺的阿秋，现在成了一个语言的暴徒。父母报案后，公安局一直拖着，既没有阿琴的消息，也追不回任何损失的财物。阿琴就像被人抹去了存在的痕迹，谁也说不清她究竟是去了东莞，还是别的地方。

这个世界每天都有新的事发生，谁会在乎一个傻子的失去？

阿秋只要一想起阿琴，就将手伸到裤裆里，上下抽动，呻吟不止，父母看在眼里，又恐惧又心痛。

好几次，阿秋趁父母不注意跑出去，一到街上就胡乱骂人、摔东西，把整条街搅得鸡犬不宁。后来阿秋父亲怕他跑掉，用绳子绑紧他，谁知一不留神，阿秋就将绳子磨断，挣脱出去了。阿秋父母发动街坊邻居，将阿秋抓回来，一根绳子不行，就用两根，两根不行，改用铁链。阿秋像条狗一样被拴牢在楼梯口，阿秋父亲怕他被铁链勒伤，便用布条扎成几圈，包在铁链上面。阿秋浑身发臭，双目是红的，嘴唇是白的，身上唯一活泛的，是一颗还未停止跳动的心。

父母轮流喂阿秋吃饭，他嚼了几口就把饭菜吐出来，吐得父母一身。阿秋的智力不断退化，就像有人举着手术刀，将他神经中枢的某一块切掉了。他控制不住自己的行为，大小便失禁时，就用手捧着，将屎尿涂抹在墙上。父母无奈之下，只好给他穿上尿不湿，即便如此，整座屋子里还是弥漫着一股臭不可闻的味道。

阿秋大姐回家探过几次，每一次都被阿秋吓得半死。阿秋胡言乱语骂人时，阿秋母亲在一旁落泪。大姐说："送去精神病院吧，这么下去，无人受得了。"阿秋母亲哭得像个泪人，父亲站着，默默垂泪。他想起多年前阿秋指着他说："我不是狗，你看我做什么？"

阿秋父亲看的不是狗，而是一块心头肉。这块心头肉还是热的，还有温度。

好多年过去了，阿秋始终没有被父母送走。他被铁链拴在楼梯口，再也不能趴在窗口往外看了。世界缩成一个躯壳将他裹挟起来。他出生的这个家，成了他最后的精神病院。阿秋父母将口服的镇静药掺进饭菜里，喂阿秋吃下去。吃了药，阿秋就会昏昏沉沉睡过去，只有睡过去时，阿秋才像个人，也只有睡过去时，父母才会觉得阿秋还活着，他们没有失去他。

濒死之夜

大概在看到那块招牌时，他就确认，死亡离他不远了。

　　挂在骑楼中间的招牌向着街心，上漆"五金"字样，猩红色的美术体，斑驳有旧年月的样貌。明月朗照，招牌剥落的油漆面闪着光，犹如掉落下来的飞行器碎片。他踱到街道尽头，入秋后凉风吹送，大榕树的枝叶弯曲交织成一顶繁茂的伞，罩着半湾池塘。

　　从他站的位置，可以看到月光水银般倾泻下来，零星水花跃落在池面上，硕大的身影潜伏在水下，夜色遮蔽了它们的全貌，但他知道，就在榕树桂冠笼罩下，那浑身黑褐的水中生物，长着鱼类的形体，有虬髯长须，游动时迅疾无比，像栖于水下的魔怪。他们都说，这群魔怪连小孩也可以吞下，它们早已超越了"鱼"的界限，浑身无鳞，长着坚硬的牙齿，喜夜行，以食腐为生："着瘟"死去的鸡鸭鹅，一俟丢进池水，才隐没半截身体，就被那闻到肉味的肥硕黑影张口衔走。进食是为了生存，这些囚禁在水底的幽灵，终日与淤泥和水浮莲为伴，完成一轮繁衍生息之后，迎接它们的即是死亡。以前他不相信弱肉强食，觉得一切只是遵照上帝的旨意活着，上帝规定了食物、水和土壤，规定了万物归属的位置。直到见着池底潜艇般游弋的生物，他才明白，死亡并非摧捣一个物体存在的手段，死亡本身就是目的。在死亡降临的时候，他必须做出抉择。

指间的烟火明明灭灭。他坐在池塘边的墙垛上，紧紧攥住手中的蛇皮袋，那袋口用一根尼龙绳捆绑，蛇皮袋是他身体的延伸。

阒寂中，他听见水花清冽，还有硕鼠带刺的低鸣，它们的足迹遍布池塘四周，在重叠虬曲的链条中彼此遥呼祷告。他想象老鼠披着光滑黏腻的皮毛在濡湿的荒草间窜行。"它们会跳入水中浮游吗？难道不怕水底长着尖牙的魔鬼？"水上水下，两个世界隔绝开来，最终它们会合一，似他这般赶在黎明降临之前撕裂自己。然后，他听见了一阵乱响，是活物跌入水中致死的可怖场景。他撞见自己的身影投射在水面上，被巡游而来的鲶鱼豁口咬下。它们啃噬他的皮肉与骨头。这群食腐的凶猛夜行者，更喜欢带血的食物。

他听说，从前在万物还未获赐各自名类的日子，世界被划成陆地与水界，"水猴"是唯一活跃于两界交织地带的生物。人们无法描摹它们的行迹。在他年幼的想象中，它们有着猴子的身体（不然何以叫"水猴"），捕食和游离的动作之迅捷，恍如白昼鬼影一般。水猴之所以会引起人的惧怕，并不在于它们吞食活物，而在于它们被虚构出来的可怖形象。

母亲曾摸着他的头，告诫他"莫要近水"。水下的世界有水猴张牙舞爪，它们时刻盯住伸入水下的双脚，准备将岸上的人拽下。它们的双手就像铁钳，力道大得足以拖住一头牛。那么多淹死的孩子，尸骨无存，成为水猴腹腔内的腐化物。他自幼怕水，怕一切和水相关的物事。在他所居住的地方，海是一个遥远的概念，而水，却无时无刻不在包围着他。他至今不会游泳，他看见溺水者的青白面孔，亲眼看见那个人没入水中，晃动的手臂拉扯着沉堕的躯体。他惊慌地站在池水边，沮丧地明白自己无力施救，连呼喊也夹着哭腔。那个人死了。他因为恐惧错失了一个生命，他永远无法原谅自己。

水下生物的游动勾起他的回忆。他吃过鲶鱼，不知道那是否人们口中的水猴。水猴是不死的吧？他混淆了两者，错把鲶鱼当成来去无影踪的水猴。他猜想，人们是出于对鲶鱼惧怕又憎恶的心理，才演化了一出出剧目？鲶鱼是水猴寻得见踪迹的前身，而水猴，是鲶鱼的影子，它们贴着水草潜游，依靠吞噬人们的恐惧而存活。没有这层逻辑关联，真实和虚假会颠倒，传说和现实会混沌不明。

不远处有人走动，说话声贴着夜风传来。

他坐直了身体。一个浑厚的烟嗓低声道："明日池水抽干，就来不及了。"另一个声音说："天开始冷了啊。"深夜捕鱼者的对话无头无尾。他们要捕什么鱼？他瞥见捕鱼者手中的网兜和长条形竹竿，背上一个方形竹筐，内里沉甸甸的一只电箱，灼目的电灯光一晃一晃，由远及近照在他脸上。他抬起手遮住眼，同时瞥见一老一少两只影子向他走来。他警惕地抓紧手中的蛇皮袋，仿若他们身上潜伏了某种危险气息。趁着夜色，捕鱼者急于施展他们的技艺：电箱的正负极，连着电线直至竹竿末梢，成了刺入水中的带电的利刃。

他这才明白，或许自己吞食过的鲶鱼，就是以这样的方式捕获的。他保持静坐的姿态，等他们从身边经过。烟嗓男人呼哧呼哧喘着气，以响动检测他是否还活着。夜路行多了，他们什么都见过，半夜冻死路边的流浪汉，被人抛尸河流中的无头女子，野地里被砍断手脚的歹仔，却从未见过独坐池边抽烟的男人。

他的手微微一颤，烟掉下去了。他朝他们走来的方向望去，水浮莲挡住了斜下方的视线（他不足以成为他们的障碍），走在前头的男人说："兄台，有火机没？"他从上衣兜掏出打火机递过去，眼神接触时，恰似碰到滚烫的铁。跟在身后的男人说："烟没了，给我一根。"点燃的烟消除了他们彼此间的警戒。

烟嗓男人说："天冷，坐这里不好。"他不吭声。

年轻男人朝地上啐了一口，叼着烟催促道："干活吧，再拖天要亮了。"

他生活的这座小镇，被包围在一段公路和水稻田之间，房屋棋盘一般，错落有致。年少时他与玩伴穿梭在迷宫一样的巷道门楼中间，老厝是"驷马拖车"的格局，从侧门进去，越过天井，然后由后门钻出来，顷刻间就换了天地。墙壁与墙壁间的暗巷是他们练习身手的场所，呼吸，憋气，侧身以碎步疾行。那时他们都是夹道中慌不择路的螃蟹。头顶的屋瓦漏水，蕨类丛生，电线交织缠绕而过，这是穿梭游戏的迷人之处，与一段距离赛跑，看谁先抵达终点。

有时他故意与玩伴走散，一人游走在忽明忽暗的巷子中间。

年月渐久，他喜欢上了这种"消失"，消失令人感到自由。横过一堆建筑废料，会听见低矮石棉瓦房屋里传来的猫叫和喘息。高高低低的声调叠在一起，生殖和情欲的焰火高烧。他趴在窗户边朝里看，老式眠床上两具赤条条精白的身体，叠股相拥，耸动如蜕壳欲出的蝉。他的呼吸停了半拍。

屋顶成了他躲藏的好去处。无人注意上方的夜行者，他披着夜色从一片屋顶抵达另一片屋顶。石棉瓦的，砖块的，水泥的，铁皮的，不同材质的屋顶承重力不同，脚底踩踏的力道也需相应调整。他精于此种技艺，携带械具撬开一道又一道门，钻进去，深入黑暗之中，在寻常人家的空间中游走。风险是不可避免的，风险是高悬在头顶的铡刀，会随时坠落断开头颅。他亲眼见过被围堵在巷道尽头的同伙，被乡民用锄头斫断后脚跟，抱头号叫如同濒死的老鼠。他一点也不可怜他们，"没本事就活该被打死"。偷盗本身已经构不成诱惑了，他沉迷的是在逃跑和追捕的空隙，将时间填满。这是另一种穿梭游戏。

他有一个患了嗜睡症的祖父。老人家身形佝偻，鬓角斑白，秃头，有个圆滚滚的肚子。患上嗜睡症后，他沾上枕头就能睡着。他看着老人从黑发到白头，看着老人变老。最后一次见到老人发威，是在父亲被逐出门那天。老人手握着扁担捶打父亲，他缩在一旁，眼前的父亲如此陌生，眼窝深陷，皮包骨头。他听邻居喊父亲"白药仔"。那时他并不知道"白药"是什么，以为那是一种白色的药物。后来他知道，那时父亲的身体已经被"白药"腐坏了，五脏六腑是空的，毒瘾发作时，父亲在地上打滚，凡是够得着的东西都被一一扯下来。母亲曾经长期被父亲毒打谩骂，终于选择离开了这个家。

对出走的母亲，父亲没有半点的眷恋，他最后一次下跪，是在门首，祈求老人给他钱，放他一条生路。而所谓的生路，不过是另一条死路。老人家举起扁担砸在父亲身上，边打边恶声咒骂。父亲走后，再也没有回来了，也不知道是被抓去戒毒所了，还是死了。从那时开始，他就成了无父无母的孤儿。

这一切让他觉得，他活在一片真空中，内里填满了生活破败的棉絮。

好多年过去，他习惯了这样的孤独。

某种程度上，老人既是祖父又是父亲。这个双重的身份令他困惑。他将空荡荡的家当成了囤置货物的仓库。他递给老人一只电炖锅，丢下一堆超市买来的补品，而自己并不动手。他以拨慢时间表盘的形式惩罚老人（老人害他失去了父亲和母亲）。他甚至将煤气罐打开，塞给老人一包烟和一只打火机。他想知道老人是不是还清醒着，是否可以依凭运气来躲过死神的纠缠。

"别睡了，吃东西！"他像吆喝一条狗那样呵斥嗜睡的老人。

老人嘴角流下黏腻的口水，浑身散发着因汗渍和尿溺留下的酸臭味。

"回来了？"老人抬起眼看他。

他坐在破烂的藤椅上，抽出一支烟含在唇间。

老人说："烟，烟。"他随手丢过去，烟掉落地上，沾了水渍，湿了大半。

老人颤巍巍将烟捡起来，双手捧着火柴盒，费力地擦燃。他帮老人清洗身体，见到老人胯下阳物低垂，只剩松垮垮一团肉。他有的是耐心，他要等老人一脚踏进棺材，亲口向他说出这辈子的悔恨。

屋瓦下那盏电灯亮起，他觉着自己的人生比那灯泡还黯淡。

嗜睡症发作时，老人家抽着烟也能睡着。烟灰落在敞开的汗衫上，点下灰白的图案。老人几乎不出门，居住的空间被压得比罐头还小。在这个罐头盒里，他深陷于回忆的泥淖。有时他分不清现在和过去，有时错把死去的当成活着的。他有过一些光鲜的年月，他声如洪钟，像个君王一样主宰着整个家族的兴衰。可是突然有一天，这个家族走向了破败。他说不清那根坚固的梁柱何时被蛀空，膝下子女成了蛀米虫，昼夜啃噬他那伶仃的脊梁，把他积攒下的家业一点点地搬空了，最后走的走，散的散，剩余这个孙子，像只独行的食蚁兽，叼来食物，将老人家当牲畜那样喂养。

在国道上，他曾无数次看着载满乘客的长途大巴经过。乘客们躲在车窗后面，他看不清他们的脸，但在他的想象里，他们都带着旅途中的未知和好奇。此前的几年，他打过几份工，最终都放弃了，不是嫌上班时间过长，就是嫌薪资太低。不上班的日子，他每天睡到中午起来，草草吃顿饭，就出去四处晃荡，和朋友打牌、喝茶，讨论怎么哄骗姿娘仔上床。到了夜间，白天昏昏沉沉的他彻底醒了过来，身体和眼睛变得活泛。如今他已经不怎么行窃了，只有实在缺钱了才会找个地方下手。结交的那些朋友，有的因吸毒被抓了，有的因为欠下赌债只能长期躲在外地，还有的，年纪轻轻就成了家，在乡里做个小生意，过起了相对安稳的日子。对他而言，这些都不是他想要过的生活。决意离开这里之前，他问过一个朋友："你为什么活得这么累？"被问的朋友一脸茫然，嘴里叼着烟，不明白他为什么问这种问题。他想知道答案：你为什么活着，为什么活着这么累？只有得到明确的答案他才肯罢休。

后来，他成为众多离乡者中的一员。

当他挎着一只背包抵达那座位于珠三角的城市时，出站口密如流水的车灯照得他晕眩。在天桥上，他看见那座城市最初的烟火气，拔地而起的楼群，人们行色匆忙状若蚁群。寻人和招工启事诡谲地张贴在涂鸦墙上，一个人寻找消失的另一个，一群人找寻虚假的落脚点，并置的黑体字被雨淋湿了。他在网吧睡了一夜，在泡面和烟雾萦绕的气味中迎来陌生城市惨淡的黎明。

此后他一半的记忆就染上了那座城市灰扑扑的底色。他穿的衣服上印着工号，和无数寡言的面孔站在流水线上，在嘈杂的机器声中辨认来自异乡的口音和气息。他习惯深夜落班后与同事饮酒，啤酒从喉咙灌入胃部，气泡胀破，有苦涩的滋味。他大口嚼着韭菜叶子，据说这可以增阳补气。醉醺醺时，他的腹内涌起一股情欲的火，为了"祛火"，他们相携，摇晃着步子，踏入楼群背面的巷道里寻欢。站街的女子脸上涂了浓妆，不远处有猫迅捷蹿过。这令他忆起多年以前曾目窥的那一幕，他的脑袋里即刻盈满了情欲的幻象。他打出一串饱嗝，在迷醉中钻入女人敞开的私处。

后来，他换过几家工厂，搬过几回家，见证了这座城市一夜之间走向颓败。工厂开始裁员了，被辞退的工友骂骂咧咧：操他妈的经济危机，操他妈的资本主义。陆陆续续，外商从这座城市撤资了。他所在的那家工厂发不出薪水，他连找站街女的钱也掏不出了。人们的耐心终于在一日长过一日的煎熬中耗散。从拉着行李箱走出工厂大门的那刻起，他就明白，所有抵抗都是无用的。他注定只能成为社会底层的蝼蚁。同事想回粤西去做建筑工，拍着他的肩膀问："兄弟，跟我干不？"他摇摇头："不，我要回家。"

他回到了小镇，重新呼吸到了小镇自由的空气。不久，老人去世了，料理完丧事，他彻底变得举目无亲。

他谈了场恋爱，对方是镇上一家玩具厂的出纳，他们曾在一个初中上过学，但从来没有打过照面。为什么会看上她？他想，或许是因为她的胸部很饱满，做爱的时候，他喜欢把头埋在她软软的胸脯上，闻着她身上的香水味，感觉如同上了天堂。她敦促他去找份工作，每次他都敷衍了事。相恋的半年里，他花女朋友的钱。他们在一起睡过无数次。

有一天，她告知他，自己怀孕了，孩子是厂里一个同事的。

他动手打她，一脚踹向小腹，当下她倒在地上，疼得哇哇直叫，腹中那未成形的胎儿，就这样没了。

几年过去了，他再也没有谈过什么正经的恋爱。他觉得自己像一件穿破了的衬衫，被生活的熨斗一遍遍地烫平。有一天，他和朋友在烧烤摊喝酒，说再这么下去，自己就要发疯了，必须走出这个怪圈。"你这样不如去算命，让算命的告诉你。"朋友无端端地抛来这么一句，箴言般，将他麻木的脑袋敲醒。

他弹开烟蒂，目光越过烧烤摊上搭建的沥青棚，月影轻移，一如多年后这个濒死之夜。

他拖着蛇皮袋彳亍过深夜的水泥路。装在蛇皮袋里的三角铁发出叮当声，在空寂的街道上彻响。凌晨时分他潜入五金行，店铺内只有一盏应急灯还亮着。阁楼上有人在睡觉，楼下货架上堆放着螺丝、铁钉、线圈、扳手、铁锤……这些没有生命的金属，凌乱而有序地躺着，表面有光。他凑近去，闻到金属腥甜的味道。他狠狠地吸了一口，像阅兵一样检阅它们。重量，手感，长度，硬度。最后他的手落在了一块三角铁上，光滑的弹簧不锈钢弯成的等边三角形，首尾不相连。"五金行也卖三角铁？"令他更加疑惑的是，作为乐器的三角铁与这家五金行毫无违和感。他猜测，店铺老板应该有个孩子，这孩子喜欢音乐，央求父亲造出这块三角铁，也许还用它弹奏出了迷人的旋律。他抚摸着三角铁光滑的表面，试着用指甲轻弹。三角铁籁籁颤抖，一阵细微的乐声响起，随即被他用手摁住。

走出五金行时，他的手中多了一只蛇皮袋，和一块漂亮的三角铁。

他记起白天路过的那道巷子，佛堂墙壁上"南无阿弥陀佛"的字样褪了色。沿着佛堂外墙朝里走，入巷口百来米，他看见几辆摩托停在狭长的巷道里。白天的光线刺眼，摩托车的黑色皮座晒得烫手。他推开一扇网纱门进去，只见长方形客厅，水磨石地板，有高高的天花板，宽敞又明亮。落神婆所在的居所，和他想象中不太一样。客厅前端摆放了一个高悬的神龛，玻璃罩内立着一尊漆金观音，慈眉善目，气度不凡。据传落神婆是"佛祖娘"附身的，无怪乎乡里人都亲热地喊她"阿娘"。神龛靠墙，墙上挂着绣着祥云图案的幡帷。神龛下方，两张八仙桌拼在一起，桌面上铺着一块绒布，桌上有笔筒，一只水杯，杯上一簇榕树枝叶，一叠纸，几支记号笔，一方印章。如此，便是一座小佛堂，佛堂内佛乐萦绕耳畔，香火袅袅。阿娘年逾六十，已吃斋多年，两颊布满了老年斑。

她端坐在桌子右首的太师椅上，身着一件的确良短袖，手臂枯瘦如柴，看外表，不过是寻常妇人打扮。

他进门时，感到天灵盖上有什么东西压了下来，目光瞬间矮了几分。

坐在茶几旁泡茶的老者看他一眼，招呼他喝茶，问他要问询何事，接着指导他买香烛纸钱、包红包、跪拜祈求。他照着指令，象征性地掏钱，买了对元宝、一沓钱纸，在茶几旁的椅子上落座，环视客厅。

茶几一侧有道拉闸门，拉闸门后面是一段楼梯，一名身形肥胖的年轻女子正好从楼梯走下来。

年轻女子打着呵欠，坐到了阿娘旁边的椅子上。只见她铺开一张红纸，手捏着笔，听跪在蒲团上祷告的一位妇人念生辰八字。过了半小时才轮到他。他献了钱纸元宝，点香，趋前跪于蒲团上，默念祷词。

阿娘声音肃穆："后生人，你所问何事？"

他一言不发地看着阿娘，不相信眼下这个妇人能够预知凶吉占卜未来，便胡乱编了一句："阿娘，我今年诸事不顺，想问我应该从事什么工作？"阿娘双目乜斜，交叉双手，身体笔直，头侧向一边用力吐了口痰，命令道："时日念来——"他想了一下，缓缓说："二十五岁，属马，正月十三，辰时生。"话音刚落，阿娘口中念念有词，声音含糊，他根本听不清楚。阿娘的手指敲击着桌面，发出乏味的节奏。蓦地，她双眉倒竖，如同有人提起了她的肩头那样跳将起来，捶着桌面斥道："命带凶煞孤苦人，飞墙走壁事无成！"阿娘的话仿佛雷电炸响，又似一把斧头剁在了他的心上。他听了，只觉得喉头一堵，脑袋嗡嗡响，仿佛被人剥了衣服，光溜赤裸。

客厅里的其他人都被这场面震住了，相觑无言。

他心想，你装神弄鬼，何以能一眼揭穿我？他握住了拳头抵在桌角，对峙一般地问道："阿娘，要不你算一下我什么时候死吧？"这般贸然的提问激怒了阿娘，她睁大双目瞪向他。目光交接的瞬间，他就明白，问了等于白问。老妇人的面目忽然变得可憎。

他哼哧一声，后退几步，睥睨着这间专门诓骗钱财的小型佛堂。

未及阿娘开口，他丢下手中香烛，从敞开的网纱门踅出去了。

他从来未曾想过，这世上还有这样一类人，专以言语挑破别人身上的脓疮。他戴在脸上的面具轻易就被卸掉了，这让他感到愤怒。

走出巷子时，他回头望了一眼。

阿娘家的门楼挤在其他房屋中间，两层，阳台罩上了银色油漆，他愤愤地想："都是骗钱的，一把火烧了才好！"拐过巷子便是一条大路，公交车上挤满了进城的人，他沿着大路来回巡了几次，数了路边的商铺：家具店，杂货铺，照相馆，肠粉摊，文具店，理发店，电器店，此外就是若干普通的门脸。他估算一把火可以燃烧的建筑面积，损失的财物该有多少。粗略算过一遍后，他放弃了这个计划。

整个白天，他都被自己抛下的谜题缠住了。他反复想着阿娘未曾道出口的话，在他独坐池塘边苦苦思索时，心中的结始终打不开。阿娘没有挑明他什么时候会死，离开阿娘的住处，这个谜题就成了漩涡，他堕入其中，无法自救。如果她真的知道他何时会死，而他恰如她所预知的，在今天、明天，或者未来某个日子死去，那么，他有权知道死亡何时降临。他揪住自己的头发，悔恨问了那个不该问的问题。魔盒已经打开了，他的"死"就躺在里面。可他来不及看一眼，便被剥夺了知情权。没错，她的目光出卖了她，他必须挖出深埋地底下的生死簿，必须知道自己何时死去。

这一次，他有了更严密的计划。那座门楼留下的印象太深了，闭着眼就能清晰绘出房屋的格局。他可以顺着水管往上爬，从隔壁栋的屋顶翻进去。他预先设计好了路线图。一个小时前，他戴着手套沿水管攀爬，粗粝的砖墙摩擦着他的牛仔裤，他很快就爬上了顶楼。挨在一起的两座房子，屋顶是平齐的，他跨过一道共用的矮墙，用螺丝刀撬开天台的门。几分钟内，他再次确认了房间的布局。阿娘的房间在北面，二楼三间房其中的一间。他闻到一股混合了百花油和中草药的苦味，循着味道，他看到了横陈在床铺上的瘦弱躯体。她独自一人，这给了他极好的机会。

和以往无数次行窃不同，他不再盗取任何财物，他只盗取一个秘密。

他推开房门，无声地靠近她，黑暗中老妇人的轮廓要隐没在被单下，露出了半颗头颅，呼吸很微弱。他的眼睛盯在她鸟类一样细细的脖颈上，只需短短十来秒，他就能将他死亡的秘密扼杀掉。这个妇人，不再是神神道道的阿娘了。

他屏着一口气，抬手，缓慢靠近。妇人发出一阵低哑的嘶鸣，声音持续了很短的时间，就被他的手掌捂住了。他几乎将全身重量都压在了妇人身上，以防她踢蹬床板发出响动。

妇人身上有股呛鼻的味道，他感到一阵恶心。她的骨头硌着他，指甲抠进他的背部。他险些从床上翻下来。妇人认出他了，眼神惊恐万分，口中呜哇嚷着什么，他因害怕而加大了力度，一手箍住她胡乱挣扎的双手，一手抠住妇人瘦削的脸颊。一阵窸窸窣窣的动静过后，妇人紧绷的身体终于瘫软下来，僵直不动了。他喘着粗气，房间重新陷入死寂中。他贴在妇人身上，像高潮过后的一阵疲乏。

片刻后，他抬起身，将三角铁套进妇人细小的头颅，三角铁滑过她的头发和皱纹，落在脖子上，天衣无缝。他抓住一角，用力向后掰，骨头断裂的声音盖过了三角铁的脆响。

死亡降低了三角铁的温度。下楼时他几次踩空水管的连接处，脚底打滑，险些跌落下来。月光鬼影般，一路追随着他。他走在街上，佛堂墙上的字依旧清晰可见。道路两旁的店铺都关了，镇上的人都在沉睡。现在无人知晓这个月夜发生的凶案，但是天一亮，这桩案件就会传遍整个小镇，人们会谈论阿娘的死讯，猜测凶手到底是谁。

他确信无疑，不出一天，警察就会找到他，不管在哪里，他都无处遁逃。

他沿着街道漫无目的地走。时间倒回到从前，他还是玩着"穿梭游戏"的少年，低矮的房屋切割出小镇的矩阵。他被困在那张棋盘一般的地图里出不来。妇人濒死前睁大的双眼，令他想起白昼对峙的场景，原来褪下神婆面具的她，到底还是可以预知生死卜算凶吉。神明附在她的身上，他扼死的是肉身，扼不死的，是无所不能的神明。

他以为唯一掌握他秘密的人已经死去了，然而眼前的事实，一下子将他撕裂。他的双腿不自觉地颤抖起来，从脚底到头皮，身体像被扎了无数的洞。他从未感到这样恐惧，阿娘没有道出口的秘密，竟以这样的方式，箭一般射中了他。

整座小镇落入空寂的沉默中，秋虫喞啾，硕鼠横行。

捕鱼者的说话声越来越小。他抬头望了一眼不远处五金行的招牌，月光化作利刃刺在他的皮肤，他感到一阵彻骨的冰寒。池塘不远处就是国道，几年前，他就是在那里搭长途大巴去往了另一座城市。而当下，他已经没了逃跑的欲望。这个游戏结束了，没有胜负。他变成了一条丧家犬，就像多年前的父亲——他们的形象重叠在一起。他低头看见父亲沉在池底，祖父也沉在池底。祖父朝他招手，"过来"，父亲也在朝他招手，"过来"。这对仇敌般的父子在死后和解，他们相携着召唤未亡人。

他绝望地发现，绕到最后，依旧没有出路。

密密实实的水浮莲堵住了他的视线。他望见捕鱼者的探照灯闪闪烁烁。他凄惶、无助，盗取秘密的同时扼杀了一具生命。他立在池塘边缘，孤独的池塘，不管它承载再多的生命，它始终是孤独的。明日太阳升起，抽水机将会抽空淤积的泥水，池塘即将整个地暴露在日光底下。他从蛇皮袋中掏出三角铁，银白色的金属上，落了几滴水珠。清冷月光点燃了三角铁，焰火照出他惨白的轮廓，他的瞳孔，缩成一只鬼魅的倒影，与这倒影一样鬼魅的，还有密不透光的池塘。

影子落在池面，潜游的鲶鱼张口在等他。到了明天，他就能确认，鲶鱼和水猴之间究竟哪一个才是真实的，哪一个才是鬼魅和幻象。可惜的是，再也没有这个机会了，他无法活着看到死去的自己。他等不到太阳升起，看不见夕照落尽。三角铁没入水下，他将身体投入饥饿的池塘。

后记：小说故乡，或潮汕故事集

从"新概念"时期（2007—2008）算起，我写小说的时间，已经超过了十年。从一名文学爱好者成为作家，不仅事关身份的转变，同时也意味着，在这个不长也不短的时段里，我曾经不断地迷失，又不断自我发现：发现一个未知的世界，和一个同样未知的我。写小说就是这样，起初你听从内心的召唤出门远行，途中小径分叉，迷宫环绕，最后你穿过窄门，来到了一个崭新的乌托邦。小说便是我的乌托邦，一个存在于现实之外的世界，这个世界随物赋形，经验和艺术感知力，是它赖以维继的基础。

至今，短篇小说依旧是我观察世界和文学的一块显微镜。我心目中的短篇小说大师，有鲁迅（《呐喊》《彷徨》）、詹姆斯·乔伊斯（《都柏林人》）、舍伍德·安德森（《俄亥俄，温斯堡，也译作《小镇畸人》）、奈保尔（《米格尔街》），以及奥康纳（《好人难寻》《上升的一切必将汇合》）……他们的小说作法不同（19世纪末的都柏林和20世纪初的美国不一样，西印度群岛特立尼达和中国更是判然有别），但都有一个共同点：围绕着"城-镇-乡"这样的空间结构来叙述。在这个空间里，作品和作品相互缠绕、生长，形成了一个繁复的小说宇宙。这样的小说，是我偏爱的，它们有根，有灵魂的落脚处；这样的小说，有着和福克纳的"约克纳帕塔法世系"、马尔克斯的"马孔多"一样的"原型故乡"。我既用中文阅读它们，也用英文阅读它们。离开了熟悉的语境，以另一种语言进行阅读，这种方式，我称之为语言中的流浪。它的好处是，我得以借此反观现代汉语的写作，或者借用苏珊·桑塔格的话来说，保持"感受力"，警惕历史的残留物对汉语的侵蚀和污染。

《小镇生活指南》中收录的作品，大部分写于2012年到2017年间，它们代表了我对文学最初的认知和理解。重新修订时，除了去掉个别累赘字词，我并没有对它们做太大改动。一篇篇重读下来，仿佛看到时间行过的足迹，也看到初习写作时投掷的巨大热情。

2012年起，我开始集中精力写短篇小说。此前的创作，多是练笔。那时我在广州读研，课业压力不大，除了读书，时间都用来写作，到毕业前，攒了十几个短篇。后来这些作品都找到了归属，陆陆续续在文学期刊上发表了。

那时对写小说有一种亚里士多德说的"迷狂"，每写一篇，都铆足了劲：对语言极其苛求，反复增删、琢磨，只为营造一种独特的行文和腔调。同时，我又对这种素朴的现实主义有所倦怠和不满，于是又自行"分裂"出另一种风格，追求文体的实验，不讲求故事的完整性，大量挪用一些互文、元叙事的伎俩——多年后，这批带有传奇和寓言性的小说，被辑录成一部名叫《神童与录音机》（2019）的集子得以出版。两种风格看起来并行不悖，不过说到底，它们都发轫于同一个"原型故乡"。

这个原型故乡，离城市很远。写进小说时，它是一个虚构的潮汕小镇。在这个意义上，称这部《小镇生活指南》为"潮汕故事集"并无不可。

潮汕故事集成立的第一个因素，和语言有关。

在我们的常识里，京派、海派等小说，是文学版图里清晰的地标，它们有开疆拓土的先辈，也有亦步亦趋的后人，哪怕是粤语小说、台湾文学，都有各自容易辨识的语言标记。因此，写作一部潮汕故事集，一直是我的梦想——不过将它放在其他地域小说的坐标系，好像意义并不大。潮汕方言异于现代汉语，它并非"言文一致"，一些口语没有对应的字，一些方言的用字如果照搬进小说，恐怕会让别处的人读得云里雾里。我的做法是，只保留个别的潮汕方言用词，将其植入叙事，像蝉蛹一样，蜕掉累赘的外壳，露出真身。不过这样一种语言，是经过裁剪和修饰的，它们附着于小说表面，尚不足以构成一种独立的风格，这是《小镇生活指南》得以存在的理由之一。语言是最大的公约数。

写作这批小说的时候，我会有意无意地背离"传统"的讲故事方式。当然，小说脱胎于口述和讲故事的传统，完全背离讲故事，会陷入另一个极端，一个由实验、互文、呓语、迷宫组成的"反小说"的世界。

"小说"作为一种新文体，和故事有着很大的不同，故事可以是小说的蓝本，但绝不能变成小说的囚笼。小说有内在的文体要求——叙述视角的运用、人称的选择、氛围的营造，以及细节的刻画等等。这些，大多是传统的"讲故事"所不看重或有意无意忽视的。不过写小说和"讲故事"并不相悖——毕竟《小镇生活指南》里的篇目，都在讲故事，而讲故事，总是要倾注于人物。《奥黛》《秋声赋》《青梅》《水泥广场》《濒死之夜》……这里有被生活抛弃的年轻男女，有衰老无力的中年男性，新的、旧的，或多或少都有我生活的小镇印记。在这些小说里，我避免用一种"传奇志异"的方式讲故事。毕竟在我们生活的这个时代，每天都有新鲜事发生，用小说满足读者的猎奇，无异于自断后路。

小说生来并不是为了与故事竞争。

我是从潮汕走出来的小镇青年，生活经历和其他人大同小异，如果非要找出不一样的地方，那就是选择了写作，选择了文学。十几年来，我一直辗转各地求学和生活，从写小说，到做学术，从珠三角到北京（中间又美国访学一年）……从地理空间看，我离潮汕故乡越来越远了，但在小说中，在情感认知里，我和它反而越来越近。

写作者面对世界，会冒出一个疑问：世界对我意味着什么？我之于这个世界，又意味着什么？对我来说，这个世界是我生长其中的潮汕大地。另一个疑问是，我在小说中"虚构"的潮汕小镇，多大程度提供了"真实"？这些问题一直困扰着我，或许永远没有答案。

任何一个小说家都会经历学徒期，在这个过程中，他会犯错，会走弯路。他无时无刻不在接受"伟大传统"的调教。阅读是一种调教，生活也是。

写作这篇"后记"的时候，疫情尚未结束，我滞留在潮汕老家，从城市的"侨寓者"，变成了小镇的"异乡人"。这是生活的馈赠，它给了我再度和故乡"相处"的机会，也让我再度回望并整理过去。

这便是这部潮汕故事集的由来。不介意的话，请把它当作一个小说学徒全部的努力。

林培源

2020 年 3 月 12 日